畫皮II
THE RESURRECTION
PAINTED SKIN

畫皮 II
THE RESURRECTION
PAINTED SKIN

畫皮 II
THE RESURRECTION
PAINTED SKIN

畫皮II
THE RESURRECTION
PAINTED SKIN

畫皮 II
THE RESURRECTION
PAINTED SKIN

畫皮 II
THE RESURRECTION
PAINTED SKIN

畫皮II
THE RESURRECTION
PAINTED SKIN

画皮 II
THE RESURRECTION
PAINTED SKIN

画皮 II
THE RESURRECTION
PAINTED SKIN

畫皮 II

THE RESURRECTION
PAINTED SKIN

三惑五劫

杨真鉴◎监制
素衣凝香◎著

朝華出版社

图书在版编目（CIP）数据

画皮.2，三惑五劫/素衣凝香著. —北京：朝华出版社，2012.6
ISBN 978-7-5054-3204-8

Ⅰ.①画… Ⅱ.①素… Ⅲ.①长篇小说－中国－当代 Ⅳ.①I247.5
中国版本图书馆CIP数据核字(2012)第116617号

画皮Ⅱ：三惑五劫

作　　者	素衣凝香

选题策划	杨　彬　王　磊
责任编辑	王　磊　张世昌
特约策划	林苑中　周　强
特约编辑	周　强
责任印制	张文东
封面设计	零三二五艺术设计

出版发行	朝华出版社		
社　　址	北京市西城区百万庄大街24号	邮政编码	100037
订购电话	（010）68413840　68996050		
传　　真	（010）88415258（发行部）		
联系版权	j-yn@163.com		
网　　址	www.blossompress.com.cn		
印　　刷	三河市兴达印务有限公司		
经　　销	全国新华书店		
开　　本	710mm×980mm　1/16	字　　数	180千字
印　　张	17		
版　　次	2012年7月第1版　　2012年7月第1次印刷		
装　　别	平		
书　　号	ISBN 978-7-5054-3204-8		
定　　价	29.80元		

目 录

第一章

幽青

「我穷尽此生，寻找着一个人，一颗心。其实我明明知道的，他早已经离我远去，可为何，仍无悔地等待？我到底，在等什么……」

——小唯

天空蔚蓝，厚重的云海有如波涛般翻涌，匆匆地向雪山聚集，然而那些云一旦达到了雪山之巅便像是被冻结住般，越积越厚，重重地压向山顶。那是一座足以与天上的云层接壤的雪山，像是天地间连接的险峻天堑，连那山上的积雪都像是云结成的锁链，一层层旋转着将雪山牢牢地锁住，像是要将雪山禁锢。

　　风声呼啸，像是上古的神兽在愤怒咆哮。一股逼人的寒气笼罩在雪山之上，渐渐漫延开来，向四周弥漫。延绵方圆几千里，都被一片寒气所笼罩，飞雪连绵，阴冷无比，所有的一切都被冻结成冰，除了偶尔在上空飞翔而过的飞鸟，看不到一点生机。

　　这是妖界的放逐之地，被称为"寒冰地狱"。凡是触犯了妖界的禁忌、坏了妖界的规矩，以及无视妖界威严之徒，都要被放逐在此地，在酷寒中受尽折磨，直到妖灵一点点破碎，最后消失殆尽。

　　要摆脱这无边的痛苦，就只有一个方法，那便是转生为人……

　　然而，几千年来，被冻结在寒冰地狱的妖无数，能够逃出这寒冰地狱的却寥寥无几，就更不用说要转生为人了。

被妖界放逐的妖，到了这里，就等于到了妖寿的终结之点。

然而，正是这毫无生机的寒冰地狱的所在，却突然惊现了一抹鲜活的彩色。

有只五彩羽翼的彩雀调皮地钻入这厚厚的云层，快活地飞翔。突然，它发现一抹冰蓝色的荧光闪耀在雪山之中，它好奇地寻着那抹光芒飞过去，看到在雪山之顶竟然有着一片被冻结的冰湖。那冰湖上阴风习习，吹起一股寒气向上飞旋，仿佛整个雪山的冰冷之气全部来自于这片冰湖般。这冷风吹得它禁不住发抖，可是它却看到了湖心的一处光亮，有生命般变幻着美丽的光晕，像是有什么东西在吸引着它、召唤着它。

彩雀好奇地飞过去，落在了那片美丽的光晕之上，眨着一双黑亮的眼睛，看到这透明而幽蓝的湖水冻结得有如一块晶莹剔透的水晶，而在这冰湖里，则冻结着一个人。

那该是个女子，有着雪白的长发，虽然被冻在冰湖之中，却仍像是海藻一样飞扬着。几缕发丝纠缠在她的脸上，她的脸就像是冰面般有着细细的裂纹，却丝毫没有影响她的美丽。她的双眸紧闭，花瓣般的唇却微张着，像是在呼唤，又像是在吟唱。她的表情是它看不懂的哀伤，却格外的动人。她穿着宽大的袍子，袍子上绣着繁花，在冰湖里冻结成动态的飞扬，像是一朵盛开的花。就在那微敞的衣襟里，有一团光在闪动着，如此明亮，却又如此微弱。

“你来了。”彩雀好像听见有个悦耳的声响在它的心中响起，它吓了一跳，扑扇了一下翅膀便想逃走，可是在冰湖上空盘旋了几圈，却又重新落了下来，仿佛冥冥中却有一股强大的吸引力牵引着它，让它无法离开。

“这都是宿命里的缘分，它们走了，你来了。”那个声音似乎在微笑，彩雀看到那个被冻结在冰湖的女子也似乎朝着她绽放了笑容。

很美。

彩雀怔怔地站在那冰面上，尽管冻得瑟瑟发抖，却仍不想离开。

"到底是只有灵性的彩雀，从今天开始，你就叫雀儿吧。"它又听见那声音对它说，"我助你修成人形，你陪我度过这漫漫的寂寞等待，等你变成人形的那一天，助我出这寒冰地狱，可好？"

雀儿当然不懂什么是修成人形，什么是寂寞，更不知道什么叫做"寒冰地狱"。只是它喜欢看这个女人美丽的容颜，喜欢听她说话，她的声音比雀儿听过的百灵鸟儿和黄莺的声音都要好听。它不懂什么叫做宿命的牵引，只是好奇地想要凝望这个女子，尤其是她胸前的那团光亮，它不像太阳那么刺目，却比月亮更加绚丽，明亮得让雀儿移不开视线。

她说："我叫小唯，你该叫我姐姐。"

她说："我是千行修行的九霄美狐，因为我用修行千年的妖灵，救了一个人的性命，坏了妖界的规矩，触怒了众妖，被打入这可怕的寒冰地狱备受折磨。"

"为什么一定要遵守妖界的定律？这样霸道地这不让做，那不让做，我才不要做妖！"雀儿生气地反驳。

"你而今口吐人言，已经是妖了。"小唯淡淡地笑，美丽的脸庞在冰湖下面晶莹如玉，"这普天之下，唯人有眼耳鼻舌身意，而兽却没有。兽类穷尽一生也不过短短十几年，不仅弱肉强食，而且还需任人鱼肉。唯有化成妖，才有千年万年不死之身，千变万化的强大之法。只有化成人形，才见得那人世之间的繁华与快乐，才能感受得到那有别于荒山草莽的温香软玉，那香醇的美酒，那华丽的衣裳，还有衣鬓萦绕的缠绵，如此美妙……"

"那人间的繁华有什么好？再美的酒也不如一只脆脆香香的蜈蚣，再华丽的衣裳也不如我这身漂亮的羽毛。"雀儿说着，把身上那五彩斑斓的羽毛抖开，阳光下耀眼至极。冰湖里的小唯微绽笑颜，道："你懂什么！没有见过人间的美景，自是不晓得那繁华的好，若你有朝一日亲见了，就会被那世间的一切所迷，再也不想离开了……"

雀儿迷惑地望着冰面之中的小唯，她依旧保持着先前冻结成冰的形态，雀儿却分明能够感受到她沉浸在一种追忆之中。

"姐姐，你见过人世间的繁华吗？"雀儿问。

"何止是见过，"小唯的声音里充满了自豪，"在被打入寒冰地狱之前，我一直都在人间辗转，甚至……与一个人坠入爱河。"

"爱河？那是什么河？"雀儿看过小溪，看过小河，看过湖泊，却从来没有听说过有条河叫爱河。

"傻孩子，爱河不是河。"小唯大笑。

"不是河？那为什么又要叫河？"雀儿更加不明白了。

然而小唯却似陷入深思般，沉静了许久，方道："雀儿，你在这寒冰地狱里已经陪了我四百九十九年。还有一年，你便可修成人形，助我出寒冰地狱，到时候，姐姐带你前往人间，看一看人世间到底是何等美妙。"

"姐姐，你再给我唱支歌吧。"雀儿无心去问那人间到底有几多风月，只想再听一听那曲离殇，纵是它听不懂那其间的悲伤与缠绵，却仍为之而心动。

"昔我往矣，杨柳依依，今我来思，雨雪靡靡……"小唯的歌声略带沙哑却婉转至极，像她胸前那团妖灵之光，在整个冰湖上荧荧散发着光彩，似乎想要替小唯驱散那寒冰的阴冷。雀儿眯起黑亮亮的眼睛，仰望天空，透过那翻卷的云海，似乎看到了小唯所说的那场繁华人世，还有一条，被称为"爱"的河……

"知我者，谓我心忧，不知我者，谓我何求……"

这首歌，雀儿已经听了五百年，从兽到妖。雀儿和小唯都在企盼，企盼雀儿修炼圆满的那一天。日出日落，小唯脸上的裂纹越来越明显，它们有如干涸大地上的断裂，等待着雨露的滋润，一天更比一天迫不及待。小唯和雀儿都知道，若再这样下去，小唯恐怕便要永远被封存在这寒冰地狱里了。

"一年，好歹比五百年更易熬些。"小唯这样笑道。

五百年，花开花谢已是荼蘼，云卷云舒终是过往。小唯终于盼来了雀儿修成圆满的那一天。

隔着一层冰面，像是隔了两重天地，小唯是那样急切地望着冰面上的雀儿。

"笃笃笃"，一连串清脆的声音，雀儿低着头用力地啄着冰面。它尖细的喙对于那层厚厚的冰面来说，简直有如细锥，然而它却啄得那样认真、那样用力，丝毫不肯停歇。

那张被冻结在冰湖之中的容颜美丽如昔，胸口那团妖灵之光却已然焦虑不安地变幻闪耀着不同色彩的光芒。妖灵的紧张与焦虑传递到了雀儿的心中，它更加用力地啄着冰面，丝毫没有感觉到自己的喙已经出现了些许的裂隙。

"快，雀儿。"小唯不安地催促，"若是太阳下山，寒冰地狱便会修复所有的裂纹，那今日所做的一切都要荒废了。"

雀儿来不及说话，它拼命地啄着啄着，尽管已经头晕目眩，尽管那寒冷的冰面已经让它浑身瑟瑟发抖，但它知道，绝不能放弃。

小唯姐姐已经在冰湖里冻结了五百年，成败只在此一刻。

终于，那厚厚的冰面被雀儿啄穿了一个小小的洞，只是一个小洞而已，却已然像一把开启了寒冰地狱的钥匙，让那原本封锁其间的寒气于那小洞间喷涌而出，凌厉的寒风带着几乎席卷一切的劲头呼啸着盘旋，雀儿急忙扑扇着翅膀直冲上天空。

然而这股凌厉的寒风却让小唯终于看到了出口的光亮，拼尽她全部的妖力朝着那小洞冲去。只听得轰隆隆一声巨响有如惊雷，厚达三尺的寒冰骤然间裂成碎片，整个雪山猛烈地震动起来，就连天上的云层都汹涌地翻滚着，似海面巨浪掀起惊天骇浪，朝着远处层层波及。

银白的妖灵呼啸着冲出，那抹银光耀眼至极，让天下尽失颜色。

出来了，我终于出来了！小唯凌空飞起，仰天长啸，她繁华锦簇的长袍被飓风卷起，肆意飞扬，雪白的长发猎风而舞，似像那将小唯苦苦压制了五百年的寒冰地狱昭示它的自由。破碎的冰晶四处飞溅，若雪花般纷纷下落，闪耀着耀眼的光芒，尽数落于冰湖之中，发出轻响，宛若断裂一地的枷锁。

"姐姐！"雀儿在天空欣喜地呼唤，羡慕地看着小唯那美丽而强大的妖灵幻化而出的银白光芒。

小唯张口，胸前淤积的寒冰之气化成一团白雾呼之而出，她身体里的寒意终在明媚的阳光下渐渐温暖。

我自由了！

纤细的脚踝轻轻地落在了早已然破碎成浮冰的湖面之上，小唯抬起头来，纵然苍白的容颜上犹有裂痕，却如此美轮美奂。她朝着雀儿露出了一抹欣喜的笑容，倾国倾城。

突然一缕寒光骤现，幽蓝的光从冰湖表面升起，迅速地缠向小唯的脚踝。小唯大惊，迅速地飘身而起，逃向远处。

而身后的寒光却不肯放弃，它升腾而起，直追赶上小唯。

"姐姐快逃！"雀儿呼喊着，盘旋着下降，扑向那缕寒光。然而这终是镇压妖界被放逐之妖、汇集了强大束缚之力的寒冰地狱，雀儿又哪里是它的对手？但见那寒光骤然大炽，化为道道劲风扑向雀儿。那劲风似锋利的刀刃，带着可怕的力道将雀儿打得重重跌倒在地，摔出了很远，五彩的雀羽纷飞，地上洒下了醒目的鲜血。

"雀儿！"

小唯作势便要去救，雀儿却挣扎着站起，焦急地喊道："姐姐你快走，不要管我！"

说罢，它挣扎着飞起，口中发出阵阵急促的鸟鸣。天际突然出现了大片的鸟雀，遮天蔽日地飞过来，如狂风席卷冲向那片寒光。

然而那片寒光却执意要纠缠到底，它瞬间化为汹涌的寒冰波涛，海浪般朝着这些鸟雀扑过来。

大片鸟雀都被寒光击得飞落在地，它们哀鸣着挣扎而起，似是想要重新飞起来扑向那片寒气，而后面的鸟雀却奋起猛冲，誓要与那寒冰之气一争高下。一时之间雀羽翻飞，鲜血四溅，鸟鸣之声震天动地。如此反复几次，那寒冰之光终于被冲散，朝着四面八方散去，然而才只是半晌的工夫，它们却又迅速地回聚，似要卷土重来。

"逃呀姐姐，快逃！"雀儿一边说着，一边带领着伙伴们扑向那抹寒光，与它缠斗在一处。

小唯后退了一步，终是转过头惊慌着奔跑而走。

她奔出雪山，奔向那遥远而又梦想中的人世繁华之地，一路踏过冰雪与荆棘，飓风吹起雪山上的白雪，清雪如烟般飞起迷雾，却遮不住她的视线。

她知道她要去哪里，那个方向一直就在她的脑海中反复辗转，只等着奔向它的这一天！

景致慢慢地变得不同，雪山被远远地抛在了后面。小唯的脚下是一望无际的草原，一泓碧绿的湖水向远处的天际延伸，在蓝天之下变幻着美丽的色彩，倒映着岸边奔跑的女子。

阳光如此炫目，脚下的青草亲吻着小唯那雪白纤细的脚踝，花朵盛开，树木葱郁。可小唯却来不及去看这一切的美景，她匆匆地奔跑，白发飞扬。她已经被冰封了五百年，再不想回到那冰冷的湖里。

妖界的规矩如此森严而不近人情，恨不能将她冻结而亡方感释然。然而这天地的精气终是无私的，她美丽的面容上龟裂的纹路渐渐地愈合，那苍白的面容也渐渐地有了血色。

她奔跑着向前，直到确定寒冰地狱之气没有再追上来，小唯的脸上，这才露出了笑容。

"姐姐，你有什么打算？"

当一轮玄月升上天空，黑暗笼罩大地，寒冷便驱逐了阳光的温暖，在人间肆虐起来。小唯一个人静静地坐在篝火旁边，火光照亮了她的脸庞。看不出她表情的悲喜，那双美丽的眼睛若有所思地望向那跳跃燃烧着的篝火。

雀儿站在小唯头上的树枝上，它与寒冰地狱之气缠斗，元气大伤，所幸小唯这几日的悉心照料，方才痊愈。它捉住一只小虫，满意地吞下去。

"雀儿，你已经照着我教给你的方法，修炼了五百年，现在，该是你化成人形的时候了。"小唯并没有回答雀儿的问题，她的眼睛望着那燃烧的篝火，目光与火光一样变幻莫测。

"可我不想变成人形，变成人有什么好的？"雀儿不痛快地说。

"世间万物都有它逃不开的宿命！"小唯突然厉声叫道，她霍然站起，抬起头，目光炯炯地逼视着雀儿，"你已经是妖，就休想逃出妖的宿命！现在就变成人形，快！"

雀儿被小唯的严厉吓了一跳，它从来没有看过小唯这个样子。于是它怔怔地望了小唯半晌，终于为难地撇了撇嘴巴，从树枝飞到了小唯的面前。

"可是我在寒冰地狱陪了姐姐五百年，早就忘了人的模样，该如何变去？"雀儿委屈地说。

"难道从来就没有一个人，让你留在记忆的最深处吗？你好好想一想，会不会在某一年，某一天，某个人给了你最深刻的记忆。"小唯像是在问雀儿，又像是在问她自己。可叹自己记忆中的那个人早已经化为白骨，而雀儿心中，可也有过人的影子吗？她缓缓地坐了下来，面色沉静地望着雀儿。

"某一天，某一年，给我留下最深刻的记忆……"雀儿喃喃地说着，努力地回忆。身为一只彩雀，她的记忆力本来就不是很好，更不用去提那五百年前的事情。雀儿歪着头，努力地将脑海里那些破碎的片段拼凑起来，她的脑海里渐渐地浮现出一个人的脸庞。

那是五百年前的一个黄昏吧？雀儿跟随父母在南迁之时，突然被一只鹰捉住。父母为了救雀儿而双双葬身在鹰的利爪之下，雀儿也受了重伤掉落在地。鹰尖啸着从高空中飞扑下来，不想放过这顿美食。雀儿用力地扑扇着翅膀，却怎奈它的翅膀已经折断，无法起飞，正当雀儿几乎绝望之时，突然一支利箭呼啸而来，射穿了鹰的身体，将雀儿救了下来。

一双温暖的手，捧起了受伤的雀儿，将它抱在胸前带出山林。那大概是雀儿第一次感受到人稳健而美妙的心跳声，仿佛在告诉它不要害怕，让它渐渐地心安起来。

那是一个猎户的女儿，那天她正巧上山替父亲送饭，机缘巧合，救下了雀儿。她有着一张灵巧而可爱的脸庞，看着雀儿的时候常露出甜甜的笑容。她把雀儿放在一个鸟笼里，帮它在受了伤的翅膀上敷上草药，每天都要和它说很多的话，喂它吃新鲜的小虫。待雀儿养好了伤，那个她便将它放归了山林。那时候的雀儿一心向往着广阔的天空，只在那女子的身前盘旋几圈便冲上云霄。

五百年过去，当雀儿经小唯点拨，有了神识，通了七窍，知道了那女子的所行乃被称之为"救命之恩"，便飞回去寻她。谁知人的寿命终长不过妖，昔日温柔的女子早已然埋于一捧黄土之中，便是想见，也见不着了。

虽然五百年的岁月足以令沧海变成桑田，但她亲切的笑脸，和她指尖的温柔，却是雀儿一直不曾忘记的。有一股子淡淡的哀愁涌上来，雀儿下意识地捂住了心口，转过头去问小唯："姐姐，为何我这里会隐隐作痛？"

小唯将眸光落在雀儿那小小的身体之上，先前严厉的面容终是缓和了下去，她轻声地叹道："这是心。"

"心？"雀儿迷惑地问，"不是说妖没有心吗？"

是了，妖……是没有心的。小唯的目光黯淡下去，她扫过脸去望向远方。她怎么就忘了呢？妖是没有心的啊！五百年前，她以为她会有的，可是就在她即将拥有那一切的时候，却像梦一样破碎了。碎得就像是那覆在她身上的寒冰，明明抖落一地，却又似乎分明地扎进皮肉，冷得她连呼吸都透着寒气。

"姐姐，你看我，你看我呀姐姐！"雀儿兴奋地叫声让小唯恍然回过神来，她转过头看去，看到雀儿已经变成了一个纤细可人的少女，她的脸庞小巧灵秀，一双大眼调皮可爱，自是令人心生欢喜。然而明明是已然变为了人形，身后五彩的雀尾却还挂在那儿，她先是欣喜地摸着自己的脸，然后张开双臂，摇摇晃晃地试图学着人的样子走路。但她走得那样滑稽有趣，却又小心翼翼，仿佛每一步都有跌倒的可能。然而雀儿看上去却又是那么欣喜和兴奋，像是人世间刚刚学会走路的婴孩。

小唯伸出手，将一口妖气吹向雀儿的身后，那五彩雀尾便倏地消失不见了。雀儿看着雀尾所在的地方已经是一片滑腻的肌肤，不由得哈哈大笑，她挥舞着手臂，笑声清脆。

"姐姐，我会走路了，我会走路了！"雀儿笑着、叫着，她越走越平稳，越走越欢快，索性在原地转起圈来。她的黑发翻飞，不着寸缕的身姿纤细灵秀。小唯的脸上挂着淡淡的笑意，仿佛看到了自己初次化成人形的模样。那已经……是一千五百年前了吧……

"姐姐，原来化为人形是这样有趣的事情，先前我怎么不知。"雀儿走到小唯的近前，在她的膝上躺了下来。漆黑如瀑的长发从小唯的发上铺散开来，垂于地面，小唯伸出手来轻轻地抚摸着雀儿的长发，眸光温和。不知为何，看着这只小妖，就像是看着千年前的自己。不过才一眨眼的工夫，却已然斗转星移，过了千年。

"雀儿，我们今日就到此一别吧。"小唯淡淡地说着，雀儿却猛地坐了起来，惊慌地看着小唯问："姐姐何出此言，难道你不喜欢雀儿了？是不是雀儿让你生气了？"

小唯轻轻地摇了摇头："我助你修行，只为借你这五百年的修为将我从寒冰地狱里救出，可我终究是触犯了妖界规矩的狐妖，你与我纠缠在一起，只恐会给你惹来麻烦。更何况，那缕寒冰诅咒是不会放过我的，它会一直追逐于我，直到把我抓回寒冰地狱为止，接下来的日子，恐怕我都要与它缠斗，怎么能让你随我冒险。"

"那怎么才能摆脱它呢？"雀儿担心地问。

"想要摆脱它，只有去找一个人，找一颗心……"小唯说着，抬起头望向了遥远的夜空。那是一望无际的深邃与黑暗，轻云似纱将月光遮掩，只有寒星闪耀其间，如此微弱，如此遥远而又深不可测。

"一个人？一颗心？"雀儿的眼睛一亮，"一个什么样的人？一颗什么样的心？"

"一个……这世间有着最强大力量的勇士，"小唯的目光深远，像是回到了五百年前，那人的面容近在眼前，他身上的战甲烁烁生辉，带着所向披靡的杀气。他的目光炽热，像是一团火，足以将她焚烧个一干二净，而正是这团火，让小唯像飞蛾一样奋不顾身地扑过去，却引燃了自身，燃烧殆尽。可是她却无悔，若还能再遇见那火焰般的男子，她还是会义无反顾地爱上，并且像五百年前那般沉沦……"他的眼睛像星子一样明亮，他的容貌像天神般俊朗，他的身姿像高山一样挺拔，他的热情像火焰一样灼人——他是这个世界上最伟岸的男人。"

"原来是个勇士。"雀儿感慨地说着，又问，"那他的心呢？"

"他的心……"身体里的某个地方又开始阵阵的疼痛，小唯伸出手捉住了衣襟。就在衣襟下的那个地方，早已然空无一物，她只是个没有心的妖，却仍免不了为了那人而心痛。怪只怪上天的残忍，既给不了妖一颗跳动的心脏，却又为何偏偏给了妖那可感知七情六欲的"心"意？

"他的心，像是会唱歌，有着美妙的旋律，"小唯痴痴地说道，"为了救我出这场劫难，愿意把他的心奉献给我……"

"原来是勇士的心，我知道了！"雀儿一跃而起，欣喜地说，"我这就去帮姐姐你找。别说是一颗心，就是一千颗心，一万颗心，雀儿都找得来的。"说着，她眨眼间便化为彩雀，"姐姐你等着我，我去去就回。"她在小唯的身前盘旋了几圈，便冲入了云霄。

"傻孩子，找到那颗心怎会这般容易？"小唯无奈地笑着摇头，又轻轻地叹息道，"只是，我真的要谢谢你，肯与我共赴这一世人间的繁华，替我找那颗心。只可惜……那个人，早就不在了……"

能到哪里去寻呢？那颗心……

心，鲜活的、跳动的，有的还带着温热的体温，鲜血淋淋，就放在小唯的面前。有道是变成妖之后，若不食用人心，这张人的面皮便保不住了。然而当小唯站在草地之上，看着那漫天的鲜血溅落，有如一场血雨，无数的鸟雀扑扇着翅膀在那血雨中穿梭，献媚般喳喳地叫着，将口中的人心纷纷献给小唯。

这是一场死亡的盛宴，血雨带着血腥的气息，滴溅在小唯的长裙之上，绽放一朵朵妖娆之花，而小唯的"心"里却是一片悲凉，就连看都懒得看上一眼。纵是她将这张美丽的人皮，用人心保养得既娇且嫩，又能如何？若遇不见那人，若得不到那颗心，有再多的人心又能如何？小唯缓缓地蹲下来，双手捧起一颗人心，神情淡漠。

"怎么了，姐姐？"雀儿扑扇着翅膀落在地上，眨眼便成人形。而今她已然能够自如地变幻成形，也能够运用一些简单的妖法了。这场"人心血雨"，便是她与同伴们一并寻找的结果，很是让她自得。有这么多的心，小唯姐姐一定可以从其中找到她想要的那颗，这该是多么令她骄傲的一件事情！

可为什么小唯姐姐的脸上却看不到一丁点儿高兴的表情呢？"我已经和同伴给你找来了这么多的心，难道你还不高兴？"

小唯轻轻地摇了摇头，叹息道："这些心都不是我想要的，纵然吃了它们可确保这张脸不再老去，但却换不来我摆脱寒冰地狱的机会。"

"姐姐不是说，只要是勇士之心便可吗？"雀儿疑惑地眨着眼睛，问，"这些人心都是我和同伴们在战场上，趁乱掳来的，你看，这颗人心还在跳呢。"

小唯依旧摇头，眸光望向远处："我要的那颗心，怎么会如此轻易地被妖掳走？真正的勇士之心，一颗就够了。"

她把手中的人心抛在地上，转身离开。

"姐姐，你要去哪儿？"雀儿着急地跟在小唯的后面，急切地问。

"我要去找他。"小唯坚定地说着，她的手上沾满了鲜血，发上、衣裙之上尽是鲜血盛开的花朵，红得耀眼，却又如此触目惊心。她的衣袂飞扬，步履匆匆，她越走越急，整个人都已经开始焦急起来，仿佛迟了一秒，那人便会消失不见似的。

　　一个人，一颗心，他就在那儿，等着她来。她知道的，她比谁都清楚。

　　千山和万水对于妖来说，不过是眨眼之间，可是最难熬的，却始终是那抹时光。即使是千百年辗转而过，与你共度的旖旎，却永远铭刻于心。要我如何遗忘？

　　雀儿担心地跟随在小唯的身后，却又不敢走快一步，只是匆匆地跟着她。她发现自己越来越不了解她的这个狐妖姐姐了，小唯到底想要找什么人？那个人究竟有着怎样的一颗心，能够让小唯如此坚定，却又如此迷惑？

　　苍茫大地，绿草延绵，一个身着锦衣的男子手持长刀，站在那里仰天大笑。

　　他的衣襟大敞，露出结实的胸膛，粗犷有力。一头黑发被编成无数发辫，被一枚枚骨头雕成的珠子坠着垂在脑后，他的肤色黝黑，眼睛里的张狂与野性宛若一头野兽，丝毫没有畏惧地看着在他身前对峙的诸多士兵。那些士兵一个个骑着战马，身披软甲，怒目而视，手中的兵器无一不指向他。

　　就在他的身后，停着一辆硕大的车辇。那车辇有着巨大沉重的车轮，车辇两则有两只羊头做引颈嘶鸣之状，羊头的一对羊角粗壮，一节一节弯成诡异的弧度。细细看去，竟会发现那羊角乃是用骨头连接而成，上面似有浓浓的血腥之气未散。而车辇本身却又如此怪异，上面装饰的并非金银宝石，而是大小各异的野兽头骨，雕着古怪的符号，似还涂着已然干涸的鲜血。黑色的帷幔飘飞，帷幔上用古铜色的颜料绘着旋转成奔跑狼形的图腾，遮住了车辇内的一切。铁链一圈又一圈地缠绕着车身，由于车前搭落在地，每隔几段便挂着一副脚镣，脚镣上血肉模糊，散发着臭气。在车辇旁边有两名身着黑色兽皮的男子手持长鞭静立，他们的头发像经久未洗般打着缕，脖颈上缠绕着古怪的项链，身体粗壮，满面暴戾。此刻，他们正垂着眼，对眼前一幕视若无睹。

"你到底想要干什么？"一个士兵吼道，"我们是朝廷羽林卫军，有要事在身，闲杂人等一律回避！"

"哈哈，哈哈哈哈，"他哈哈大笑，不以为然地扫了那说话的士兵一眼，"我刚才说了，我拉车的奴隶都死了，要你们给我拉车。"

"混账！"另一个士兵气极，吼道，"你连羽林卫军的马都敢觊觎？真是活得不耐烦了！"

他的浓眉高挑，淡然道："我要的不是马，而是你们的人。"

"放肆！"那些士兵一个个怒目圆睁，纷纷暴喝出声。

"放肆的是你们，"站在车辇边上的一个男子冷声厉喝，"能够成为王子的车奴，是你们的荣幸。"

是可忍，孰不可忍。那些士兵举起兵器便冲向了那个男子，男子却大笑着，手中的长刀一挥，人影有如鬼魅般闪过，一阵黑风突然呼啸而至，让所有人都觉眼前一黑，竟什么都看不见了。只听得马声嘶鸣，扑通之声此起彼伏，竟是这男子将那些战马齐齐砍掉了双腿。黑风渐散，却只见鲜血四溅，马上的士兵们无一不栽倒在地，哀叫声一片。

他的神采如此飞扬，像是在进行一场有趣的游戏，结果颇为令他满意。

然而就在他从人影中穿梭而过之时，目光却被一个人吸引了。

画皮 PAINTED SKIN

那是一个身着紫衣的女子，她的头发竟是黑白相间的，虽然诡异，却为她平添了一丝妖冶逼人的美感。她全身都沐浴在阳光之中，微挑的眼眸若狐般妖媚，紫色的长袍似有繁花盛开，只为衬托她那倾国之姿。她的肩头停着一只羽毛艳丽的彩雀，让她更像是误入人间的妖灵，只是站在那里，似不经意地回眸，便已然勾魂摄魄。

他站住了，无视身后的血战，那些士兵早已经愤怒地爬起来，怒吼着举起兵器扑向他，他却只痴痴地看着她，连动也不动。

守候在车辇旁边的男子抬起头来，从腰间抽出了长鞭，正欲上前。他们的主子却身形一动，衣袂飘飞，似只是转了一个身，那些蜂拥而上的士兵便纷纷"扑通"倒地。

"给他们戴上锁链，从今天开始，他们便是新一批的车奴。"他连看都没有看这些车奴一眼，只是望着不远处的女子，扬声道，"让他们昼夜不停地赶路，直到他们死为止。"

她还站在那儿，朱唇微挑，似是露出了一抹微笑。

他突然举步朝着她狂奔而去，就在她的面前停了下来，目光炯炯地望住了她。这个女子，浑身上下都散发出一种迷人的气息，足以让他血脉贲张，心动不已。

她的目光先是在他的脸上打了个转，然后，便落在了他裸露在外面的胸膛之上。匀称的锁骨，结实的肌肉充满了张力，在胸口，绘着一个黑色的古怪图腾，似是一匹狼的形状。

"知道这个图腾吗？"他问她，"这可是身份与地位的象征。它预示着这天下间就没有我得不到的东西！"

她不置可否。在那绘着图腾的肌肤之下，藏着一颗强健有力的心脏，它此刻正"怦怦"地跳着，用一种强而有力的频率。

"美人，你愿意跟我走吗？"他又问。

没有回答，她只是缓缓抬起头来，妖媚若狐的眼微眯，漫不经心地挑了挑朱唇。他开怀大笑，一把将她抱起。

彩雀欢快地叫着，飞上天空，他抱着她，一路踏着鲜血淋淋的草地，走向那华贵的车辇。

天空蔚蓝，白云悠悠，清风习习。碧绿的湖水倒映着蓝天和白云，若不是那青草地，几乎难分辨天上人间。

车辇徐徐前行，小唯惬意地俯在软榻之上，黑白相间的黑发散落，或有几缕垂在她赤裸的香肩之上。她的面色红润，眼眸如水，慵懒之中尽显媚态。车辇外面的皮鞭声与仆人大声地呵斥混合在一起，却都不敌那阵阵响起的清脆铃声。小唯眼波流转，便可见那些衣衫褴褛的车奴躬身艰难地前行，那些铃铛却是拴在他们身上的，皮鞭抽打在他们的身上，每一下都让他们浑身猛烈地颤抖，使得那铃声更加响亮了。

看起来妖界弱肉强食的生存定律，果真也适用于人间，强者注定要生存下去，而弱者注定沦为奴隶。

化身为彩雀的雀儿鸣叫一声，从黄金编织而成的金器上飞起，落在了小唯的身边，黑亮的眼睛里尽是疑惑。那个坐在小唯姐姐身边恣意狂饮的男子，他所坐的椅子似乎是用人骨搭成的，那桌案上的装饰都是人骨头雕刻成的，甚至连他喝酒的容器都是人的头骨！虽然雀儿是妖，但这般用同类的骨头制成器物来用的人……简直可称得上残忍与暴戾！

他难道真的会是小唯口口声声想要寻找的勇士？

她只是一只小妖，分辨不出人的英俊与丑陋，她只想要一个答案，这个男子，他会给她的小唯姐姐他的"心"吗？

小唯纤细的手指轻轻拂了拂雀儿的羽毛，朝着她轻轻地笑了笑，眼眸微眯，瞧向了那个男子。

此时，他正在仰头畅饮，酒从他的下颌流淌下来，滴在结实的胸膛之上。那古怪的图腾仿佛吸取了酒的精华，颜色越发地诡异了。

小唯的视线落在了那个图腾上，就在那图腾之下，他的心脏正在有力地跳动着。

"我有两个嗜好，"他重重地放下手中的人骨酒器，意气风发地扬声道，"驯服最骄傲的骏马；拥抱最美艳的女人。"

说着，他伸手便将小唯揽入怀中。小唯的身体既轻且软，散发着淡淡的香气，这般迷人地依偎在身前，说不出的令人迷醉。他与她双双倒在车辇之上，他的手抚摸着小唯光滑如玉的肌肤，心荡神驰，索性俯下身去便要亲吻。然而小唯却翻身将他压在了身下，双臂支撑在地，长发悄然飘落，垂在了他的脸上，有些痒，但是却很是受用。

这样的姿势他很喜欢，这个女人虽然看似妖媚迷人且温柔如水，却着实难驯得很。这跟他之前见过的女人们有着天大的差别，那些女人，不用他花心思去讨好，只要挥挥手便可招来大片，甚至他一个眼神都足以令她们诚惶诚恐。而眼前的这个却除外，他常常觉得自己看不透她的心，猜不透她的意，他甚至不知道她每天都在想些什么。可是，这也是他之所以迷恋她的原因。

因为从他生下来，他就知道，这个世界上没有他驯服不了的东西。

他只手杀死过黑熊；在狼群里力斩头狼；攀上雪山给母亲摘下过最美的雪莲花；用水中鲛人的头骨制成过酒器。他已经太过强大，强大到看不清脚下的蝼蚁，感受不到自己的存在了。那些平庸的平民们匍匐在他的脚下，卑贱的奴隶们不敢抬头看他的眼睛，没有了对手，没有了敌人，他实在是太过无聊。

所以他要从那个地方走出来，到遥远的中原来，只为寻一种他无法驯服的事物。可是不管多么强悍的战士都成了他的刀下之鬼，就连那些号称中原皇帝的羽林卫军，也都成了他拉车的奴隶。他的手上沾满了对手的鲜血，却仍然感觉不到满足；他的酒喝得越来越多，却仍然感觉到饥渴无比；他的美食吃得越来越稀罕，却仍然感觉到乏味无趣，这个世界上到底还有没有是他没有办法驯服的？他简直快要绝望了。

然而，就是这小小的一个女子，这样纤细的一具身子，竟有着这样难以置信的魔力。

她突然出现在他的眼前，从不说自己从何处而来，也不说自己到何处而去。他曾问过她，她却说她在寻找一个人。

"一个什么人？"他好奇地问。

她却用柔软的双臂缠住他的脖颈，在他的耳畔轻轻吹气："一个，像你这样的英雄。"

他开怀大笑，紧紧地拥住了这香软的身子。

他不是傻子，知道她不愿说出她的故事，就像她从来不愿与自己对视。不管是在他拥抱她、亲吻她的时候，还是在床笫之间，纵然他与她的缠绕何等激烈有如烈火，她却从来不会正视他的眼睛。

是冷漠，还是欲迎还拒的小女人的把戏？他总觉得这个女子像谜一样无法解开，像雾一样捕捉不到，若即若离。然而她越是这般，他就越想要征服她，紧紧地捉住她，让她想要逃都逃不掉。

"你知道吗，美人，有种东西叫做宿命。"他笑着，伸出手来抚摸她的脸，"像你这样的美人，注定要遇到我这样的强者，这是上天的旨意。"

那红艳的唇微微地扬起，小唯眯起眼睛，凑近他的耳畔，轻声说道："我可以给你你想要的，可你能给我什么呢？"

他翻身而起，笑拥着小唯，指着胸口的那个图腾笑着问她："美人，你知道我是谁吗？"小唯看了看那图腾，那是个活灵活现的巨狼图腾，旋转着，似乎正在奔腾，然而在小唯的眼里却演化成一颗跳动的心脏，带着鲜活的生命，蓬勃而令她向往。

"告诉我，你想要什么？"他托起她的脸，状元红的醇香从他的口中呼出来，扑打在她的脸上，"只要你说得出，什么我都可以给你！"

小唯抬起了头，望住了他的眼睛。

这是第一次她肯迎上他的目光，也是他第一次真正望见了她的眼眸。这是很美丽的一双眼睛，眼睛里像是有转动的星辰，闪耀着迷人的光彩，让人坠入其中，无法自拔。

"我要你的心。"她说。如果这真是你所谓的宿命，那你可愿给我你的心吗？

他突然大笑起来。

她竟想要他的心！

哈，这是多么有趣的笑话！他以为她与众不同，他以为她不食人间烟火，他以为她骄傲美艳不可一世。然而她却说想要他的心！这跟那些庸脂俗粉有什么不同？原来她的若即若离和她的不可一世都是用来吸引他的手段而已。

有些人注定就是这个世界上的王者，有些人注定征服一切。他早就说过，这世上就没有他征服不了的东西！

"宿命，宿命。"他笑得扬扬自得，随手拿过了一枚樱桃，送到小唯的唇边。那朱红的唇却并未开启，只是弯成了一个优美的弧度。

那样的美，却带着死亡的气息。

他突然不笑了，因为感觉到了身体的异样。低下头，就在胸膛上所绘的、他素来引以为豪的图腾，突然间凸起了一只手的形状。

这，这是什么？

他惊骇地睁大眼睛，难以置信地看着胸前，还来不及弄明白到底发生了什么，便轰然倒在车辇之中。

或许把征服一切当成是自己宿命的他，做梦都没有想到，他那颗骄傲的心就这样离开了他的身体，让他再不能大笑着俯瞰卑微的众生。而他的心此刻正被一只彩雀小妖捧在手里，还在不甘地跳动着。

　　雀儿瞄了那倒在地上的男子一眼，颇为不屑地撇了撇嘴巴，一面将心递给小唯，一面说道："我看他也舍不得，省得啰嗦！"

　　小唯连看都没有看，厌恶地将脸转向一边。

　　刚才还满是幸福笑意的小唯姐姐，这会子却这般淡漠，雀儿禁不住有些心疼，她轻叹一声，道："试了这么多人，哪一个不是口是心非？能救姐姐的那颗心，到底在哪儿呢？"

　　到底……在哪儿……

　　小唯也在心里这样问着自己。

　　她已经找得太久，久得几乎忘记了自己到底在找些什么。到底是哪个人，还是哪颗心？抑或是，一个渺茫却只能坚持下去的希望与信念？

　　可是这个世界上没有一模一样的两个人，更不可能有一模一样的两颗心，更何况那人在五百年前就不愿将他的心给自己呢……

　　妖界的法则，人与妖要保持着永远井水不犯河水的界限。若一只妖触犯妖界的禁忌，用修为救下人类，就要坠入寒冰地狱，永享煎熬之苦。然而，若想要摆脱这煎熬，就只有转世为人。

　　小唯辗转在人间与妖界，已然活了上千年，关于妖能够转世为人的方法只有一个，那便是在日食之前，有人能够心甘情愿地把他的心献给妖，那么妖就可以转化为人，再不用时时担心着寒冰地狱的追逐，更不用被当成异类，这般寂寞孤独地存活在这世上了。

　　可是，天下如此之大，想要找到那颗慈悲的心，却为何偏偏遍寻不着呢？

　　小唯掀开车辇上悬挂的华贵窗帘，仰头看天。

一轮夕阳血红，将那天空亦染得如此悲凉，血色弥漫，将小唯的脸庞镀上一层浅红光晕。

　　那颗心终究在哪儿？

　　"我的时间不多了……"小唯喃喃自语。

　　"姐姐别担心，"雀儿急忙安慰小唯，"我这就召集所有的伙伴一起去找！"说着，她转身一掀窗帘，变为彩雀飞出了行帐。

　　夕阳已经将天地染成一片血红，沉重而华贵的车辇继续前行着。那些车奴们尚且不知道自己的主子已然葬身在车辇之上，依旧在皮鞭的催促下艰难地前进。

　　每个人都在继续着属于他们的宿命，铃声清脆，时急时缓，却如那命运的齿轮般运转，从未间断。

　　险峻的群山之间，有道狭长的山谷，似通向无人可知的迷域。迷雾有如从青色的山峰中孕育而出，将眼前的一切都笼罩在氤氲之中。

　　一匹白马疾驰而来，马上端坐着一位武士，全身都被披风裹住，硕大的披风被风吹起在身后飞扬。帽子之下刻着繁花的黄金面具遮住了他一半的容颜，但那双眼眸却又似湖水般清澈，只可惜那双眸间透出的神情又如此冷峻，就连唇角都带着冷漠。

　　弥漫着迷雾的山谷寂静无声，只有武士的马蹄声阵阵响起，急促而略带着焦急。突然，一辆马车轰然出现，马匹似受惊般慌乱疾驰而来，与武士擦肩而过的一刹那，武士看到了倒在车辕边上的车夫。在车夫的胸前赫然有一个空洞，鲜血淋漓，已经将他身上的衣裳染得鲜红。那车夫的脸上挂着惊骇的表情，像是看到了极为恐怖的事情。武士的眉微微一皱，胯下的白马似通主人心意，渐渐地走得慢下来，竖起耳朵警惕地留意起周围的动静。就在山谷两边，倒着两具商人的尸体，他们的身上无不被鲜血沾染，胸前一摊血肉模糊的窟窿正汩汩地流出鲜血，令人不忍目睹。就连这两具尸体脸上的表情，都是惊恐骇人的。

到底发生了什么？

武士凝神，警觉地看向四周。

一阵轻微的响动传来，武士的手紧紧握住了手中的马鞭。

突然，在那层层的迷雾之中冲出了一个人，那竟是一个美艳的女子。她身着华丽斑斓的衣裙，衣裙之上有繁花朵朵盛开，欲迷人眼。而那一头长发随风而舞，丝丝缕缕纠缠在脸际，而那张脸，纵然带着惊慌无比的神色，却又美得足以令人窒息。在这诡异的迷雾之中，如妖似幻。

她看到了武士，宛若看到了救命的稻草，双眼倏地一亮。

"站住！"一声暴喝响起，四个身着黑衣的蒙面强盗纵马呼啸着追逐而至。他们的兵器寒光凛凛，似闪着嗜血的光芒，要将眼前一切生物斩杀个干净。女子的身形一颤，慌乱地朝着武士的方向奔跑而去。

然而她仿若已经拼尽了全力，竟身形一晃无力地跌倒在地。强盗们策马狂奔追向女子，眼看便要追赶上来。看到那已然高举起的长刀近在眼前，女子那美丽的脸庞上出现了绝望的神色。

就在这个时候，她突然听见一声战马的嘶鸣，白色的骏马飞跃而起，从她的身上跨越而去。

她抬起头，眼睁睁地看着那匹骏马越过自己，奔向强盗。阳光耀眼，显得这匹马上端坐着的男子俊美耀目，黑色的披风飞扬起来，露出他戴着黄金面具的脸庞，那双黑亮的眼睛目光坚毅地望着近在眼前的强盗，他用力地一甩手中长鞭，直冲着那些个强盗挥舞而去。

长鞭声势凌厉，左右挥舞，每一下都打得那几个强盗哀叫连连，连还手之力都没有地摔倒在地上。

跌坐在地上的女子凄切无助，看上去既害怕又恐慌。然而那双黑亮的眸子，却透着欣喜，意外而又满足地看着正与强盗激战在一处的武士。

战马嘶鸣，长鞭挥舞，人影交错。小唯入迷地看着武士那快若闪电的身手，他的举手投足之间尽显洒脱，纵是无心风流，却早已然流露出令人神迷的优雅。

只几个来回，那些强盗便被武士打得跌下马去，结果了性命。

正如意料之中的那般，他向她伸出了手。

小唯欣然捉住了武士的手，轻轻一跃，便跃上了马背。

就是这样的感觉，万人之上，气势磅礴。小唯轻轻地依偎在武士的背后，虽然他穿着厚厚的铠甲，冰冷而厚重，但小唯仍可听见从武士的体内传来的阵阵心跳。如此美妙，如此有力，竟是一种她从来都没有听过的奇异节奏。

笑容在她的脸上浮现，那先前的焦虑与不安都随着这颗心脏的跳动而平静下来。

白马疾驰而去，尘土在他们的身后飞扬，武士的双手紧握缰绳，小唯黑发如蛇般舞动，衣裙飘逸。

他们走得太快，早已然把那些躺在地上的强盗落得远远的，所以便自然没有看到那四具尸体突然间消失不见。在尸体横陈的位置上，毒蛇盘缠相织，老鼠迅速地窜进草地，青蛙急不可待地跳起，虫豸则一哄而散。

就像是一场戏，热闹地开演，眨眼即逝。

夜，如身披黑色羽翼的恶魔，悄然张开巨大的翅膀，将一切都笼罩于黑暗之中。

这像是一片巨石与树木共存之地，巨石料峭林立，边角锋利，树木则兀自蜿蜒着生长，风声呼啸着在山林间盘旋，月光清冷地洒下银辉，夜风中令人生寒。就连那株开得正盛的海棠花儿，亦免不了因这夜的寒冷而结满了露水，月光下晶莹如玉。

硕大的巨石在地上投下影子，有如伺机扑起的怪兽潜伏着。一团篝火正在熊熊燃烧，火花跳跃，发出噼啪的响声。白马被拴在树旁，轻轻地打着响鼻，仿佛正在享受着难得的休憩。

而那戴着黄金面具的武士则盘膝而坐，任由火光照亮了他的脸庞。

有道是，月下观美人，灯下观男子。纵使他冷漠如冰，却终会有火光照亮深邃的眼底，良人啊，难道你就看不见我的美？

小唯抱着她的琵琶，含笑望着武士。这琵琶乃是雀儿不知从何处寻来的，虽看似朴素，却能看得出是用了些年头的，琴弦被调得极准，还有些缕精气附在那琴弦之上。想来这琴先头的主人当是位精通音律之人，这琴，也是个颇具灵性之物。因爱着这琴，小唯便运用妖法将它悄然变到了先前在山谷中受惊狂奔的马车里。好在武士听她哭诉着要找自己的琴，便肯捺着性子与她去寻，仅从这一点上，小唯便可看得出这武士是个怜香惜玉的人。况且看他身上所穿的铠甲，和那华美的黄金面具，便已然知道这人的身份地位决然不低。

纵然是妖，可毕竟辗转在人间已然有千年，这人间的男子她见过无数，自然知道只有极为风雅的名流之仕，才有怜香惜玉之心。

既是怜香，必会懂琴，既是惜玉，自知风月。

小唯抱着那琴，楚楚可怜地道："小女子名叫小唯，自幼以歌舞为生。如今主人被强盗杀害，我没了去处，将军若不嫌弃，我愿意跟随将军，服侍左右。"

她的声音婉转动听，有如山间的清泉叮咚作响，却仍然不能打动武士。他只是静静地坐在那儿，沉默不语。火光在他的黄金面具上跳跃不定，那双明亮的眼眸却不知藏着怎样的心事。

"救命之恩，无以为报，小唯献歌一曲，聊表心意。"小唯说着，将垂在肩头的长发撩起。那柔顺的长发有如一匹黑缎，带着女子特有的馨香，于这旷野之中犹有几分诱惑。她素手轻动，拨动了琴弦。

"昔我往矣，杨柳依依，今我来思，雨雪霏霏……"

她的歌声温婉而悠扬，却分明带着淡淡的哀愁与悲伤。露珠儿悄然从花瓣间滴落，有如美人眼中的滴滴相思之泪，轻盈地落在草丛中，再难寻觅。

其实那缠绵于心的相思，那些舍不得放不下的痴缠，都如露如电，如梦幻泡影转瞬即逝，偏你我都是执著，守着这场春梦再不愿醒来，哪管雨雪纷飞，冰封所有。

只是没有人注意到，那些滴落在地上的露水突然像有生命般凝集到一处，瞬间被冻为寒冰。而这股寒冰之气像突然间饱满了斗志，迅速膨胀，继而向四周蔓延开来。青草眨眼间结上白霜，就连花儿都被冻得僵硬起来。

它像是一个恶魔，悄然无声而又迅速无比地接近着正在抚动琴弦的小唯。

"知我者，谓我心忧，不知我者，谓我何求……"琴弦若流水般流淌出忧伤的旋律，每一句，每个字都是她千百年来的期待，都是萦绕在她心头的缠绵。

良人啊，若在我面前的你，果真是命中注定的那个人，你肯不肯给我你的那颗心呢？

小唯轻轻地叹息，赫然发现自己呼出的气骤然凝固变成白色，她的歌声立刻戛然而止。寒风袭来，迅速地依附在小唯的双腿之上，慢慢地爬上她的身体。那漆黑柔顺的发梢已然被冻结成霜，像有一千只手紧紧地挽住了她的身体，越收越紧，将寒冰之气传入她的体内。

它来了！它来了！

恐惧笼罩心头，小唯惊声尖叫着扑向武士怀中。刚才还沉浸在心事之中的武士立刻将小唯护在身后，伸手便抓起了马鞭。小唯可以感觉到在那厚厚的铠甲之下绷紧的身体，他的心跳如此有力而美妙，让她莫名地心安起来。武士警觉地看着四周，目光锐利。

　　那突如其来的冰冻突然间停止了冻结，寒气迅速地退后，收敛在一起，慢慢消失不见。青草上的白霜眨眼融化，花朵亦在微风之中轻轻摇曳，刚才还笼罩在逼人寒气里的四周无声无息地恢复了原状，看不出半分蹊跷。

　　这是……怎么回事？

　　小唯诧异地看着平静如常的草地，她刚才明明感受到了寒意啊！她已经在寒冰地狱里被关了五百年，对那寒冰来袭之感格外敏感，是绝对不会看错的。可是它却又为何这样快地消失了？难道……它是在惧怕些什么？

　　武士温暖的体温透过铠甲传递到小唯的身体之上，有如骄阳般炽热。难道是他？她恍然大悟般地看向武士，眸光欣喜。

　　"我以为又有强盗来了。幸亏有将军在。"小唯娇嗔地说着，伸出手来，贪恋地抚摸着武士胸前的铠甲。这份温暖，正是她乞求了五百年的慰藉，在这温暖的身体里，暗藏着一颗强大奇妙的心脏，这些都是她梦寐以求的啊……"将军的身子好热啊。"

　　美人香软的身子贴在身上，玉臂晶莹如雪，蛇一样缠住了武士。暗香涌动，风光旖旎。偏那良人好生的不解风情，竟是一把将小唯推开。

　　小唯险些跌坐在地上，待她稳住了身形，却见武士早已然攀上高处，躺在巨石的平坦之处睡觉去了。

　　一片轻云悄悄遮住了明月，寒冷的夜风吹来，空旷的山谷中竟传来阵阵狼嚎，那狼嚎似是阵阵哀伤之鸣，又夹着愤怒嗜血之意，令人颇觉惊恐。小唯抬起头来，美艳的双眸望着高处的武士，可怜地道："将军，我害怕……"

回答她的，是一柄短剑掉落在地的声音，小唯低下头看了看。

他竟丝毫不为我所动！

那双黑眸里骤然闪过一抹绿光，小唯的面色阴沉下去。她辗转在人间千百年，这世上有哪一个男人不是为她所迷？他们甚至不用她上前，不用她唱歌，更不用她这般苦苦乞求，只要她一个眼神，一个动作，便已然倾心于她，恨不能立刻将她拥入怀中好生缠绵。

偏他竟是这般不识好歹！

轻云散去，明月皎洁，洒下一片清辉。

小唯朱唇轻动，发出了一声狐叫。

就在巨石的缝隙里，突然爬出了一只蝎子，悄然无声地爬进了武士的铠甲。正在沉睡中的武士突然惊叫一声，正欲挣扎，却不想巨石之处原本便是狭窄，只一翻身便跌落在地，晕厥过去。

小唯轻盈地迎上前，将武士揽入怀中。低头，便可见他白皙而俊美的脸，黄金面具上雕刻着朵朵繁花，更让他有了几分神秘。此时的武士已经昏迷过去了，连动都动不了。

小唯轻轻地笑，昏过去好，看你还敢不敢再用那么冷酷无情的眼来看我，看你还敢不敢再说出这般冷漠的话来！

身边传来一阵翅膀扇动的声音，一只彩雀飞至近前，落在地上，化为美丽的少女雀儿。刚才的那一幕她自是瞧了个清清楚楚，对于小唯的举动她更是乐不可支。她好奇地伸手探进武士的铠甲，一把便捉住了那只蝎子，将它拎出来，看着它在自己的手上掀动钳子拼命地挣扎，不禁哈哈大笑，调皮地一口将它吞了下去。

若是在往日，小唯定然会呵斥她这般粗鲁无礼的模样，然而今日，她的目光却落在了武士的身上，面色复杂，不知在想些什么。

雀儿自是当她对这个武士的冷漠生气，虽然颇有些气不过，但也觉得颇为惊奇："奇怪，天下还有这样的男子，竟然不受姐姐的魅惑？"

小唯无心给雀儿答案，想必雀儿也没那个耐性等，她五指如钩探向武士的心脏，气道："待我把他的心取来。"

"慢着。"小唯急忙伸手拦住了雀儿。

"怎么了？"雀儿不解地看着小唯。平常姐姐对那些男人可都是很不耐烦的，无论雀儿如何胡闹，她从来都没拦过，今儿这是怎么了？

"这个人的身体格外炙热，连寒冰也不能近身。刚才，多亏了他在。"小唯思及刚才寒冰诅咒前来袭击的一幕，还禁不住心有余悸。要不是因为有这武士在，或许，她就被抓回去了吧？

"哼，有什么了不起？"雀儿不屑地冷哼一声，"瞧他那副不知好歹的样子！"她还没见过小唯姐姐这么费尽心思地讨好一个男人，说他身体炙热，连寒冰诅咒都被他吓跑，恐怕也是巧合罢了。看他的模样也没有什么是与众不同的，我且看看他是不是戴了什么法宝，还是只是走了狗屎运而已。

雀儿这般想着，伸手便揭开了武士身上的铠甲。但见这铠甲之下竟藏着具肌肤光滑的身子，纵然被白布紧紧地裹住了胸口，但其女子的曼妙身姿却依旧是藏不住的。

雀儿"哧"地笑出了声来，幸灾乐祸地对小唯笑道："原来是个女的，姐姐你白费工夫了！"

"休要胡闹，"小唯却正色道，"你过来听，她的心跳跟常人不同。她能救我！"

雀儿见小唯说得如此认真，免不了依她所言凑过来，俯身倾听。那女子的心跳果然铿锵有力，节奏美妙。这是雀儿从来没有听过的生命旋律，每一下都让她感觉到生机盎然，潜藏在心中的好奇再次萌生，雀儿顺手便掀开了女子的面具。

小唯刚想阻止雀儿这般莽撞的举动，忽然看到了女子被黄金面具遮住的半张脸庞，顿时倒吸一口冷气。

雀儿与小唯面面相觑，两只妖的眼中不约而同地传递出惊骇与难解。

"霍心……"女子喃喃地唤着，有如梦境中的呓语。

阳光，炫目的阳光。

又听到了那一阵阵号角之声，又看到了飞扬的旗帜，又看到了在身边策马奔腾的他。他还是少年时的模样，俊美而洒脱。她听见了自己的笑声，看到自己正紧紧地捉住缰绳，追逐着他。

他总是比自己骑得更快，她不服气地扬起马鞭赶上他，却无论如何也赶不上。气得她常常会扬起马鞭抽打在他的身上，他也不气，只是哈哈地笑着，放慢了马速。那双黑亮的眼睛，像是年轻的骏马，笑意盈盈地看着自己，阳光下的他，就这样如此深地铭刻进她的心里，随着她的心脏怦怦地跳动着，丝毫不得停歇。

可是，从什么时候开始，自己的身边开始不见了他的踪影？

你……去哪儿了？

她霍然睁开眼睛，坐起身来。眼前是寂静的黑夜，篝火跳跃着燃烧，冷风习习，告诉她这一切都不过是场梦。

梦醒了，一切成空。

低头，突然发现自己的铠甲已然敞开，她神色一凛，下意识地摸向腰间，突然脸色骤变。挣扎着起身，她神色慌乱地四处摸索着。

哪儿去了，哪儿去了？它从来都是不离身的，为什么这会儿不见了？

那是不能丢的，丢了它，她此生的意义又何在？

一柄短刀突然出现在自己的眼前，那短刀鞘乃是黄金制成，上面镶满了美丽的宝石，每一颗都有着不同的色彩，华贵无比。而此刻，握着短刀的，却是一只纤细柔软的手。

　　她猛地抬头，看到小唯正站在自己的面前，手举短刀，秀美的面容上挂着笑意，说不出的意味深长。

　　"你找的，是这个吗？"小唯柔声问道。

　　她一把夺过短刀，拿在手里紧张地上上下下查看，像是生恐有人把那短刀上的宝石偷了一颗去。

　　小唯静静地望着她，道："昨晚你被毒虫咬伤了，昏迷了一夜。"

　　她却连看都没有看小唯一眼，将黄金短刀收好，束紧了铠甲。她知道小唯已经知道了自己的女儿身，可那又如何？这世上不相干的人太多，她自是没有这个心情介怀。

　　可小唯却不想放弃，试探性地问道："霍心，是个男人的名字吧？"

　　她突然停下了动作，猛地抬起头来，警惕地瞪着小唯。

　　她的眼神让小唯突然间有些不忍，解释道："你昨晚叫了很多次。"

　　她冷下脸，蓦然起身，却突然感觉到一阵眩晕，脚下一软便跌倒下去。"小心！"小唯惊叫，上前扶住了她。

　　叹只叹，这世间总有这些痴情而又愚笨的女子，明明是藏不住的，那种思恋一个人的心情，却偏偏总想隐藏。便是偶然被人看破，又好像是意欲偷窃其财宝那般厌恶警惕。

　　道是有情总被无情恼，可你我谁又能放得下呢？

第二章

炫 白

「从你开始回避我的眼神开始，我就注定要追逐着前行。你说我是倔强的孩子，缠住你偏要那颗糖，岂知我只是想要索尽你的疼惜，只给我一人……」

——靖

"我是当朝皇上的第十四女，单字名靖。"她骑在马上，硕大的披风飞舞起来，几乎将小唯包裹住。

小唯的脸在黑色的披风之中显得精巧迷人，她淡淡地笑道："原来是靖公主殿下，怪不得您的浑身上下都有着股子高贵之气，却是有着这等高贵的血统。"

靖公主对小唯这番恭维的话，没有半分欢喜或是谦逊，只是沉默着，望着那越来越接近的白城。

白城。

位于中原西南方遥远边境，那是中原地势最高的地方，更是离蓝天最近的地方。它北起唐拉措大雪山，东连圣吉拉江与热怒江分界处，东南延伸与横断山脉的舒启拉岭相接。相传千百年前，它曾是佛祖镇压魔兽的结界所在，所以即便是夏天最热的时候，屹立在白城北部的唐拉措大雪山也从来没有融化过，白城的人们都说，冰和雪是世上最寒冰圣洁之物，所以才能够镇压得住妖魔。不知是不是正因为如此，如今白城四周的山峰地势极为陡峭，尤其西北坡更是山势笔直，险要壮观。

正因其险要的地理位置，白城，便成为了边关驻守的要塞之地。何况距白城不到百里之地，便是天狼国的势力范围，这让白城将士们更加不能掉以轻心。

天狼，原本是天空中象征着侵略的恶兆之星。据传天狼国人的先祖乃是夏后氏，属苗裔，他们是西域古国，国名取其好战之意。毗邻西羌，东接中土，人皆深目高鼻，凶残暴戾，而且崇拜邪恶的巫法，喜欢用牛羊及生人祭祀。

天狼国的巫法极为恐怖，并且有着相当强大的力量，甚至能够呼风唤雨，让天地为之变色。这种力量的来源没人解释得清楚，更没有人敢踏入天狼国一步去探其究竟。传说天狼国每年要做三次祭祀，每次祭祀之前都会侵略中原，从边境掠走大量的牛羊，在城中大肆屠杀，抢走金银财宝以及粮食作物，并且将掳走的百姓充为奴隶，甚至成为神秘祭祀的祭品。在之前的几十年里，白城一直处在天狼国的践踏之中，生灵涂炭，哀鸿遍野。直到朝廷派来重兵驻守镇压，并且有大批的术士一并在此作法，才勉强与天狼国杀个平手。后来朝廷又下旨招安，每年三次赐予其大批的牛羊及死囚，这才结成同盟，暂时相安无事。

只是朝廷一直对天狼国人那嗜血好杀的本性有所忌惮，从先祖皇帝继位以来，便一直未停过在白城修筑城池，更是派了最为优秀的战将驻守。而眼下，在白城驻守之人，便是牵动着靖公主之心的那个——霍心。自从霍心霍将军镇守白城之后，军纪严正，赏罚分明，手下的将士更是个个能征善战，偶尔有天狼国人前来挑衅滋事，也都被其镇压，更是收回了好几处被蛮族所占的疆土，一时威名远扬，白城的百姓更是过上了安居乐业的好日子。

战马奔腾，渐渐接近白城。

就在这片湛蓝如洗的蓝天之下，就在这一望无际的旷野之中，那座白城沐浴在耀眼的阳光之下，巍峨耸立，白得炫目而纯粹。大汉国的旗帜在白城上方飘扬，更显得白城的庄严与威仪。

白城。

它是靖公主心中的圣地，因为有一样最为贵重的东西被她寄放在这儿了，而她纵然是万分想要取回，却终还是心怀忐忑。

有时候越重要的，就越是不敢面对。而有时候越是不敢面对的，便越是想要得到。

人也好，妖也罢，就是这样痴傻。

小唯轻轻地笑，依靠在靖公主的背上，惬意地听着那温暖而美妙的心跳。她突然很想知道，在这样一颗炽热的心灵深处，到底有着怎样的秘密。

靖公主，藏在你心里的那个人，到底是谁呢？

此时的白城，颇有安宁祥和之意。百姓们因着有霍心霍将军在此坐镇而安心无比，白城之内一片人声鼎沸。这里比不上京城那般奢华，却也热闹非凡。那些小商小贩热情地招呼着来往的人们，货物琳琅满目，令人目不暇接。

在路边，立着一排白布幌子，布上画着各种各样的妖怪，张牙舞爪，骇人至极，而正中的白布之上写着"降妖除魔，治病救人"八个大字。这些白布幌子围着一张木头桌子，桌上摆满了古怪至极的小药瓶。

一个穿着破破烂烂粗布袍子的年轻男子正得意地抖着挂在他身上的一串小瓶，如果不是他那身怪异的打扮，相信以他清秀的眉眼还能称得上是个美男子的。只可叹这会儿的他正口若悬河，滔滔不绝地讲着什么，七八个半大的孩子全都围绕在他的身边，好奇地看着他的那些古怪瓶子。

"妖，貌若人形，口吐人言。站在你面前你也认不出来！"他一面说着，一面看了看这些孩子，"妖最会蛊惑人心，它叫你干什么，你就干什么。你以为自己情愿呢，其实是被它的妖术蛊惑，中了邪。然后……"

他拖着长音，脸上挂着既害怕又神秘的表情，环视四周。那些孩子们看到他的样子，都屏住了呼吸，尤其是一个拿着馒头的小孩子，更是入了迷，张大了嘴巴牢牢地盯住年轻男子。年轻男子突然伸手一把抢下小孩子手中的馒头，说道："它就掏你的心吃！"

说着，像是作示范般大口咬了下来，大嚼特嚼。馒头少了大半，那孩子面露惊恐之色，其他的孩子却哄然一阵大笑。

这番热闹引来了一只彩雀，那正是雀儿。她受小唯之命与她一起前往白城，只是小唯姐姐所乘的那匹马着实比不得她这双美丽的羽翼速度快，她自先到达了白城，四处飞飞停停看着热闹。这会儿听到有人像说书般说得热闹，便也好奇地飞过来，停在一面帷幔的栏杆上凝神听起来。

但见这年轻的男子指着画在白布上的画像说："告诉你们，不是我吹。我庞郎家族十三代，都是血统最为纯正的除妖师。这些，都是经我们家族降服过的妖，怎么样，很厉害吧？"

说着，他又拿起腰上的一只瓶子，炫耀般地挥舞着，说道："看看这个，这叫寻妖瓶，见过吗？要是附近有妖，瓶子就闪！"

庞郎有模有样地把瓶子托在手上，身体摇晃着，嘴里念念有词，看上去既滑稽又可笑。孩子们笑得更起劲儿了。

"你！"庞郎伸手朝着一个小孩大吼一声，那小孩正咧着大嘴笑得开心，被庞郎这么一吼，吓得当时愣在了那里，惊骇地看着他。

"你说，妖为什么害人？"庞郎正色问，孩子茫然地摇头。

"不知道吧？"庞郎瞪大了眼睛，神秘兮兮地说，"哎，妖没有心，只有妖灵。非吃人心才能保住它的人形不变，然后继续害人！到时候，你们就得来求我！"

他越说越得意，一个孩子见他这般了得，不禁悄悄地伸过手去，好奇地摸向庞郎腰间挂着的小瓶。庞郎一巴掌打开他的手，却被一个突然窜到他身上来的怪物吓得一哆嗦。

"喵呜……"怪物叫了一声，庞郎这才看清那不过是一只被剃光了毛的猫，身上沾满了羽毛，还挂着五颜六色的彩条。

"妖怪来啦！"孩子们尖叫着、哄笑着，一拥而上，抢了庞郎摆在桌上的药瓶，四下逃散。庞郎一愣，急忙拔腿去追，可是孩子们早就跑得没了影儿，想要追都不知该朝哪儿追。真是低估了这些臭小子！他气恼地跺了跺脚，腰间的一个寻妖瓶却突然间闪闪散发出绿色的光芒。

这……是……

庞郎愣住了，双手捧起寻妖瓶，连眼睛都不眨地盯着。

"有妖……"庞郎喃喃地说着，突然间意识到了什么，他兴奋地跳起来，大声地喊："有妖，有妖啊！有妖！"

妖你个头！

雀儿早就看出了庞郎的破绽，知他是个唬人的二百五，自是气自己白费了半天的工夫听他胡诌，便恼火地飞过来，用翅膀重重地扑打庞郎。

"哎哟！"庞郎左躲右闪，竟一屁股栽倒在路边，寻妖瓶也轱辘着滚到了一边儿。庞郎急忙扑过去，把寻妖瓶紧紧攥在了手里。

"有妖……竟然真的有妖？"庞郎又惊又喜，他低下头来，急切地翻着自己腰间的那些寻妖瓶。

这些寻妖瓶，每一个里面都封印着祖先所除的妖之皮毛。那些皮毛均是妖身上最具灵性的部位，有狐尾、有蛇牙、有猿尾等，每每遇到与此妖相同种类的妖，寻妖瓶便会闪闪发光。而眼下正在发光的这个，乃是藏着九霄美狐一堆断尾的寻妖瓶。

难道……是狐妖？

寻妖瓶一闪一闪地散发着光亮，似乎比刚才更加耀眼了。

庞郎疑惑地抬起头，看到一匹疾驰而过的白马，在那白马之上，有一个戴着黄金面具的怪人，载着位绝色香艳的美丽女子匆匆而过。在路过庞郎身边之时，寻妖瓶便亮得灼人。庞郎看了看寻妖瓶，又抬起头来看着他们。

他们……竟是朝着校尉府的方向去了！

塞外的天空纯净得有如一块孔雀蓝水晶，没有云彩的遮挡，连骄阳也是那般肆无忌惮，烤得人焦躁。没有女人陪伴的男人们，一个个儿空有一身热血却无从发泄，只得聚在一起打发着这无聊的时间。

一只空酒坛突然凌空飞起，紧接着便有一只羽箭"嗖"地飞出，追踪而至，只眨眼的工夫便射中了酒坛，随着"哗啦"一声，酒坛破碎成片，纷纷落在校尉府庭院的沙地上。

"好！"

"好！公孙将军真是好箭法！"

众将士连连叫好。

"公孙将军射得就是远，哈哈哈哈。"人群里不知是谁说了一句，众人立刻被这一语双关的话逗得笑成了一团。

就在拴马的木桩上，一个未开封的酒坛端端正正地摆放在那里，大红的布紧紧塞住酒坛，像是蒙着红盖头的新娘子等着这些热血的汉子掀开盖头。

谁有本事，谁就能先喝到那酒坛里的酒。这是校场不成文的规矩，张口之前先露一手，若是没个几斤几两，想要喝酒？嘿嘿，做梦去吧！

膀大腰圆的公孙豹得意扬扬地转过身，把手里的弓扔给赵敢，亮着他的大嗓门哈哈大笑："该你了。"

比起公孙豹这头硕大滚圆的"豹子"，赵敢既消瘦又弱小，恐是公孙豹一巴掌就能把他掀到校场那头。但他却丝毫没把公孙豹放在眼里，自是接了弓，慢慢悠悠地从怀里掏出了一枚铜钱。

这小子又想玩什么花样？

公孙豹的眉头一皱，心中大为警惕。

而赵敢则将手中的那枚铜钱抛向空中，就在铜钱在空中飞起之时，赵敢抽箭搭在弓上，用力将弦拉满，迅速地瞄准了那枚铜钱。他的目光锐利，与箭尖形成一条直线，紧紧地盯着铜钱，就像是一个瞄住了猎物的猎手，看准时机，一箭飞出，直冲铜钱而去。

众人心都提了起来，目光随着那支羽箭向前飞去。但听得"嘣"的一声，箭羽将铜钱深深地钉入了马厩的房梁，箭尾的雀翎还在微微地颤动。

"好！"

"好箭法！"

众将士一片喝彩之声。

公孙豹又羞又怒，愤然将手里的一束箭掰断，愤愤不平地嚷道："不玩了！"旋即，他又像想起什么似的，扭头朝着身后喊："霍将军，你来灭灭这小子的威风吧！"

所有人都随着公孙豹的视线向后看去，就在不远处，一个挺拔而颀长的人影正绰然而立，黑亮的眼睛炯炯有神，沉默地看着众人。

"霍将军，霍将军露一手吧！"

将士们开始欢呼，霍心这才一步步走了过来。

他身上的铠甲在阳光下散发着金属特有的质感，让那张古铜色的面容显得更加坚毅，他的眉毛浓重，双眼深陷，灼亮而炽热，浑身上下狂野的张力呼之欲出，却又都被他尽悉收敛于铁青的铠甲之内。

"霍将军，给。"公孙豹双手递给霍心那张弓，霍心接过来，漫不经心地伸手试了试弓的柔韧。

公孙豹摸出一枚铜钱，正要抛出去，赵敢却按住了他的胳膊。

"这个太容易。"赵敢说着，拿出一只空酒坛，夺过公孙豹手中的铜钱便丢进了酒坛里。铜钱从酒坛里发出清脆的响声，赵敢朝着公孙豹使了个眼色。

公孙豹嘿嘿一笑，纵然他们两个刚才是一较高下的对手，但是在对待霍心霍将军这样的能人之时，自然还是要统一战线才来得明智。

他用力将酒坛抛向高空。霍心的耳朵像野兽一般动了动，铜钱在空酒坛中叮当碰撞的声响仿佛就响在他的耳畔。霍心扬起手臂，把弓拉满，箭尖追踪着飞行着的酒坛，瞄准。

公孙豹和赵敢对视一眼，两个人的脸上都挂着得意的坏笑。霍心却并不计较，他的唇角挂着一缕微笑，桀骜不驯。身为他们的将领，霍心简直对这些粗犷的汉子了如指掌。他们既是想看热闹，那就给他们好看，他干脆闭上了眼睛，侧耳倾听。

酒坛在高空中不停地翻转，铜钱碰撞在酒坛里，叮当作响，那碰撞声在霍心的耳畔被无限放大，变成巨大的声响。

其他的将士们瞪圆了眼睛，屏住呼吸，连眼睛都不眨一下，生怕错过了这精彩的一幕。

"嗖"。

银光一闪，羽箭突然离弦，众人的目光随着那支羽箭一并飞向蓝天，却都被那炽热的骄阳灼伤了眼，急忙闭上了眼睛。

"砰"的一声，酒坛在空中爆裂，众人还来不及去看，便已然见到酒坛的碎片纷纷落地，而羽箭已然穿过铜钱的方孔，将其牢牢地钉在了马厩的木桩上。

"好！"

"霍将军真了不起！"

"霍将军真乃神箭也！"

欢呼声一片，众将士纷纷站起身来喝彩，一时之间气氛热烈得有如打了场胜仗。

霍心微微挑动唇角，面色淡然。

就在这个时候，一个士兵高高地举着一柄短刀，急速地跑来，在霍心的面前停下，双手递上短刀。"霍将军，"士兵气喘吁吁地低头道，"有人求见！"

有人求见？

霍心垂下眼帘，一柄黄金短刀赫然闯进视野，那上面密密麻麻地镶满了名贵的宝石，阳光下耀眼至极。

他拔刀出鞘，清冷的寒光让他几乎睁不开眼睛。

她来了。

霍心的心里顿时有如洪水决堤而下，汹涌得让他几乎站不稳。

可是他的表情却并没有为众将士所见，公孙豹已然兴致勃勃地打开了酒坛的泥封，大笑道："今儿咱们也改改规矩，最后一名先喝！"

说着便举起酒坛，正欲豪饮。赵敢却一把夺过公孙豹手中的酒坛，挑眉道："你小子耍赖，霍将军先喝！"

公孙豹自讨了个没趣，只能眼睁睁地看着赵敢把酒坛拿走，饶是心痒难耐，却也毫无办法，只得悻悻地抹了抹嘴巴。

赵敢把酒坛递给霍心，却瞧见霍心正凝神不知在想些什么。赵敢将酒坛举得近些，霍心下意识地接过来，却分明没有一点兴奋，甚至连喝酒的意思都没有。

这哪儿是平时的霍将军？

若是换成平常，霍将军早就豪爽地笑着狂饮了。"美酒名剑烈马，热血喷洒沙场，好男儿就当如是。"这是霍将军平常最愿对将士们说的话，可是今天他怎么了？

难道……有心事？可是像霍将军这样一个爽朗的铁汉，怎么会有心事这一说？

众将士面面相觑，不解地看向霍心。

"霍将军，喝啊！"赵敢扬声催促，这一大坛的美酒，酒香早就飘出了万里，让人闻着都嫌心痒，这霍将军到底在搞什么鬼，活脱脱地吊人胃口！

而霍心却全然没有意识到赵敢的催促，还在怔怔出神。

将士们不知道发生了什么事，只疑惑地看着霍心。霍心则突然举起了酒坛，把酒一股脑地浇到了自己的头上。

——他们的霍将军，恐是疯了。

原来，是朝廷的人来了，而且还是个公主！

可是公主到这鸟不拉粪的地方来做什么？将士们觉得越来越奇怪，可是既然是朝廷来人，大伙儿也不敢怠慢，只得匆匆地跟在霍心和达叔的后面，走向校尉府议事厅。

"你这满身酒气的，像什么样子，太失礼了！"达叔乃是霍家的家将，年轻时战功赫赫，忠心耿耿地追随霍家，后来因受了伤便在霍家服侍，对霍心疼爱有加。八年前，霍心执意驻守边关，达叔因放心不下，舍下一把老骨头跟着他来到了这遥远的边城。达叔虽然已经上了年纪，连须发都是银白的，但在军中颇有声望。所有的将士都极为尊敬他，对他的管教也都洗耳恭听。偏达叔对霍心的要求最是严格，这会儿瞧见霍心的样子，真是又气又怨，少不得一面快步跟在霍心的身边唠叨，一面用手帕帮他擦脸。

霍心没说话，像喝醉了酒般摇晃着前行。

达叔忽又想起事来，转过头对身后跟随的公孙豹和赵敢等将士嘱咐道："你们给我记住了，别个个直眉瞪眼的。都低着头，盯着自己脚尖！别看她的脸！知道吗？"见众将士均心不在焉，便气得吼道："喂！像我这样！"

说着，便躬下身子，低下头来，小心翼翼地看着自己的脚尖。达叔的模样谦卑恭敬，与平素里板起脸来训人的他简直判若两人，只是怎么看都像是一只长着雪白胡子的老虾米。公孙豹"哧"的一声笑出来。达叔气极，一掌打在公孙豹的脑袋上。公孙豹挨了打，哪里还敢跟达叔碰硬，急忙低下头不再吭声，达叔这才满意地追赶上霍心的脚步。

"哎，赵敢，"公孙豹瞄着达叔离自己已然有了几步之遥，方才轻声地凑近赵敢，轻声道，"霍将军一口酒没喝，脚底下怎么也打晃啊？"

赵敢挤了眼睛，示意他别再啰嗦，公孙豹这才闭上了他的大嘴巴。

一行人脚步匆匆，低着头走上了大厅。

白城的校尉府议事厅，还从来没有像今天这样被布置得如此庄重。

巨石砌成的墙面没有一点装饰，只有大厅正中摆放着一个硕大的羊皮纸缝制而成的屏风。在那屏风前，端坐着身着铠甲的靖公主。

女子身着铠甲，这还是件颇为稀罕的事情。但见那靖公主一头漆黑如瀑的长发垂在肩头，白净的脸上戴着一个黄金面具，遮住了她一半的容颜。露在外面的半张脸肌肤细腻，神采飞扬，黑白分明的眼眸清澈如泓，目光坦荡，举手投足尽显高贵，自是别有一番逼人的英气。

先前还在猜疑这位十四公主模样的众将士们都被靖公主身上所散发出来的气势所震慑，竟纷纷低下头去，就连公孙豹也屏住呼吸，连大气也不敢出。就更别提抬眼去看坐在靖公主身边，替她倒水的美艳女子了。

达叔携霍心在靖公主的近前跪下，其他的将士亦后退一步，纷纷跪倒在地。大厅里的气氛格外严肃，没有一个人敢抬起头来，似乎连空气也凝固了。

霍心满头满脸的酒水未干，就连头发也是湿漉漉的。他打了个酒嗝，口齿不清地道："武骑校尉……霍心……参见公主殿下。"

霍心？

这个人就是靖公主即便在昏迷之中也口口声声念着的霍心吗？小唯颇为意外地看了看醉醺醺的霍心，见他的头发凌乱地垂下来，几乎遮住脸庞，满身的酒气，就连衣裳也是湿漉漉的。那副颓然而落魄的样子，果真是靖公主心里深藏着的那个人吗？她将视线落在了靖公主的身上。

但见靖公主一脸愤然，刚要站起身来说些什么，却欲言又止，缓缓坐了下来。那阵美妙而又富有节奏感的心跳突然间加快了速度，只是那张秀美的脸却依旧板着，眸光复杂地看着霍心，似有千言万语却不知从何说起。

人间的女子还真是奇怪，明明心有所想，却为何还不敢直说出来呢？

小唯饶有兴趣地瞧着这一幕。

"看来边关很自在啊，霍将军已经乐在其中了。"靖公主的语气威严，略带着责备。但恐怕任谁都能听得出她那言不由衷的关切，尤其是那双黑亮的眼睛，如此不舍地凝望着这离别了八年未见的少年。不，而今，他已然成为一个俊美而又挺拔的男人了。

"……臣知罪。"霍心低着头，就是不愿去看靖公主那既责备又关切的目光。

"霍将军可还记得，宫中一别，有多久了？"靖公主见他这般模样，忽又心疼起来，语气亦放得柔软了。

"臣……不记得了。"纵然心中一紧,霍心仍不愿抬起头来。他低垂着头,自也无人可见他眼底翻涌的情愫和紧紧咬住的牙关。

　　"想!"靖公主不悦地喝道。

　　霍心的身形微微一顿,略略地迟疑了一下,便道:"六……七……八年了吧。"

　　"不对!"靖公主的面色阴沉下去,大厅里的气氛陡然降到了冰点。众人均紧张地抬起头来,看向靖公主,少不得替他们的霍将军捏了把汗。

　　靖公主更是双眸灼亮地盯住霍心,倔强地等待着他的回答。

　　霍心沉寂了下去。

　　多久……多久……这个问题,是霍心一度想要遗忘的问题。他一直在问着自己,如果不是自己的出现,是不是就不会有当年所发生的错误和痛苦?如若可以选择,他宁愿没有与她相识相逢,并且相知。

　　如果可以让他再选一次,他宁愿从来都没有出现,也不愿让她承受那些艰难的过往。如果他忘了,那么她会不会也同样遗忘?

　　"臣愚钝,真的记不清了。"

　　装疯卖傻,又是老一套!

　　靖公主在心里冷冷地笑一声,伸手将面前的水壶推向小唯。

　　"去,给霍将军醒醒酒。"靖公主扬声道。

　　小唯会意,眼中不觉闪过一抹笑意,她拿起水壶,婀娜地款款走向霍心。

　　你这个呆子,怎么就识不得女子的心?小唯在心里笑着,将那水壶倾斜,水从霍心的头顶浇下来。霍心抬起头,水滴顺着那轮廓分明的脸庞流下,仿佛泪滴。

　　是他!

　　是他!

小唯全身一震，有如一记惊雷就在自己头顶炸响，夹着风，带着闪电，将她击得摇摇欲坠，几乎晕倒。

真的是他，真的是他！他……还活着！

眼前一幕幕闪过那些支离破碎的片段，五百年前的情劫有如一张网，迎面扑来，将小唯捆了个严严实实，任她怎样挣扎，也挣扎不脱。

宿命，宿命！

小唯踉跄着后退，几乎不知道自己是怎样回到那靖公主身边去的。纵然她早已然逃出了寒冰地狱，可为何此刻浑身上下还是有如置身冰窖？

身体在瑟瑟地发着抖，那似决堤而下的心洪无论如何也克制不住。上天啊，为何你如此吝啬，就连眼泪，都吝于赐予给妖呢？让我如此心痛，却只能在此重重地呼吸，无法宣泄。

你到底……为何如此待我？

小唯的心疼哪堪为人所知？纵是她因那宿命所扰、前世所迷，今世却早已然时过境迁。斗转星移，不变的只能是那未尝过生死轮回的妖，空有感慨前尘后事之意，却又能如何？

霍心抬起头来，目光与靖公主相交。只这一刹那，他便恍然若回到从前。那双明亮而清澈的眼眸，那逼人的英气，那飞扬的神采，像是天空骄傲地散发出光彩的骄阳，炙热而不可一世，让卑微的他如何敢去面对？

靖公主一瞬不瞬地望着霍心，一字一句地说道："是八年，又七个月！"

八年，又七个月……已经……过了八年又七个月了，眨眼之间，仿若隔世，仿若隔世！霍心看着靖公主，苦苦压抑于心中的情海再次翻涌而出，冲破那被他建筑起来的坚实的堡垒，轰然而下，让他整个人都为之不稳，身体似无法保持平衡般晃了一晃。

看到霍心这般像落荡鸡似的狼狈模样，靖公主不由得"扑哧"一声笑出声来。

先前还紧张的气氛突然间微妙起来，霍心和靖公主两个人之间的僵持宛若薄冰，经阳光一照，悄然化为暖流。

达叔见状，急忙上前，谦恭地说道："公主殿下，白城地处边关，危机四伏，公主殿下您孤身前来，不知有何要事吩咐？"

靖公主刚才还笑意盈盈的脸上突然间阴沉下去，她转过头来，目光严厉地瞪住达叔，冷冷地道："我让你说话了吗？"

达叔立刻噤声，低下头去。在场所有的人都被吓了一跳，下意识地将头低得更低了。

就连大厅的空气，也似乎被冻结了。

靖公主环视了一下四周，突然豪爽地笑起来，她站起身来，洒脱地挥手："摆酒！我要犒赏边关将士！"

主子一声令下，这些将士们可就忙坏了。只是这边关终比不得京城，即便是见过最多世面的达叔，也因巧妇难为无米之炊，只将那庭院稍加布置了一下。

先前朴素的青石院墙之上，此时已然挂了帷幔，在微风下徐徐飞扬，虽简单质朴，却也飘逸好看。

靖公主时此已然换上了便装，笑意盈盈地坐在正中的主台，她的双颊微红，神色愉悦，高高地举起手中的酒盏痛饮，其豪爽洒脱竟与白天的冷漠凌厉判若两人。

边关的校尉府，从没有女人出现过，按理，这些个从未见识过如此气质女人的将士们，应该觉得高兴才是。可是他们偏偏遇上的是这等有身份和地位的女人！饶是她皮肤光滑赛过绸缎，眼眸明如璨星，谁又敢多看她一眼？别说是看她，就连被她看恐怕都是种折磨，让人难受得紧。

赵敢和公孙豹二人此时正在酒席中间的空场上，奉命舞剑助兴。先头他们还笑话达叔那一本正经的样子可笑，谁知这眨眼之间便轮到了他们。知道那位身份尊贵的主子在看着，赵敢和公孙豹谁都没了平素里那嬉皮笑脸的样子，每一招每一式都比画得认真，像两个木头人，只差没有发出咯吱咯吱的发条声响。不敢看靖公主，可酒席上的将士们倒是都把视线落在了赵敢和公孙豹的身上，一个个儿的忍俊不禁。赵敢和公孙豹心里虽气，却不敢发作，依旧一板一眼地比画着，心里可是憋屈得紧。

达叔低声对那些幸灾乐祸的将士们发出一声警告，又颇为担心地看了霍心一眼。

霍心已然换上了武将朝服，黑发也利落地绾起，越发气宇轩昂。他笔直地坐在靖公主左手边的次席上，眼观鼻，鼻观心，像是正在修行的苦行僧，一动不动，就连面前的酒肉都未曾碰过。

看到他这个样子，达叔这才放心，毕恭毕敬地低下头去。

琴弦被一只玉手轻轻地拨动，那是坐在靖公主右侧的小唯，正在弹着琵琶。只是这琴音虽悠扬，"琴师"的心思却并不在其上。小唯正用眼角的余光细细地观察着靖公主与霍心。这两个人坐在一处，倒也称得上是一对璧人。只可叹一个满心热情意欲亲近，另一个却冷若冰霜拒之千里。所以说人世间的男女最是奇怪，明明只有几十年的寿命，却仍不懂得在这有限的时间里把握住对方。寿命比妖就少了不知多少，偏偏又活得这样不明白，真是活活糟蹋了那一颗颗鲜活的心。

可那个人……小唯的眸光落在了霍心的身上，悲伤中带着不舍。她其实知道的，这个人并不是铭在她心中的那个"他"。她是妖，看透了人间无数生死和悲欢离合，她活得比谁都明白，深知人死不能复生的道理，霍心和"他"只是碰巧长得相像而已。可是明白是一回事，释然又是一回事。

遥想五百年前，那个人也是这样故意板起脸来不理人的吧……明明是有爱的，到头来却连看都不敢看自己一眼。这像"闷葫芦"一样的男人，总是让女人受尽折磨。

上天啊，若这果真是宿命的轮回，我以妖之力，可否将它扭转？

"闷死了！"靖公主皱眉，大声地说道。酒席之上的将士们被唬得神色一凛，纷纷抬头看向靖公主。但见靖公主端起酒杯举向霍心，"霍心！酒宴之上不必拘泥君臣之礼！来，一起喝！"

靖公主的脸庞因酒的作用而微微泛起红晕，眼眸散发着明亮的光彩，满怀笑意地看着霍心。霍心却将头低下，沉声道："臣久处蛮荒之地，疏于自律，经公主责骂，绝不敢再饮！"

"你！"

靖公主为之气结，怎奈她已然当着众人的面举起了酒杯。身为千金之躯，高高在上的公主殿下，要她如何下得了这个台？

小唯瞥了眼低头不语的霍心，朱唇微挑，却是露出了一抹笑容。果然像极了那人，就连这又臭又硬的脾气都像。这般脾气，恐怕靖公主要有的苦头吃了。

眼看着气氛已然陷入僵局，达叔急忙起身，将手中的酒杯高举过头顶，扬声道："老臣愿代霍将军干了此酒，望殿下尽兴！"

众将士急忙附和道："我们干了，望殿下尽兴！"这些征战沙场的汉子们自有一股子震天的气势，听起来倒也颇具声势。靖公主将目光从霍心的身上移开，望向众人。

"尽兴？"靖公主的声音里透着淡淡的苦涩，像是自嘲，又像是无奈。然而她终是洒脱一笑，说了声"好"，便仰头干了手中的酒。豪爽道："你们驻守边关，想必清苦乏味。"说着，转头对小唯道，"小唯，为大家献舞，助助酒兴！"

小唯站起身来，毕恭毕敬地应了声"是"。

大厅里正是气氛微妙，大厅外却又是另外的一番景致。

自称为除妖师第十三代传人的庞郎正悄然混在入城的军队之中，饶是他想要学习那些士兵昂首阔步地走路，不被人发现，却怎奈那蹑手蹑脚的模样要多猥琐就多猥琐，让人一眼便识了出来。

那些正抬头挺胸前进着的士兵们早就发现了庞郎，想这庞郎平素里疯疯癫癫的，一副太上老君的模样，把自己吹得能上天能入地，还能潜到海里跟龙王爷打马吊，却没有人见过他真正镇过什么魔，除过什么妖。大家也都拿他当个吹牛皮的混混，平时与他嬉笑打闹，倒也相识。况且这混混所配的一些药十分好用，尤其是他自制的金创药，甚至要比每年皇帝赏赐到关边来的那些药见效得多，所以校尉府经常从他那里买药，分发给士兵们。这会儿庞郎混在队伍里，恐怕又是想要混进校尉府里讨酒胡闹，士兵们相互递了个眼色，假装没有看到他般继续大步向前。

远远的已经看到了校尉府的大门，硕大的灯笼在风中摇曳，似是被士兵们整齐的脚步声所震，忽明忽暗。

庞郎心中暗喜，不觉加快了脚步。原是想着能这样顺理成章地混进校慰府，然而随着士兵们陆续走进校尉府大门，庞郎却被门前的卫兵架起的长枪拦住了。

"什么人？"卫兵怒喝。庞郎被横在眼前的枪尖吓了一跳，几乎跌坐在地上。他探头瞧了瞧里面，小声地对卫兵道："我说兄弟，你们校尉府里有妖！"说着，他又四下张望一下，凑近卫兵，神秘兮兮地道："喂喂，妖，妖你知道吗？"他伸手弹弹枪尖，面露鄙夷之色，"你这玩意儿可挡不住。"

卫兵见庞郎说得这样有理有据，心里直发毛，也随着庞郎的视线左顾右盼。突然，肩膀被猛地拍了一下，他吓得急忙端起枪来便要去刺，却发现那是庞郎的手。庞郎一手搭在卫兵的肩膀上，另一只手举起了寻妖瓶。这古朴的瓶子虽是破旧，倒也着实唬人，还在一闪一闪发着绿荧荧的光。

"看见没？哪有妖它就在哪儿闪！"庞郎说着，伸手把瓶子举向校尉府的方向，寻妖瓶果然更亮了，"你们府里有妖，它就在这儿闪。"看着卫兵的视线落在寻妖瓶上，庞郎若行家般拍了拍卫兵的肩膀，道："明白了？让我进去，我要见你们霍将军。"

说罢，便大摇大摆地往门里走，不想却被卫兵一把拽了出来。

庞郎顿时火了，生气地嚷道："唉，唉！客气点儿！忘了？上次你受伤，还是我给你的金创药呢！"

这混混平时嘴里没少胡侃，常吹嘘他祖上传下来的除妖师身份，大家早就听腻了，不论他将那套歪理说得如何热闹，众人连理都不愿理他。

几个卫兵相互对视一眼，脸上都露出了促狭的笑意。几杆长枪突然伸过来，将毫无准备的庞郎架了起来。庞郎被吓了一跳，又气又极，直嚷道："你们干吗？你们敢……"然而还不待他开始反抗，便被"扑通"一声，扔在了门外。

真是个没用的熊包！落在屋檐上的彩雀眨着一双黑亮调皮的眼睛，又好气又好笑地看着跌坐在地上的庞郎。

门外的这一幕自然不为庭院里的人们所知，此时，庭院已然响起了阵阵的鼓乐之声，小唯莲步轻移，来到酒席中间，翩然起舞。

她那婀娜的身姿投在四周的帷幔之上，是那样的引人遐思，而她的舞步又是这样轻盈，柔美而妩媚，更加惹人垂怜，就连跳跃的火焰都禁不住静止下来，细细观瞧。

随着鼓点一点点急促，乐声一声声加快，小唯张开双臂，似蝴蝶般飞舞旋转。她的头发有如黑色的旋涡，衣服飘扬如同彩色的旗帜。她的腰肢柔软有如弱柳拂风，她的身姿妙曼有如灵蛇起舞，那妖媚的眼神似有意，若无意地轻扫过酒席上的将士们，令那些汉子们个个血脉贲张。

庭院中的烛火被这欢欣的旋律感染而跳跃闪动，帷幔上小唯的身影魅惑而妖娆。

女人，这才是女人！

将士们瞪圆了眼睛，连眨都舍不得眨一下。

"殿下的使女不仅人长得漂亮，连舞也跳得好。"霍心虽然是对靖公主说着话，眼睛却看着小唯，连语气也显得出几分轻佻。

靖公主的心中一酸，将酒一饮而尽。她看着小唯，小唯那光洁的肌肤在月色与灯火的交相织映下越发的白皙迷人，那张脸上带着沉醉的笑意，娇媚如花。曾几何时，自己也有过这样一张美丽的脸庞，可……

她将视线落在霍心的身上，见霍心那双黑亮有如星辰的眼眸正随着小唯的身影而动，竟与那些庸俗的男人一般无二。霍心……难道你果真也为美色所迷吗？心里涌上一股子难言的滋味，靖公主想也不想地冷哼一声，轻蔑地道："她可不是什么使女，是我在路上捡来的歌伎。"

歌伎。

呵呵……小唯在心里轻笑。女人啊女人，总是忍不住想要妒忌，你不敢伸手拥抱，却以为抵毁他人便可得到想要的东西吗？这般幼稚可笑，还不若让我来为你推波助澜。

翩然一个转身，黑发飞扬，在月光下升腾起数道狐狸的妖影，投射在墙壁之上。鼓乐之声依旧，那一道道妖影随着小唯的起舞而合为一体，渐渐形成一只巨大的狐狸之形，它随着鼓点狂奔舞蹈，时而伸展，时而收缩，九只狐尾妖娆摆动，野性而狂放。

霍心自将那灼热的视线落在小唯的身上，他如何不知靖公主在一旁苍白了脸色？她独自斟满酒，一口饮下，她痛苦难过，却岂知他心里更痛？

可长痛总好过短痛，若你能放下，或许会走得更远更幸福。何苦……与我这卑微之人苦苦纠缠，又有什么结果？

小唯媚眼如丝，望向霍心，朱唇上扬成魅惑的弧度。笑你傻，笑你痴，却怎教偏偏疼惜你这只呆头鹅。莫以为你想要伤她，便可将她推开吗？女人的痴心，哪那么容易就被埋葬呢……

玉指轻勾，那墙壁上的妖影突然疾驰向霍心的身后，朝着他压了下去，迅速地钻进霍心的身体。霍心浑身一颤，眼中的小唯突然像变了个模样，让他整个人都迷失了自己。

小唯的舞蹈突然间变得柔媚无比，她的眼眸之中发出销魂的异光，无声地看着霍心。霍心的脑中混沌一片，意识渐渐地模糊，却错不开自己的眼神，直直地与小唯对望。

靖公主的心头有怒火直窜而起，她苦苦地压抑着，泪水就在眼里打转。

而小唯那件紫色的繁花长裙突然间飞起，像一片轻云，轻轻地飘落下来，小唯就在那轻云之中无力地倒在了霍心的怀中，飘舞的发丝扫过霍心的脸庞。霍心忽然面露痴笑，接住小唯，顺势一揽便将她揽入怀中。小唯举目，朝他露出妖冶的笑意，霍心心荡神驰，放纵地吻上小唯的脖颈。

他的气息如此炽热，轻轻地扑打在小唯的颈上，让她全身都禁不住颤抖。

不管几世轮回，人的气息都是不会变的。可五百年到底还是太久，久到足以让小唯分辨不清眼前这人到底是不是铭在她心里的那个“他”，抑或是……她早已然不愿分辨了吗……

一旦介入他人的宿命，便是参与了他们的因果，想要抽身已是不易，何况，她根本不想抽身而退。若是坠入无尽的地狱，也一起走吧……小唯缓缓闭上了眼睛。

众将士看到这一幕，不由得站起欢呼，他们小心收敛的狂放之气骤现，起哄声、口哨声接二连三地响起，热闹至极。

　　然而那突然响起的"哗啦"声响，却让所有人都浑身一颤。

　　歌舞戛然而止，众将士如若寒蝉，又惊又恐地站在那里，连动也不敢动一下。

　　"放肆！放肆！"靖公主掀翻了桌案，猛然站起身来大声呵斥。愤怒的火焰就在她的心里燃烧，让她想要控制都再难控制了，靖公主刚要迈步，身体却突然晃了晃，眼前一黑，晕厥了过去。

　　耳畔又传来那阵嘶吼，震耳欲聋。

　　阳光刺得她睁不开眼睛，一只锋利而硕大的熊爪朝着她狠狠地拍下来。战马受惊地直立起上身，大声嘶鸣。她勒紧缰绳，大声地呵斥战马掉头逃走，可是却被熊掌击中，巨大的疼痛让她透不过气来，连人带马一同摔倒在雪地之中。黑熊朝着她张开血盆大口，血腥的臭气扑向她，锋利的牙齿眼看就要咬到她的脸。

　　"不要碰我的脸！"

　　靖公主猛地从梦中惊醒，坐起身来。她剧烈地喘息着，冷汗将衣裳浸透，贴在身上，更增加了几分寒意。她恍惚着抬起头来，看着眼前的一切，努力地分辨着自己到底在哪里。

　　四周是青色的石墙，绘着木棉花儿的屏风静静地立在浴汤边上，简陋的木床旁边是一排又一排的烛台，跳跃的烛火将屋子里照得明亮无比。靖公主这才渐渐看清眼前的事物——原来她是在白城的校尉府，而刚才出现的不过是场梦，是场梦而已。

　　她松了口气，一只柔软的手却伸过来将她扶住。抬眼便看到了小唯妖媚的脸，心中反感大起，不由得将小唯一把推开。

"余毒未尽，殿下不宜动气，否则你会半身麻痹，再也使不了刀了。"小唯不以为恼，反而温和地劝说道。

　　余毒……脑海里立刻浮现出自己晕厥前的一幕，小唯与霍心那暧昧亲昵的表现让靖公主的心中再次燃烧起怒火，她愤然转头，厉声地呵斥："你敢靠近霍心，我就杀了你！"

　　看到靖公主这般生气的样子，小唯却"扑哧"一笑，道："公主殿下真是恩将仇报……"说着，她朝门外瞧了一眼，"霍将军就在门口，等了一天一夜了，要见他吗？"

　　他在门口？

　　而且等了一天一夜？

　　靖公主怔住了，心里慢慢地涌上一丝暖意，虽有些迟疑，却到底甜蜜。他还是……在乎自己的，不是吗？

　　窗棂上映出了一只彩雀扑翅的影子，唧喳的悦耳鸟鸣吸引了小唯的注意。

　　是雀儿。

　　小唯站起身来，对靖公主说了句："我去拿药，就来"，便走了出去。靖公主还痴痴地想着心事，连小唯对她说了什么都没听进耳去。

　　看到小唯走出来，已经化成了人形的雀儿便欢喜地迎上来，递上了一盒人心，心疼地说道："姐姐每施展一次法术，就要耗去许多体力。如果再不吃人心，就怕熬不了多久。"

　　雀儿一直对小唯拒绝吃人心而疑惑不解。小唯不愿让她任意滥杀无辜，她只好专门拣些大奸大恶之人取心，可即便是这样，小唯却还是对食用人心充满了反感。明明是妖，食用人心也是件天经地义的事情，为什么弄得这么别扭？雀儿真是越来越弄不懂小唯的想法了。

　　小唯看着这盒人心苦笑。

是了，她到底还是忘了她只是妖。妖食人心，亘古便是如此，即便是她一心想要变成人，在没有变成人之前，也是要食用人心的呢。她轻轻地叹息一声，接过了盒子。

"对了姐姐，"雀儿忽想起了什么，对小唯道，"昨晚有个家伙自称是什么捉妖师，跑到门外吵着说府里有狐妖。"

小唯一怔："这是他的心？"

"那倒不是，"雀儿干干脆脆地回答，想到庞郎那窝窝囊囊的样子，她现在还忍不住想笑出声来，"我呀，看他傻乎乎的，不像有什么真本事。"

听雀儿这样说，小唯这才放心。料想千百年来，小唯在人间辗转之时，自也与那些个除妖师打过交道。这人间最为难缠的便是除妖师，对于妖来说，他们无疑是场灾难。那些人常常行踪不定，对妖又有着天生的敏感，但凡是妖他们一律斩杀除尽，半点情面都不讲。想她五百年前，就几乎在除妖师的身上吃过大亏。这样想着，小唯便又叮嘱了一句："要是碍事儿就除了他。"

雀儿点了点头，满心欢喜地想要与小唯说上几句。自从山谷间一别，她们已经好久未见。可是小唯却赫然一副心不在焉的模样，只将目光落在门口的霍心身上。

雀儿顺着小唯的目光看过去，看到了守在门口的霍心。此时他正将头枕在台阶上熟睡着，丝毫没有发现正有两只妖站在离他不远的地方。霍心还穿着夜宴时的衣裳，黑色的铠甲在阳光下散发着乌光，即便睡着也难掩眉目间的担忧，眉头紧紧地皱在一起。

"姐姐认识他吗？"雀儿好奇地问。

小唯轻轻地摇了摇头，淡淡地说道："只是想起一个人。"

一个人？

雀儿的眉立刻皱了起来，小唯的神情里有种她读不懂的感情。这神情她太熟悉了，正是每一次小唯提起五百年前她所爱之人时的神情。小唯的模样让雀儿如临大敌，着急地道："姐姐可不能再动凡心了！你当初为了救那个人，废了自己千年的修行，亏死了！如今，你救的人早成了白骨，姐姐却还在为他受苦……"

雀儿所说的每句话，每个字都狠狠地戳到了小唯的痛处，让她疼到极点，却又说不出半句，只得报以淡淡苦笑。

雀儿恐怕是最见不得小唯难过的，索性伸出手来，做出掏心的手势，硬声道："姐姐是看上他的心了？那我替你取来！"

"等等！"小唯急忙拦住雀儿，"留着他，我有别的用处。"

"用处？"雀儿诧异地问小唯，"他能有什么用处？"

枕在台阶上熟睡的霍心扭动了一下身体，小唯急忙将手指竖在唇前"嘘"了一声。

雀儿看着小唯的目光骤然间变得温柔下去，心里不免有些气恼，索性堵着一口气转身藏于廊柱后面，变成彩雀飞走。

霍心慢慢地睁开眼睛，映入眼帘的是一张温婉而美丽的脸庞。那是昨天夜里起舞的歌伎，她近在咫尺，身上散发出阵阵暖香，正眸光明亮地看着自己。那双黑亮的眼睛似乎能够看穿心底隐藏的秘密，让霍心感觉一阵惶然，急忙将视线移开。

"公主殿下怎么样？"霍心问。

果然与他一样，从不愿正视女人的目光。小唯淡淡地笑着，温和地道："将军不必担心，殿下已经醒过来了。"她的目光留恋地掠过霍心的眉眼，落在了他的身前。都说人在担忧到了极点之时，会觉得身前的一切都是束缚，眼前的霍心这会儿衣襟大敞，显然是紧张之下随手解开的。

你就……这样担心她吗。

小唯的心中涌上一股不知名的滋味，她伸出粉白如玉的手，欲替霍心整理衣襟。霍心急忙侧身避开，冷漠地站起身，转身走向靖公主的房间。

　　小唯的手还举在那里，霍心的举动虽在她的意料之中，却还是让她怅然若失。

　　是否又会像五百年前一样，我终是得不到你？我在寒冰地狱里苟延残喘，受尽寒冰的折磨，难道也换不来你的一次回眸吗……都道是苦尽甘来，苦尽甘来，可我的苦到底什么时候可以尽，我的甘到底什么时候才能来呢？

　　雀儿在屋檐上静静地看着这一幕，她虽然对男女之情一点都不知晓，但看着小唯那满面的温柔神色，却早就有了些许的预感。若换成平时，有哪个男子这般对小唯姐姐冷眼相看，恐怕小唯早就任她掏心挖肝，折磨至死了。可是不知为什么，自从遇见了靖公主，小唯姐姐就像是变了个样儿，不管这些人如何对她冷淡，她都不以为忤。况且她脸上的神情如此微妙，让雀儿想要解读都读不懂的。

　　为什么自己越来越不能理解小唯姐姐了呢？雀儿轻轻地叹了口气，没有了小唯姐姐的陪伴，她觉得自己越来越无趣了。那些身为鸟雀的伙伴们整天唧唧喳喳地叫，跟她没有半分共同语言，早知道会是这样寂寞无聊，当初就不变成妖了！雀儿不高兴地扇动翅膀，凌空飞起。

　　小唯姐姐说，人间有的是繁华热闹，可是自己却怎么也不觉得好玩儿。尤其是白城这破地方，城里整天闹哄哄的，白天热得要命，晚上又冷得要死。前几日，她有心想要飞得远些玩玩，却看到白城以北的整个天空中弥漫着黑云，云中电闪雷鸣，似有妖兽咆哮。那时候雀儿还以为找到了什么好玩的所在，没想到才飞过去，便几乎被一阵掀起的黑风迷了眼睛，险些大头冲下地栽下去。

雀儿的修行虽然不及小唯，但是凭着妖的直觉，她完全可以感受到那里的诡异气息。那是一片荒芜之地，被一片黑色的雾气笼罩，连空气里都透着血腥与腐肉的气息。那里看不到一点生机，草木干枯，粗壮的树根全部裸露在外，大地干涸，裂出深深的沟壑，尸骨堆积四处，见之骇人。在不远处，地面深深地陷下去，似乎隐藏着某个神秘的所在。

不安、忐忑和恐惧紧紧地捉住了雀儿，让她想也不想地飞离了这里。从那儿以后，雀儿再不愿往那个方向去飞了。

外面无处可玩，白城里面又没有什么热闹好看，雀儿只有百无聊赖地飞到一家酒铺外面，看着人来人往，听酒铺里的人喝酒吹牛。偏巧闻得一个身着兵服，胡须虬张的汉子亮开大嗓门道："嘿，你等小儿才来白城驻守三个月，竟瞧不起咱们霍家军？"

"不过就是在这鸟不拉屎的地方守着，还称得上什么霍家军。"就在这个汉子的对面，坐着几个年轻些的士兵，其中一个士兵喝了口酒，不以为然地道，"我们都来了三个月了，也不过就是眼巴巴地盯着那些山。你瞧这近处是山，远处也是山，连姑娘都不及京城的漂亮。"

"就是！"另一个士兵道，"酒也难喝。"

"混账！"那汉子气得猛地一拍桌子，瞪起一双牛铃般的眼，怒喝，"你们这些小兔崽子，你懂什么？你们才来多久，怎么知道那些天狼国人的厉害！"

天狼国？雀儿心意一动，天狼国却是个什么国，那里面有会飞的狼吗？

那些年轻的士兵好像也对这个天狼国感觉到好奇，不禁奇怪地问道："天狼国？"

"不错，"刘副将将碗中的酒喝尽，豪气万千地道，"就在白城以北的百里之处，便是天狼国的范围。他们可是格外邪门儿的一群蛮夷，比那些匈奴人可怕多了！你们是没跟他们过过招，要不然，吓也能吓死你！"

白城以北的百里之外？雀儿蓦地想起自己曾经路经的那个地方，可就是他们所说的天狼国吗？

于是她便颇有兴致地落得近些，以便听个清楚。那些年轻的士兵面面相觑，大概意识到这汉子知道些什么秘密，便急忙往那汉子的面前凑了凑，问道："刘副将，你都知道些什么，快给我们讲讲？"

这位刘副将见这些年轻的士兵们一个个儿的脸上都带着期待的神情，两眼放光地看着他，心下不由得意万分，他这才满意地坐下来。一个年轻士兵赶忙替他倒满了酒，恭敬地端到他的面前。

"这还差不多。"刘副将满意地点了点头，将酒一饮而尽，这才缓缓地讲了起来。

"你们道那些天狼国人可是好惹的不？你，你，还有你，你们都没见过天狼国人吧？"刘副将斜睨地看了看这些年轻的士兵，他们都是些小伙子，年纪最多不超过二十五岁，听到刘副将这般问他们，自是纷纷摇了摇头。刘副将嘿嘿一笑，道，"我猜你们就是没见过什么世面，告诉你们，那些天狼国的人啊，都是妖魔的转世！"

"真的假的？有这么吓人？"一个士兵不相信地问。

"我骗你就是孙子！"刘副将瞪圆了眼睛，伸手便挽起了袖子，指着粗壮的手臂，道，"你们看见没有？这就是天狼人咬的！"众人都看向刘副将的手臂，但见那手臂之上一片硕大的疤痕恐怖至极，似是被野兽活生生地撕下一块皮肉一般。眼下虽然是愈合了，但是那片伤痕之处一片粉色皮肉向外翻出，表面凹凸不平，令人作呕。胆子小些的立刻就看不下去了，其他的士兵则吞了吞口水，脸色大变。

"这是上一回与天狼国人起纷争之时留下的伤疤，那时候爷爷我才刚来当兵，十几岁的年纪，比你们都小呢。那次打得真是惊天动地，别看爷爷我年纪小，嘿，胆子可是大着呢，一个人单挑了七八个天狼人，全宰了！"刘副将说得唾沫横飞，显然那些年轻士兵们听入迷的样子颇合他意，索性讲得也更加卖力，"可是就在我要杀最后一个天狼人的时候，好嘛，一个披头散发的天狼人突然冲了过来，朝着我的胳臂就是一口。我急忙挥刀迎战，砍是砍死他了，可是，瞧瞧，手臂却让他咬下去了一大片，我这个气呀！可是人家呢，好嘛，人家都被拦腰斩成两截儿了，还在那大嚼特嚼呢！连死都要当个饱死鬼！"

士兵们哈哈大笑，却又颇感害怕，其中一个问道："那这么说那些天狼人岂不是跟野兽没有区别了？连人肉都吃？"

"那是自然！你可知道，那些天狼人茹毛饮血，他们甚至吃人心！"刘副将煞有介事地说着，把所有人都吓了一跳。

天狼国的人，也吃人心？雀儿也是一惊。小唯姐姐不是说，只有妖才吃人心吗，如何连人也吃人心的？

"刘副将，你这话说得可吓人了。天狼国人也是人，怎么就能吃人心啊？"有个士兵不相信了。

"所以我说你孤陋寡闻！"刘副将粗鲁地往地上吐了口口水，继续说，"你们不知道，那些天狼国人为啥那么厉害？因为他们有妖术！"

"妖术！"所有人惊呼着面面相觑，看样子没有一人相信。然而刘副将的表情却根本不像是在说谎，他极为认真地道："告诉你们，那些天狼国人可是邪得很！他们不知道信奉些什么妖魔鬼怪，把他们的国界弄得乌烟瘴气的。喏，瞧见没有，就在北边儿，乌云聚集的地儿，那就是他们的天狼国。他们不仅能呼风唤雨，而且还能变来飞鸟走兽，跟他们一起来杀人害人，甚至剜走人心！"

"真的假的？有这么吓人？"一个士兵的脸色都变得苍白起来，他害怕地往一个同伴的身边凑了凑，用惊恐的眼睛看着刘副将，尽管害怕，却依旧好奇地想要听下去。

"哼，你不知道吧？就在你们来之前，一伙杀人放火的恶人路经白城，我与公孙豹将军奉命追捕，那些丧心病狂之人却逃向了天狼国的方向。他们或许是以为逃到了那儿就能获得一线生机，嘿嘿，真是傻到家了！如果他们在白城乖乖儿地束手就擒，或可得一线生机，可是他们却偏偏选择了逃向天狼国！结果呢，还未到天狼国，就突然从天边黑压压地飞来了一群鸟雀，朝着他们就扑过去了。不过是眨眼的工夫，几个人就没命了！我与公孙将军率人前去查看，哎哟，他们死得那叫一个惨哪，胸口都是这么大一个血窟窿，血都快要流干了，心却没了。你们说，这天狼国邪不邪？"

刘副将的话让所有的士兵们寒意顿起，连身上的汗毛都立了起来。他们白着脸，吓得连话都说不出来了。

"不过也不用怕啦！"刘副将哈哈大笑地拍了拍离他最近的士兵，笑道，"这几年皇上已然与天狼国结成了同盟，他们不会再轻易骚扰我边境。更何况霍将军武艺高强，再加上咱们霍家军训练有素，不用怕他们！来来来，咱们干了，干了！"

酒铺那边说得如此热闹，酒铺外的雀儿也已然笑开了。她如何不知这刘副将口中所讲的鸟雀剜心一事，乃是自己的伙伴们替小唯姐姐四处寻找大奸大恶之人所使？明明是无心之举，却反倒替人家天狼国制造了声势！这些人也真是好笑，弄不清楚什么事就以讹传讹，真是笑死妖了。

雀儿轻轻地发出一声鸟鸣，似是笑出声来。可是她却又马上联想到了自己先前所见过的诡异地方，那黑色的浓雾里所透出的邪恶之气，是那般的压抑可怕，就连镇压妖的寒冰地狱都不能及。那里……难道果真是天狼国的地域吗？那里面到底隐藏了怎样的秘密，为何会如此可怕？

雀儿这边只在那儿歪着头想着，不觉间天色已然暗淡了下去，到了夜晚，风便格外冷了。这座白城着实讨厌得很，白天艳阳高照，热得能烤熟一只鸟，晚上却冷得要命，简直冻得雀儿浑身发抖。

天色渐暗，街市上的行人慢慢稀疏，商贩们也耐不住这冷，陆续收起了摊床。

在这世上，只有两种生物喜欢在夜间行走。一种是寻觅猎物的妖，还有一种是专门作恶的人。

雀儿抖了抖羽毛，她小小的脑袋恐怕是装不了太多的东西，所以也就放弃了对天狼国的思考。她翩然落在地上，化身为模样可人的少女，在街上漫步徜徉，寻找着可以下手的猎物。

路边有硕大的灯笼在夜风里忽明忽暗，月光照着雀儿纤丽的影子修长。这抹倩影自是落进了不远处摇晃着走过来的两个无赖眼中，他们刚在街边喝了酒，身子里熊熊燃烧着的火正愁没地儿发泄，便瞧见了这款款走来的可人少女。

两个无赖对视一眼，都从彼此的眼中看到了邪淫的笑意。

雀儿早就远远瞧见了这两个无赖，她假装没有瞧见，一路迈着欢快的步子轻盈地走过去，却被一个无赖伸手拦下了。

"哎，天这么晚了，姑娘一个人出来不安全，告诉我去哪儿，大哥送你去。"这无赖一脸横肉，肥嘟嘟的大脸像个油腻腻的包子。他瞧着雀儿清秀的面容，恨不能连口水都流下来。雀儿微蹙着眉，躲闪着走向一边儿，那无赖却横身挡在她的身前，色咪咪地将她浑身上下打量了一番。

"两位大哥行行好，给我让一条路，我要去找一位亲戚。"雀儿可怜巴巴地说着，明亮的大眼睛里尽是乞求之意。

这样撩人的夜色里，出现了这么一个水灵灵的小妞儿，神色又这般可怜，真叫人心痒难耐。两个无赖着实忍不住，上前不由分说地拉住了雀儿。

另一个瘦如竹竿的无赖道："你跟我走，我帮你找亲戚！一天找不着我帮你找两天，两天不够就找三天……"说着，他伸手摸向了雀儿的脸蛋。这粉嫩的脸蛋儿真让人恨不能好好地掐一把，看能不能捏出水来。

胖子则生恐被"瘦竹竿"抢先，一个箭步冲上来便欲将雀儿抱在怀里。雀儿柔若无骨地推着他们，又羞又怕地嚷着"救命"，葱心儿似的手则悄然伸向胖子的胸口，作势便要去掏他的心。然而就在这个时候，一展旗突然在雀儿和胖子中间抖落，夜风中"呼啦"作响，唬得那胖子整个人一哆嗦，险些叫出声来。

然而待他定睛一看，却气得连鼻子都歪了。但见那横在眼前的旗乃是白布所制，旗上写着八个大字——"降妖除魔，治病救人"。

降妖除魔，治病救人？这是什么玩意儿？就在胖子纳闷儿的工夫，旗角一翻，露出了庞郎那张笑嘻嘻的脸来。

"这位大爷！"庞郎朝着胖子拱了拱手，嬉皮笑脸地道，"看您印堂发亮，红里透紫，定是肝火虚旺！小弟我有家传秘方，药到病除！您来两服？"说着，他又迅速地转过脸对雀儿低声道："姑娘快跑！"

跑？

雀儿简直啼笑皆非。这个江湖骗子恐是脑袋有毛病吧？本姑娘正要去掏人心呢，他偏跑过来搅和，瞧他这站的地方，根本就挡住了自己的手！他是跑出来冒傻气，还是存心跟自己过不去？

睁大一双乌黑明亮的眼，雀儿颇为不满地瞪着庞郎。然而英雄救美的庞郎这会儿的境遇可是不大好，他自被"瘦竹竿"一把揪住了衣襟，瘦子气呼呼地大声嚷嚷着，那飞溅的唾沫像雨点般喷在庞郎的脸上。

"你一个卖假药的，敢坏老子的事！"说着，"瘦竹竿"扬起拳头重重地打向庞郎。当拳头落下来的时候，庞郎才知道这英雄可不是好当的，他一边叫着，一边跑着躲闪，却怎奈那"瘦竹竿"越打越狠，拳打脚踢，让他吃疼不已。庞郎一边躲着，一边假装硬气地嚷："唉唉唉，霍心霍将军是我拜把的兄弟，你敢打我？"

这倒让原本看热闹的胖子不高兴了，他冲上来一拳把庞郎打倒在地，一边踢着一边恶狠狠地道："霍心他爹还是我马夫呢！就他妈凭你这德行！"

庞郎躲着胖子的拳头，挣扎着爬起来，瞧见雀儿还没走，不禁急了。他跑向雀儿，恨不能把她推走："姑娘快跑啊！"

正说着，屁股上又挨了两脚。

"妈的，老子最看不惯你这等熊包，明明是个绣花枕头，还想站出来充好汉？看老子不打死你！"胖子边说边打，正欲再给庞郎几拳，忽觉胸口一凉，全身的力气尽失，"砰"地跌倒在地上。庞郎还没反应过来，"瘦竹竿"便"妈呀"一声，瘫倒在地上，竟吓得尿了裤子。他哆哆嗦嗦地指着雀儿，结结巴巴地道："你你你你你……你，你掏了……"话未说完，便大叫着连滚带爬地逃了。

庞郎莫名其妙地爬起来，看到地上躺着胖子面露惊恐之色，他的胸前有一个血窟窿，鲜血正顺着那窟窿汩汩地淌下来，把地面染得血红。庞郎完全呆住了，缓缓抬起头来看向雀儿，问："你……你这是什么情况？"

雀儿忽闪着一双水汪汪的大眼睛瞪着他，舔了舔嘴角。她那樱桃小口似是涂了胭脂般血红无比，散发出浓郁的血腥之气。

庞郎的脑袋"嗡"的一声，他张大了嘴巴，然而那个"妖"字却迟迟吐不出来，只让他像只张大嘴巴的金鱼般可笑。

"喊什么喊？"雀儿略显不耐烦地擦了擦唇角，不屑地挑眼看他，"你一个捉妖师，没见过妖啊？"

妖？真的是妖？

庞郎的第一个反应就是去看他腰间系着的那些个瓶子，可是所有的瓶子一点儿反应都没有。若是有妖，这寻妖瓶该是会闪的吧？庞郎迷惑地抬起头来问雀儿："你……你是哪路妖？"

这呆子！

雀儿越是又好气又好笑，她自面露凶相，猛地朝庞郎伸双手，似是要掏他的心，口中"嗬"地叫了一声。

庞郎吓得两眼一闭，心中大叫一声"我命休矣"！

然而他这里等了许久，也未见动静。缓缓睁开眼睛，看到自己的衣裳还完好无损，并不像是被妖掏了心。再抬头时，早已然不见了雀儿，只有一根羽毛缓缓地飘落。

庞郎伸出手，接住了那根羽毛，但见这羽毛颜色绚丽，十分讨喜，他捏在手里，竟是反复地看了又看。这是那只小妖的羽毛吗？

庞郎抬眼四处寻找着雀儿，然而街巷空荡荡，若不是地上还躺着那个无赖，或许庞郎会以为刚才的一切都没有发生过。

这么说……她走了？

像那等漂亮的女子，果真会是妖吗？庞郎的脸上一片迷茫。

阳光如此绚烂，比一直缠绵在梦境里的更加炽热和真实。

靖公主策马飞奔，一头长发在风中飞舞，如此自由自在的感觉，是京城里完全感觉不到的。身后响起一阵马蹄之声，她听到霍心鞭打战马的声音。

他追来了。

他追来了！

喜悦在靖公主的心里漫延，她能这样肆意地奔跑，其实是因为心里清楚，那个人就在身后看着自己。

有人凝望着，就能走得更远。

像是又回到了少年时代，她若银铃般的笑声响起，与他相互追逐嬉戏，渐渐地将所有的烦恼与禁忌丢在脑后。

　　这是白城最圣洁的湖水，湖水澄清，一望便可窥底。湖面被天空染得有如孔雀蓝宝石，延绵的群山倒映在湖水之中，阳光下安静而美好。靖公主静静地望着这一切，如果这世上能有一种法术让时间停止，那么恐怕让她付出怎样的代价她都是甘愿的。

　　就算是回不到从前，可能够如此相守，我心便已然满足。

　　靖公主拿出了那柄黄金短刀，用手轻轻地抚摸着刀柄。她的目光温柔，像是在凝望着恋人，白皙纤细的手指抚过每一颗闪闪发光的宝石，像是在读那每颗宝石所陈述的心声。

　　"自从你离开京城，每逢下雪的时候，我都会在刀柄上镶一枚宝石。"靖公主轻轻地说着，脸上带着淡淡的笑意。八年，在心里苦苦折磨着她的眷恋竟能如此轻描淡写地说出来，或许连她自己也觉得意外吧？

　　"工匠说，要是再多一颗，就镶不下了……"她明明想说的，我的心也若这短刀一般，盛满了对你的思恋，这思恋每过一年便涨一些，到了如今若再多一分，这颗心恐怕就再也盛不下了……靖公主的声音里透出了微微的轻颤，一股酸楚涌上来，却被她强行压了下去。只强迫自己微笑，曾经他说过的，喜欢看自己笑。

　　霍心的心狠狠地疼了一下，他看了一眼那柄黄金短刀，深吸口气，淡然道："我还以为这把刀留在熊肚子里了。"

　　"好看吗？"靖公主突然把刀举在霍心眼前，微笑着问他。

　　她就这样站在他的面前，笑颜如花，一双美丽的眼睛笑意盈盈地看着自己。霍心只觉一阵恍惚，仿若穿越了时空，回到多年前的时光。

　　那时的她，也常这样笑着问自己："好看吗？我好看吗？"

　　每当她穿了一件新的衣裳，或是戴了一个新的首饰，抑或是梳了个新的发髻，都会跑到他的面前来，一面俏皮地在他的身前打着转，一面笑着问他："霍心，我好看吗？"

每每这时，他都会憨憨地笑着，说一声"好看"。

都道是，女为悦己者容，她像是沾着露珠儿悄然绽放的百合花儿，只向他一个人露出纯真的笑颜。而他，就这样傻傻地看着，看着高高在上的她，无限娇羞，美丽不可一世。可是谁把那样的一种相思埋进了他的心里？却又残忍地告诉他君臣有别，小小的近身侍卫不要妄图染指公主的幸福……

从此，他再不敢看她的眼睛，那句"好看"，也再不曾轻易从他的口中说出了。

然而这柄刀……这柄刀却又为何存在？一次次地提醒着自己做出了那样残忍的事情，让他恨不能用尽自己的所有以挽回八年前的那场错误。

八年前，那是霍心永远也无法忘怀的痛苦记忆。明明是想要遗忘的，却总是被他分明地记起，每一个过往都烙在记忆里，难以抹去。

他仿佛又听见了围猎的号角声，一声声催促着他回头去看，去看他所犯下的那个错误，去看他心中血淋淋的那道疤。

她和他的战马都被拴在树上。那时候她所骑的马，还是他亲自替她挑选的，就在皇家的马厩里，一匹最具灵性的战马，经他亲自驯服，将缰绳递到她的手中。其实那时候，她的一切都是他替她做的。她的马鞍是他亲自监督着御马坊的工匠制成的；就连马蹬都是他替她精心地缠上粗布。她手里的马鞭是他亲手编织的，尽管她笑那马鞭不及工匠所制的精巧，他却只是淡淡地笑。

因父亲战功赫赫，却英年早逝。身为大将军嫡子的他那时还只一名少年，因皇上体恤怜悯，便将他召进宫中成为羽林侍卫，又钦选为靖公主的近身侍卫，并传授武艺给这位不爱红装爱武装的顽皮公主。他与她青梅竹马地长大，早已然于这世上别无所求——他只愿看到她微笑，只要她笑，他就觉得安心和满足。

马儿呼出的热气被寒冰冻成白雾，他和她所猎获的猎物都挂在马身上，山鸡野兔应有尽有，那时候的日子恐怕是霍心这一生中最为快乐的时光，年少无忧，少年无虑。并且能与靖公主一起相伴，朝夕相处。

"我们来打个赌，"那时候尚且年少的靖公主调皮地用白绸蒙住了霍心的眼睛，笑道，"若是你能将我掷来的雪球都用箭射穿，我就赐你样好东西。"

霍心只是淡淡地笑，从她的身上传来淡淡的清香，清新怡人。

"这是什么花香？"霍心问她。靖公主被问得一怔，许久才反应过来，自是笑道："是杜鹃花香，林嬷嬷用夏天的杜鹃花制成的冷香，好闻吗？"

霍心点了点头，靖公主又笑："你若喜欢，我天天熏这香。"说着，一张小脸儿忽又红了起来。

霍心的心念微动，不自觉地抿了抿嘴巴，朗声道："我们可以开始了。"说着，他从背后的箭囊里拿出了一支羽箭。

靖公主欢笑着跑远，她双手将地上的积雪捧起，团成一个雪球，用力地扔向空中。

霍心的双眼被带蒙着，他侧耳，凝神倾听着雪球擦过空气发出的轻微声响，分辨着雪球的方向，搭弓上箭，突然射出羽箭。银色的羽箭在空中划出完美的弧线，迅速地追上了雪球，但见雪球被强劲的力道击碎，四溅成雪花，纷纷下落。碎雪在阳光下晶莹，飘飘然然地落在他们的头上和身上，就像是凌空起舞的精灵。

"下雪喽！"靖公主欢笑着，伸出手来去接那雪，雪在掌心融化，既凉且痒。

她的笑声似清泉叮咚作响，欢快地流入霍心的心中，即便看不见，也让他露出会心的笑容。靖公主却一把扯下蒙住他眼睛的白绸带，大声地问他："霍心，你说——我好看吗？"

　　我好看吗？

　　霍心看着靖公主，她的脸上飞着两朵红霞，恰如春桃映雪，目光明亮有如天上最璀璨的星子。霍心怦然心动，欲说些什么，却终还是没有说出口，他略显得窘迫地低下头，不敢正视她那灼亮而满怀期待的眼，只将嘴巴紧紧地闭着。

　　然而美丽的公主哪管他心头的羞赧？只管缠住他追问："十四个公主当中，是不是我最美？"

　　霍心的脸倏地红了，他的心狂跳不止，却迟迟不敢面对她那秀美的脸。说不出口的眷恋与爱慕，只能注定让两人皆受折磨。

　　"霍心，我命你必须回答！"靖公主早已然生起气来，咄咄逼人地问他。可这呆子却依旧紧紧地闭着嘴巴，沉默不语。靖公主气得团起一把雪就掷在霍心脸上，翻身上马，重重地甩了一鞭子。骏马嘶鸣，因这疼痛而撒开马蹄飞奔。

　　那团雪又冷又硬，打在脸上生疼，可霍心却顾不及这疼痛，只朝着靖公主的背影大喊："天晚了，殿下回来！"

　　"不用你管！"靖公主气呼呼地喊，"别跟着我！"

　　她任性地策马飞奔，又气又恼，连方向都不辩一下地跑远。纵然天色渐晚，可是她却并不害怕，因为她知道，不管她走出多远，那个人总是会追上来的；不论她跑到哪里，那个人，也终会将她找到。

　　可这世上的一切，却常常出乎人的意料。霍心偏在这一刻显出了迟疑，他深知这任性的公主想要的是什么。不是贴身保护，而是相依相偎；不是恭维奉承，而是生死相随……可他能给她什么呢？就凭他区区一个侍卫之职，卑微之身吗……

　　就在霍心思绪纷乱之际，突然闻得一阵惊心动魄的熊嗥，远处传来了靖公主的尖叫之声。

　　"霍心！"他听到她唤他的名字了，用一种惊恐无依的声音。霍心的心立刻提了起来，他想也不想地飞身上马，策马奔入森林深处。

　　"不管你在哪儿，我都能找到你！"

　　"不管发生什么，我都会在你身边！"

　　"有我在，即便搭上我这条命，也不会让你受任何人的欺负！"

　　这是霍心郑重其事地对靖公主许下的誓言，她笑着点头说"我相信你"。

　　"我相信你……"这句话有多认真，就有多沉重。

　　当霍心赶到的时候，赫然看到一只巨大的黑熊正趴在地上啃食着什么。霍心猛地鞭打战马冲了过去，他看到黑熊的双爪压着一匹骏马，用力地扯出马肠，那马肠血淋淋地，还在寒风里冒出股股热气。就在这匹马的身下，压着已然晕厥过去的靖公主。她的身上满是鲜血，让霍心分不清到底是马的，还是她的。

　　霍心的脑子里有如惊雷炸响，他只觉一股怒火直冲上脑门，杀意顿生，恨不能将眼前的一切屠杀个一干二净。他搭弓射箭，正中黑熊的眼睛。黑熊站起来巨大的身子左摇右晃，它痛苦地嚎叫，叫声震得树上积雪纷纷掉落。

　　杀！

　　杀了你！

　　霍心的双眼如若噙血，他跳下马来，拔出腰出的佩刀，发疯般砍向黑熊。黑熊轮起巨掌拍向霍心，将他一掌拍飞，重重地撞击在树干上，翻滚着跌倒在地。黑熊愤怒地朝着他奔来，恨不能一口将他生吞下去。霍心抽出随身短刀，狠狠地刺入黑熊的心口。

温热的鲜血喷溅在霍心的脸上、身上，黑熊咆哮着挣扎，却终还是轰然跌倒在地。地面为之一震，霍心却被黑熊重重地压在了身下。全身的骨头宛若粉碎般疼痛，霍心几乎快要晕厥过去，可是他知道还有更重要的事情在等着他，他用生命许下诺言要守护的那个人还在等他，他怎么能负了她？

霍心拼命挣扎着，从黑熊的尸体下爬出来，一步步爬向靖公主。雪白的积雪已然被他拖出来长长的一条血沟，寒冷与疼痛让霍心全身都在发抖，可是他顾不上，她还躺在那儿，浑身是血，他甚至不知道她到底是活着，还是死了。

霍心觉得自己已经快要到达了崩溃的边缘，他像疯子一样拼尽力气把靖公主从残缺不全的骏马尸体下拉出来。她那张美丽的脸已然血肉模糊，鲜血在白皙的皮肤上如此触目惊心。霍心的手颤抖着探向她的鼻息，而她，却已然没有了呼吸。

不，不会的，不会的！

霍心已然慌了，整个世界都寂静下去，他听不到半点声音。没有了阳光，没有了树林，没有了颜色，只有雪花静静地飞落，一片一片，冰冷而残酷。

心跳，心跳呢？

霍心将头俯在了靖公主的身前，这任性调皮的殿下，定是想要捉弄自己呢！说不定自己一靠近她、一呵她的痒，她就跳起来欢笑着跑开了——就像从前一样。然而，霍心终是失望了。靖公主早已然没有了心跳，没有了脉搏，没有了呼吸。

不，不会的，怎么可能……

霍心的大脑里一片空白，他呆呆地看着靖公主，伸出手来替她撩开了粘在脸侧的长发。

"霍心，我好看吗？"

他的耳畔再次响起了她清脆有如银铃般的声音，语气里还满是笑意。

"不……不！啊！"霍心绝望地呐喊，一声声，一句句，都带着撕心裂肺的疼痛。

为什么死的不是他，不是他自己？

霍心摇摇晃晃地抱着靖公主回到营地，一步一个脚印，那深陷下去的积雪尽是鲜血，尽是霍心那颗已然破碎成千片万片的心。他这个不能信守承诺之人，连自己最珍贵的人都不能保护，还有什么颜面活在这世上！

当霍心的脚一踏入营地大帐，便已然轰然倒地。他看不到皇上龙颜大怒，看不到宫人们乱成一团，也看不到御医惊慌失措地围聚在靖公主的身边。他拒绝被御医诊治，拒绝包扎，拒绝吃饭，拒绝进水，只守在靖公主的殿外，夜夜久坐，直到不省人事。

自那日以后，霍心便大病一场。他曾以为自己就此离开人世，带着满心的懊悔随靖公主一并前往黄泉。如果那传说中的奈何桥果真存在，他一定要想尽办法不去喝那碗孟婆汤，这样就可以带着今世的愧疚陪伴在靖公主的左右，生生世世还一个他心中的亏欠。

然而霍心却没有死，醒来后，听说靖公主也被宫中的方士所救。

据说那方士将为皇上炼制的延命丹药给了靖公主，让靖公主死而复生。

未能相守，便最好相离，既然连承诺之事都无法做到，又有何颜面出现在你的身边？霍心从那时起，便选择了离开。

只是他内心的苦，却并不为靖公主所知。她静静地望着霍心，柔声道："我醒来后，第一个想见的人就是你。没想到你已经离开京城，跑到这不毛之地来戍边。"

画皮 PAINTED SKIN

霍心不语。他当然知道她最想见的人就是自己，他又何尝不想见她呢！只是……他这罪孽深重之人，又有何颜面见她？

见霍心沉默，靖公主便轻轻地叹息一声，柔声道："八年来，我听到过无数传闻，说你带着霍家军纵横西域，开疆拓土，立下无数战功。但父皇多次封赏，你都借故不回京城。我知道，你是不愿意看到我这张面孔。"

她竟是这样想的吗？

霍心的眉微微地皱了起来，然而满心的苦楚却无法说与她听，只得苦涩地道："殿下受伤，是我的过错，理应受到严惩。圣上能给霍心一条生路已经是皇恩浩荡了。"

"可我没有怪你，"靖公主急急地打断霍心，"是你救了我的命！"

"但我无法饶恕自己！"霍心的手紧紧地攥在了一起，连指节都泛了白。心中的情感汹涌澎湃，霍心急促地呼吸着，努力地想让自己变得平稳，"霍心只想在此守卫疆土，马革裹尸，了却此生。"

原来……这就是他所安排的人生吗？就连人生的结局都想好了？靖公主的心里满是凄凉，他曾经说过的，他会保护她一生、陪伴她一生。可是现在呢？在他所谓的人生里又何尝有过她的影子？

"你……还没有问我，为什么到白城来。"靖公主望着霍心说。霍心却沉默着，连头也不敢抬起。

"你不想知道吗？"靖公主看着迟迟不敢抬起头来的霍心，他的眉目间已然没有了年少时的青涩。八年的戍边生涯，征战沙场的经历让他更加成熟与内敛，那浓重的眉，那深邃的眼，都比从前更加令她心动，"霍心，你看着我。"

这样深情的言语像一缕春风，吹皱了心湖，霍心几乎不能抗拒，缓缓地抬起头来。

"现在你说——我美吗？"靖公主目光烁烁地凝望着霍心，问他。

而霍心，终于第一次正视了眼前的靖公主。曾经他们是那般形影不离，他将她看成是生命里最珍贵之物，小心地呵护。八年未见，她已然如此秀美，那眉眼还是从前熟悉的那般未曾改变，只是美丽之中更添一番英气。她的眼睛，还像多年前一样，清澈得有如唐拉措雪山之巅的圣湖之水，足以让自己深溺其中，不可自拔。

只是这张容颜，却因为自己的过错而变得不再完美……霍心心痛地望着靖公主脸上的黄金面具，沉声道："臣记得，殿下右边脸颊有一颗朱砂痣。"

如此简单的一句话，却让靖公主的心猛地悸动起来。

他记得，他还记得！

已经过了八年，自己曾经的模样还深深地刻在他的心中！原来他根本就不曾忘记！靖公主感动地望着霍心，眼中有泪水氤氲："我这半张面容从来没有一个男人见过，包括我的父皇。但我不怕你看，现在，我允许你摘下我的面具。"

说着，她闭上了眼睛，轻轻地扬起头来。

浓密的睫毛像蝴蝶的翅膀轻轻颤动，白皙如玉的脸颊有绯色的红云，这不爱红装只爱武装的公主啊，只愿在恋人的面前变成温柔的羔羊。

霍心听见自己的心在剧烈地跳动着，他伸出手，缓缓地伸向靖公主的脸，他的手眼看就要碰到那枚黄金面具了，只要他轻轻地一抬手，便可将她的面具摘下来。只要再勇敢一点，便能够看到梦寐以求的容颜……可是他的手却在离靖公主的面具不远之处顿住了。

他不能，他不能！

君臣有别，君臣有别啊！

霍心紧紧地咬住牙关，想要收回手，然而靖公主却将他的手一把抓住。她是如此用力，像是生恐他眨眼之间就会再次离去一般。尽管靖公主已然拼尽了全力，霍心却只感觉到了她的温柔与眷恋。他痛苦地闭上眼睛，强忍着内心的激动，声音颤抖道："白城和天狼国相距不过百里，随时会爆发战事。殿下实在不宜久留。"

霍心说得没错，身为皇上第十四女的靖公主岂能不知天狼国之事？或许，她比谁都更加清楚罢……靖公主的心中涌上一抹苦涩。

"好，我可以走！"靖公主用近乎央求的语气说道："但是我要你和我一起走，就我们两个！远走高飞，无论到哪儿，去过自由自在的生活！"

她没有告诉他，她早就想好了，他们可以去天涯，去海角，去任何一个他们能够想到的地方。什么皇族，什么臣子，什么大义，什么使命，统统都让它们见鬼去！

靖公主眼中的狂热让霍心感觉到震惊，他怔怔地望着靖公主，感觉眼前的她像是换个人般。远走高飞，从此再不问世事，天知道他曾有多少次有过这样的念头！如果她不是公主，而他也不是她的臣子，那么他们将会过上怎样的生活？有那么一瞬间，霍心几乎都要点头了。然而理智却又跳出来狠狠地给他当头一棒，让他猛地恢复了常态。

"殿下……"霍心压抑着心头的情愫，艰难地说道，"殿下说得是玩笑话，霍心怎么可以擅离职守……"

擅离职守。

这四个字有如一道闪电在靖公主的头顶骤现，让她摇摇欲坠。是了，每个人都有他应有的职责，将军的职责乃是驻守边关，而身为一国公主的职责呢，又是什么……心头又涌上那股酸楚与凄凉，靖公主刚刚张口，却被霍心打断："卑职尽快派人护送殿下回宫。"

"你赶我走？"靖公主怔住了，她难以置信地看着霍心。他竟会说出这样的话吗？他竟会用这样的态度来与自己说话！他们已然相识了十几年，他何曾对她说过这样的话！那些说要保护自己一辈子、永远守护在自己身边的话，难道他都不记得了吗？

都不记得了吗？

那双黑亮的眼睛如此灼热，带着震惊，带着疑惑，带着指责，让霍心实在难以面对。他低下头，用沉默作为回答。

混账！

靖公主气得高举起马鞭，恨不能狠狠地抽打霍心，然而她的手终是停在了半空。

要她如何下得去手呢？这个生下来就注定是她一场劫难的男人！

靖公主的身体微微地颤抖着，一瞬不瞬地看着霍心，却并没有发现就在不远处的岩石后面，还有一双眼睛在盯着她看。

那是一个猎户打扮的男人，他的头上虽戴着兽皮帽子，却扔遮不住那头乱如蓬草的头发，黝黑的脸和深陷的口鼻一眼便知并非中原之人。而那佩于腰间的尖刀上犹有鲜血干涸，一双眼睛阴冷地盯住站在湖边的靖公主和霍心。看样子，他已经在那里埋伏了很久，对这一幕也看了个一清二楚。

他看到靖公主策马飞奔而去，而那个传说中赫赫有名的大将军霍心则像个木头，杵在湖边发着呆。

这就是在边疆各国威风远扬的霍家军主帅？这男人的脸上露出一抹颇为不屑的笑，他把看到的事情牢牢地记在心里，悄然退到岩石后面，匆匆地离开。身手利落，动作敏捷，竟是半点声响都未发出来，俨然是个训练有素的密探。他从岩石上退下来，跨上马，朝着北方飞奔而去。

北方。

白城之北的百里之地，便是天狼国所在。

到了这里，即便是白昼也有如深夜。天空被乌云覆盖，似有雷声在云层里轰轰作响。一望无际的雪山延绵不绝，像是一只只潜伏在旷野之中的野兽之脊。大地的裂纹仿佛隐藏着什么秘密，每一个阴暗的角落似都有邪恶之物在觊觎鲜活的生机。

一个个的黑色帷幔似是被撕扯成碎片的旗帜在呼啸的风中飞扬，天狼国的军帐鳞次栉比，就在这阴霾诡异的土地上连绵不绝，竟是一望无际。

突然，一阵号角声响起，号声悲壮而悠远，带着亘古的苍凉。寂静的旷野上突然响起一阵阵急促的鼓点。身着兽皮、头上戴着皮革缝制而成的面具、手持木棍的鼓手正在用力地敲击着枯木制成的圣鼓。一群披散着长发、穿着兽皮的男女正在起舞，他们的动作狂放不羁，似野兽又似妖魔，随着鼓点用力地甩动长发。他们的影子在地上妖冶地连在一起，看上去就像是个怪异的阵法。这阵法将天狼国最为宏伟的大帐团团围在其中，但见那大帐左右挂满了绘着天狼图腾的旗帜，以狼骨及人头骨装饰，在漆黑的暮霭中昭示着它至高无上的地位。

火影将帐内的人影投射在帐幔之上，那是几个由枯木雕成的火把之座，燃着熊熊的烈火，照亮了帐中的一切。在大帐的东南角有一处祭坛，祭坛正中摆放着一个由人骨搭建而成的火盆，熊熊的火焰有如火蛇般欢欣跳跃，似乎在肆意地享受着血的祭祀。在火盆里，一块人的肩胛骨已然被烧成白炭，怪异的符咒却似雕刻在上面般依旧清晰可见。

一只手伸进火盆之中，那是一只有着黝黑指甲的干枯而苍白的手，似是所有的血肉已然耗尽般，只有皮肤紧紧地包裹住骨头。火焰呼啸着扑向那只手，却并未灼伤它一丝一毫，相反，倒像是火焰似献媚讨好般地在那只手上缠绕。而那只手则冷漠地抓起那块烧成白炭的肩胛骨，将它举到一双眼睛前。

那是一双阴冷而无情的眼睛，闪着暴戾可怕的眸光，冷冷地盯着这块肩胛骨，仿佛是一服药，一块肉，或者是别的什么不起眼的东西，令他极为不耐烦再看下去。这双眼睛的主人有着张毫无生机的脸，他的颧骨高耸，双眼深陷，嘴唇冷漠地抿成一条直线，在他的脸上找不到一丝可以表达情绪的地方，枯骨制成的衣领被藤条紧紧地束着，法轮般竖在脑后，衬得那光秃的头颅更加苍白。

他的颈上佩戴着怪异的饰品，似铁非铁，似骨非骨，上面镂着神秘的符咒。黑色的长袍结着数道野狼之皮，那是最为显赫地位的象征，只有在天狼国拥有至高无上的地位之人，方才有资格穿戴狼的皮毛，佩戴狼骨首饰。而眼下这一位，便是在天狼国地位最为尊贵的大巫师，有着众人、众生都无法匹敌的强大力量，他能直接与天狼之神对话，是天狼之神特命降临凡尘眷顾辅佐天狼国王的神官。只有他才能平息上天的怒气，让天狼国的百姓远离灾难与疾病；只有他才能让干涸的河水重新涌出清泉，让天狼国人有野兽与飞鸟可以果腹。甚至，他可以有让死者起死回生的伟大力量！

然而，大巫师的地位又是这样崇高，除了天狼女王和王子，他从不听命于任何人，若百姓有疾病缠身，也得在大巫师身前长跪方能得其眷顾怜悯。

眼下，这位尊贵的大巫师正五指用力，将那人骨捏得粉碎，白色的骨沫纷纷飞扬而起，而更多的，则落入了一个镶金的人头制成的容器里面。

天狼国自古便有用敌人骨制成容器的习俗，所斩杀的敌人地位越高，那容器上的装饰便愈加珍贵。而大巫师所使用的容器，据传说是某国国王的头颅，它被裹上了黑林狼王的兽皮，用黄金铸就头盖，镶嵌着名贵的宝石，看上去恐怖至极，却异常华美。能够成为大巫师的敌人，本身就是一件无比荣幸的事情，更何况死后还能够成为大巫师的祭祀法器！这是多少天狼国人梦寐以求的荣誉！

此刻，那容器里盛满了猩红的血液，那刺鼻的血腥之气充斥旷野，引得远处一片狼嚎，此起彼伏。那白色的人骨炭灰被大巫师倾倒在头骨制成的容器中，雪白鲜明得耀眼，而大巫师则伸出双手，将容器捧起，虔诚地望向天空。只有在这个时候，这双阴冷而无情的双眼才会闪耀出光芒，他像是一个卑微的圣徒在乞求神灵的眷顾。那是一种诡异的交流，只有他一个人懂得的圣典。似是得到了允许，大巫师这才低下头，将那参和了骨灰的鲜血一饮而尽。

鲜红的血顺着他的嘴角溢出，滴在他胸前的连成一串的饰品之上，无声地滋润着那些古怪的符咒，然后一滴滴落在他脚下一块洁白的羊皮地毯上，红的那般触目惊心。

一道闪电骤然在天空出现，大巫师的身体猛地一颤，双臂伸起，十指如钩地抓向天空，口中念颂着生涩的梵文。他的身影在火的照耀之下形如妖魅，那正在起舞的天狼人见状，便有如亲见天狼神降临一般，全部急匆匆地跪倒在地上，虔诚地叩首，连头都不敢抬起。

头戴人皮装饰的天狼国首领带着先前去往白城打探消息的密探走进大帐，跪倒在一个硕大的座椅之前。那是由纯金打造而成的座椅，两侧雕成巨大的羊头，羊头似在引天长嘶，羊角雄壮地弯曲呈环，正中是天狼图腾形的大椅，铺着羊皮坐垫，就在那坐椅之上，端坐着天狼国最为尊贵之人——天狼女王。

她的头上戴着从天狼古国流传至今的狼王之头，那是天狼国的第一位王者亲手斩杀了狼王之后，用最锋利的弯刀将狼皮整张剥下制成的头盔。狼嘴用黄金制成发箍，包裹在天狼女王的额头，翠色的宝石镶嵌在发箍正中，为她原本妖冶的眉眼更增添几分残忍与恐怖。

此时，天狼女王的脸上挂着悲凄的神色，她脸上的刀疤还未愈合完全，有着鲜血干涸的痕迹。所有的天狼国臣民都知道，他们的女王遭受了怎样痛苦的变故，她的眼泪因止不住地流下而使得那伤口极难愈合。

天狼国的习俗，若有亲人离开这个世界，天狼国人就会用刀割破脸颊，让血和泪水一同流下。那被咸涩泪水浸过的伤口有着痛彻心扉的疼，可即便是这样，也比不得天狼女王心里的痛苦。她像是一匹受到了重创的母狼，被困在囚笼之中，即便撞得头破血流也寻不到一个出口。

她的耐性，已然快要耗尽了。

看到密探归来，正在举着镶金人骨酒杯豪饮的天狼女王这才放下手里的酒杯，转头冷冷地看向密探。

密探急忙跪倒在地，用天狼国人才懂得的古梵语叽里呱啦地讲述着在白城所看到的一幕，他伸出手比画着自己的左脸，意在向天狼女王描述靖公主的模样。他的话让天狼女王的脸骤然变了颜色，她重重地一拍座椅，猛地站了起来，愤怒道："中原人言而无信！三天前她就应该站到我的面前，叫我母亲。"

她的愤怒让大巫师缓缓转过头来，现在的大巫师仿佛变了一个人般，神情里有说不出的诡异可怕，他的双眼有如野兽般狂野而嗜血地望着天狼女王，声音沙哑而低沉："十天之后，天狼神即将吞没太阳，那是王子回到您身边唯一的机会。"

十天之后！

十天之后！

还要再等十天！

天狼女王的泪水再次滑落，一滴一滴将那尚未愈合的伤口再次侵蚀。这悲伤像是治不愈的毒瘤，让她几乎比死亡还要绝望。

"伟大的天狼神！"她悲怆地仰天哭喊着，似在乞求天狼神的慈悲，"可怜一下我这个不幸的女人吧！我不能再等了。"

大巫师看着天狼女王那悲伤的模样，目光深邃。

"我的主人，现在不是流眼泪的时候！"他又恢复了先前面无表情的模样，连语气也寒冷如冰，"您应该马上召集七大部落的首领，出兵白城！请她不来，我们就把她抢过来！"

那几乎是从他的牙缝里挤出来的话，一字一句，尽带着腥风血雨来临前的预兆。

北方乌云涌动，天狼国人全部聚集在"先灵谷"口，恭敬地迎送大巫师以及他的女弟子们走进"先灵谷"。

"先灵谷"，乃是天狼人专门安放历代国王和重要人物灵体的圣坟，他们相信先祖死后便升为天狼之神身边的护法，可以保佑和守护天狼国人。"先灵谷"口的尽头是崖壁组成的天井，传说那是天狼之神为了天狼国人先祖的灵魂能够有盛放的安息之地，而运用神力一掌劈开的。从那天井之中透出熊熊的火光，照亮了崖壁的怪石，似是狰狞的野兽在喘息低吼着来回踱步，守护着天狼国人的神秘圣坟。

那是一片瘴疬之气所笼罩的地方，阴风阵阵吹来，令人不禁寒气顿生。没有人敢向"先灵谷"张望，天狼国的守军手持锋利的武器在谷口护卫，他们个个儿目露暴戾之芒，面目狰狞，鼻野兽般张着鼻孔嗅着空气里微妙的气味。似是每一种陌生的气息都能够让他们狂躁地跳起，将不名闯入者碎尸万段。

大巫师在弟子们的簇拥下，监督天狼国的奴隶们将人骨祭坛竖起。

那些奴隶的身上尽戴着手镣与脚镣，他们都是周边各国的战俘，有的是西羌人，有的是匈奴人，有的是月氏人，但更多的还是中原人。他们早已然在天狼国大巫师的折磨下丧失了意识，他们忘记了自己的名字，忘记了自己的家人，忘记了自己是谁，只是年复一年日复一日地执行着大巫师的指令，有如行尸走肉般度过他们的残生。

——他们甚至连反抗的念头与意志都失去了。待到他们生命即将终结之时，将会被丢进黑林深处，成为野狼的食物。没人为他们不幸的命运呐喊，就连他们自己都觉得那是理所当然的事情。

那个已然竖起的祭坛十分巨大，足有十人环抱方能够围得过来，正中竖起十字形架，架顶用人类的头骨围成太阳的形状，每一个头骨都似乎在呐喊在挣扎在怒吼在渴求解脱。然而邪恶的诅咒却将它们牢牢地固定在那里，让它们如何挣扎也终逃不出这痛苦的桎梏。就在这十字形架下面，更是由无数的人骨搭建而成的血池，它们卑躬屈膝、它们贪婪卑贱，似乎在向大巫师的邪恶之力乞求着鲜血的浇灌。

黑色的天狼旗帜已然高高竖了起来，乌云骤现，急剧地朝着天狼国的方向聚集。空气里都透出了危险的气息，白城里的鸟兽在一夜之间变得惊惶不安，就连虫豸都迅速地藏身于地上。可叹那被阳光普照的白城的人们，始终不知那被黑暗笼罩其中的天狼国所发生的一切，更加不知道那即将到来的劫难。

就连霍心这位身经百战的将军也对一切丝毫没有察觉，眼下他的心早已然随着靖公主策马疾驰而去，他的人却站在湖面发着呆。

这一切……都结束了。

结束了！

靖公主快马加鞭，催促着马儿疾走。或许不会有人想到，这位高高在上的公主，这位皇上最为宠爱的小女儿，这位平素里豪放洒脱的靖公主，这个时候有如一个孩童，泪流满面。八年了，她还从来都没有像今天这样哭过。自她从死亡的阴影里挣脱出来，尽管她发现自己早已然失去了最美的面容，尽管她身边那个发誓要生生世世守护自己的人再也不见了踪迹，她也没有流过一滴眼泪。她一直坚信着霍心的心里是有她的，虽然咫尺已变天涯，但靖公主相信只要心与心连在一起，便无所谓距离。

她忍受着周围人看着她时的异样目光，假装对一切都并不在意，然而却没有人比她更加清楚，正因为心里还有一丝期待，才会如此坚强。而如今呢？如今她支撑着她，让她坚强的理由已然轰然塌陷，没有了那信念，她的生命还有何意义可言？

而今她只想就这样策马奔腾下去，直到这个世界的尽头。似是感觉到了主人的不安，骏马打着响鼻，迟疑着不愿再走，然而却耐不住靖公主的长鞭催促，只好喷着鼻息跑上山崖。阳光照耀下，连陡峭的山脉都滋生出一种炽热，烤得骏马焦躁不安，然而即便是这种炽热也终不能融化靖公主那渐渐冰冻的心。

突然，骏马不再前行，它"扑扑"地喷着鼻息，在原地打着转。

从纷乱的思绪里回过神来的靖公主赫然发现路已经到了尽头，脚下是一处断壁悬崖，风声呼啸着刮过，居高临下，只觉冷风扑面，仿佛所有的一切都被吸引着，坠下百尺之下那幽深的湖水。

纵然远处尚有高山延绵，但是眼下的这条路却已然断了。

断了，尽了，了了。

靖公主的脸上绽放出苦涩的笑意，她垂下眼帘，望着悬崖下那片碧绿澄清的湖水，湖水在阳光的照耀下闪着粼粼的波光，像有一种莫名的吸引力，呼唤着她。

如果这是她一心一意所选择的道路，那么相信这也是上天的旨意。既然那个人早就已经不爱了、不在意了，既然这世上再没有挽留，再没有牵挂，她又何苦再有眷恋？还有什么好执著，还有什么放不下呢……

一个方向和一个答案，就这样悄然滋生在她的心头，迅速地生根发芽，占据了她的心，支配了她的身体。风，纵然肆意而剧烈，却已然将她脸上的泪吹得干了，靖公主纵身下了马。

这匹白马并不是先前霍心替她所挑的那匹，但却是靖公主依照先前的坐骑模样所选的。良驹皆通人性，白马似知晓了主人的心意，不安地嘶鸣，轻轻地咬住靖公主的衣袖，像是在诉说着它的不舍。

我知道你舍我不得，可我又何尝舍得你呢？若这世间有一丝舍得我留恋之物，也不会让我下定这般决心啊！靖公主将脸轻轻地贴在马颈上，温柔地抚摸着它。这八年来，每每她心绪烦乱之时，都要策马飞奔。她骑着它走过每一个与霍心一同走过的地方，每一步都能看得到他与她形影不离的身影。他常常是策马走在自己的身边，然后侧过头来含笑望着他。他的眉眼里尽是宠溺与爱恋，他的笑容那么温暖与亲昵，这么多年来她从不曾忘过！可是为何……他竟变成了现在的这般模样？

到底……为了什么让你再不愿看我？

早知道这八年的守候只是这样的一个结局，那么她又何苦重新睁开双眼，回到这人世之中？

也罢……该结束的，迟早都要结束，该还给上天的，迟早也都要归还。就让这一切，都随风散了罢……

白马慢慢地安静了下来，靖公主安慰似的拍了拍白马的额头。

"你走吧，替我去过自由自在的生活。"她温和地笑着，像是在对相伴多年的好友说话。白马的眼睛里充满了悲伤，它静静地看了靖公主一会儿，虽然不舍，却还是温驯地走下山坡。马蹄声渐渐远去，一切都归于静谧。

微风轻拂起靖公主的长发，她抬起头来，仰望着风云变幻的天空。阳光将那发丝镀上金芒，她的表情恬静而平和。缓缓地走到悬崖边上，靖公主凝望着那百尺之下的湖水，它像是一块孔雀蓝的绸缎，被风轻轻吹起涟漪。她已经不再关心那个人还会不会追来，更不再在意那个人以后会身在何处，就连他发现自己的尸体之后会不会难过、会不会流泪，她都不再介意了。

最好是就此消失在世间，连尸首都不要被他所见才是最好罢。或许这才是他想要的———辈子都不要见到自己的面容。

　　靖公主缓缓闭上了眼睛，湖水像有股神秘的力量在吸引着她、呼唤着她，像是一个慈祥的母亲向她伸出温柔的双臂。她将身体前倾，向悬崖外倒去。

　　风就在耳畔呼呼作响，却似情人的呢喃，告诉她不要害怕，只要就此坠落，从此便不再会有痛苦和萦绕于心的困惑。解脱，她为的不正是一个解脱吗？尽管那个人早已经不在意，她却放不过自己，无处可逃，便只能将自己毁灭。

　　长发飞扬，身上的金色软甲发出轻微的声响，靖公主听见自己落水的声音，像是她宿命里的这场情劫，终于戛然而止。

　　我放过我自己了。

　　我……终于放过我自己了……

　　不再挣扎，不再执著，不再前进，也不再追逐他的脚步，就这样结束吧！

　　靖公主的身体缓缓下沉，冰冷的湖水毫不留情地灌入她的口鼻之中，胸口的憋闷感觉越来越重，她的耳朵再听不见任何的声音，力气也渐渐地消失了。可就在这个时候，靖公主突然看到在湖水对面漂过一道白色的影子。

　　是谁？

　　靖公主不由得睁大了眼睛。那人影离自己越来越近，可以看得到她那雪白的长发有如水藻在碧色的湖水中漂浮，她的衣袂有如在水中盛开的白莲花儿，一层层一瓣瓣绽放着妖媚与诱惑。而她的脸……她的脸虽然苍白毫无血色，却如此妖娆美艳。她就那般淡淡地笑着，血红的唇上扬，黑眸烁烁，如妖似魔。

　　竟是小唯！

靖公主一惊，却只觉气血翻涌，两眼一黑，便整个人晕厥过去。

梦里，又现那声声深远的号角之声，悠远而悲凉。那漫天又下起了大雪，一片一片，似乎要将一切湮没。那个人的笑脸依旧在眼前，笑得有如阳光般温暖灿烂。恍然间仿佛又回到了从前，他在自己的身边，微侧过脸来微笑。

她欣喜地伸出手，却突然发现他离自己越来越远了。

不要，霍心，不要离开我！

靖公主急切地向霍心奔跑过去，可是霍心却离她越来越远，越来越远，直到被这漫天的大雪吞噬而尽。

不要！

靖公主猛地坐起身来，惊慌失措地左右张望。

烛火摇曳，照亮了眼前的一切。紫色的帷幔从青石墙上垂下，古朴的红木床塌上铺着锦被，一切都沉浸在寂静之中。而就在自己的身边，静静地躺着一个人，她的长发凌乱，面色苍白，疲惫不堪地闭着眼睛，连呼吸都微弱。

小唯！

脑海里闪过湖水之中所见的片段，靖公主迅速地抽出短刀横在小唯的颈前。

"别废事了，你杀不了我。"小唯连眼睛都未睁，只轻轻地说了一句。

"你不是人……"靖公主听见自己用充满了惊疑与恐惧的口吻说道。

"不错，"小唯的声音里充满了疲惫，她的气息异常紊乱，似是全身的力量都已然透支，"我是妖。"

"你……"靖公主没有想到小唯竟是这般容易就承认了，自是有些怔住了，那举在手中的短刀亦是迟疑地颤了一颤，"你，为什么救我？"

"因为你能救我。"小唯简洁地答道。

救她？

靖公主的眼中满是怀疑。她虽没有亲见过妖，但也听宫里的方士说过妖的一些传闻，传说妖都有着常人所不及的神秘力量，强大到足以摧毁世间的一切。难道她堂堂一只妖，还要求救于凡人不成？

小唯慢慢睁开了眼睛，望着靖公主，缓缓地说道："我触犯了妖界的禁忌，被囚禁在寒冰地狱五百年。好不容易逃出来，它们会随时来抓我回去。"

只短短的几句话，何以概括得出小唯那历经五百年所受的折磨与苦难？每每她说出"寒冰地狱"四个字时，身体都要禁不住地颤抖，惊恐瞬间便将她的心狠狠地揪住，让她久久才能够释然。

"这关我什么事？"靖公主口中虽这样说，手里的短刀却放下了。

"它们怕你。"小唯说。

"怕我？"靖公主更加不明白了，若是如小唯所说，那寒冰地狱能够镇压得住触犯了妖界禁忌的妖，那如何会害怕一介凡人？

"你的心与常人不同，能驱退寒冰。"不可否认，每当站在靖公主的身边，小唯都能够从那颗温暖而强大的心跳声中寻得一种安宁。那沉稳而富有节奏感的心跳声啊，是小唯穷尽一生都在寻找和渴求的珍贵之物。可叹这人世间的凡人却这般愚蠢，拥有了这等美妙之物，却仍不懂得珍惜，只想一心求死。你又如何懂得那颗心的巨大能量？

靖公主迟疑地看着小唯，小唯脸上的神情却并不像是在说谎。她坐下来，细细地回想，似乎在她刚刚遇到小唯之时，就在那片石林之中，小唯初次唱歌之时，似乎有一股寒冰之气向她们袭来。那时候的小唯连哈气都变了白，发梢亦开始结霜。她害怕地扑向自己，而当自己手持马鞭警惕地看向四周之时，冰冻却突然静止，然后急速地后退，花草迅速恢复了原状，所有的一切都无声无息地回到了常态。

那时候的她只当是小唯想要借机接近自己，却并没有想到那完全是妖界的魔力所致！

原来……竟是这样的啊……

靖公主呆呆地望着小唯，这一切太过突然，以至于她久久不能回过神来相信自己已经亲眼见到了妖的存在。然而小唯在湖水中将自己救起的一幕就在眼前浮现，又怎能容她不去相信！

想要结束的，却并未结束，想要开始的，却永远都不能开始。

靖公主难过地低下头去，轻声叹息："我能救你，可没人能救得了我。"

小唯眸光一现，目光烁烁地望向了靖公主。

"殿下为什么要寻死？"虽然心里已然知道答案，可是小唯却还是忍不住想要问靖公主。并不是她有意令她痛苦，只是她真的不明白，这人世间的男女为何总要为情所困？那些个整天把山盟海誓挂在嘴边的，往往同床异梦各自怀着各自的心事；而那些个嘴上常把恩断义绝说得如此斩钉截铁的人，却常常在内心的深处有着那般难舍的牵挂与断肠。越是不爱的，就越是表达得有如真爱；越是爱的，就越是害怕怀疑。五百年前如是，五百年后依旧如是。为何这流传了千古的情感，终不能让小唯参透其中的奥妙？

然而每个人都有她深埋在心中的疑惑。

靖公主原来以为这段情感将永远埋于心中，让岁月将其尘封，再不开启。却万万没有想到有一天，自己会对他人谈起，而且，还是对一只妖。

一个想死却死不了的人，和一个为了活而逃亡天涯的妖，在这样的一个深夜里，在满室摇曳的烛火之中谈起心中深藏的禁忌之恋，或许是任谁也不会想到的吧？

　　铜镜近在眼前，可靖公主却不愿正视铜镜，她侧过脸望向窗棂。窗外是无限的夜色，窗内是满室的烛火，一人一妖的身影映在窗棂之上，柔媚而婀娜。小唯正执着木梳，替靖公主轻轻地梳理着长发。不可否认，靖公主有一头美丽而漆黑的长发，发质柔顺，散发着柔和的光泽。这不同于自己用妖术变黑的发，而是真真正正生长而出的，多么令人惊叹。若自己果真能够变成为人，那么靖公主所拥有的一切，自己也可以拥有的吧？

　　想这上天真是偏心，凭什么就能将这些好处独独予予人？而只将那旷世的孤独与寒冷，硬生生地掷给了妖……还真是不公平呢。

　　小唯的心里滋生出几许冷漠，这种感情有些陌生，却让她格外地想要破坏一些什么，仿佛只有这样才能够让她好过，让她一解压抑在心头的怨与恨。

　　她缓缓地问道："既然殿下这么深爱霍将军，就更不该死得不明不白。"

　　"那又怎样？"靖公主负气地蹙眉。想到霍心那张冷漠而拒她于千里之外的表情，靖公主便满心的气恼与愤恨。然而小唯却只是淡淡地笑着，说道："殿下是否想过，你与霍将军分别已经八年有余，如今他是否另有所爱？况且，恕我直言，男人最在乎的还是女人的样貌……"

　　"胡说！"靖公主愤怒地打断小唯，一双充满了英气的黑眸怒视小唯，"霍心不是这样的人！"

　　"那他为什么拒绝你？"小唯无辜地眨着眼睛问靖公主。

　　她的问题让靖公主顿时无言以对，她怔怔地坐在那里，心里的某个地方发出了一声轻响，似是裂开了一条细细的小缝儿，虽不起眼，却迅速地扩大，让她突然间忐忑不安起来。

　　小唯那妖媚的眼微微地眯了起来，她轻轻地凑近靖公主的耳畔，似语重心长又似蛊惑般说道："霍将军也是男人，男人眼里只有女人的皮相。"

"不，我不信！"靖公主急切地摇头，语气里有着不容置疑的肯定，"他说他记得我……原来的样貌……"明明是该更加胸有成竹的吧？为什么说到最后，却只剩下了心虚？

"可惜，你已经不再是原来的样貌。"小唯的语气如此冰冷，如此坚持，像一枚冰锥，狠狠地戳在靖公主的心口。

痛，好痛。

靖公主的手下意识地抚在了胸口，她的心已然痛得让她说不出半句话来。无法反驳，也无力反驳，她知道，今日小唯所说的话，正是她八年来最不愿意面对之事。她以为霍心不会介意她的容貌的，她也相信霍心不会，可是所有的信任与坚定都不过是她一个人的臆想。若他果真不介意的话，当初又为何从自己的眼前消失呢……

心，好痛。

好痛。

痛得她几乎想要将它放弃。上天何苦给了人七情与六欲，又何苦让人有欲望不得达成后的痛苦？若能将一切能够重来，若能将她的容貌还原到本来的模样，她真愿意用任何代价来交换！

小唯的目光，随着靖公主的动作而落在了她的胸口。那颗心还在富有节奏地怦怦跳动着，虽比平常之时急促了些，可依旧美妙迷人。

"你……是妖，"靖公主情绪复杂地转过头，看向小唯，犹豫了半晌，方才艰难地问道，"你会法术？"

"没错。"小唯冷冷地笑。那颗心跳动的频率更加的快了，那双黑白分明的眼眸里也尽是挣扎与痛楚，她完全可以感受得到的，因为她是妖，而且是见惯了人间风月的九霄美狐。

"你能把我变回原来的样子？"话一出口，靖公主便突然觉得心中升起了无限的期待。是了，宫中的术士们经常会向她讲起妖的传说。有些人说妖是邪恶的、可怕的，有些人说妖是慈悲的、可怜的，且不论传说有怎样的不同，但都会有一个共同之处，那便是——妖有着强大的力量，可以做得到人所做不到的事情。可到底是潜天入地，还是呼风唤雨，靖公主却还是一无所知。

靖公主那满怀期待的眼神，突然间让小唯的心里那横冲直撞的愤慨找到了出口，陡然间轻松了起来。她微笑着，对靖公主解释："妖的相貌可以自己画，但你是人，画不成的。"

原来……还是不行的。

靖公主失望地垂下眼帘，眸光不经意地掠过铜镜，看到了自己那张戴着面具的脸。果真是回不去的，她在心里这样对自己说，这张脸，代表着曾经的一切，都已经成为了过去，再也无法恢复原状。

"不过，"小唯突然间话锋一转，"我有一个办法。"

"什么办法？"靖公主迟疑地问，对小唯刚刚的拒绝和现在的转变有些琢磨不透。

小唯则靠近靖公主，在她耳畔轻语了几句。靖公主的脸色顿时大变，她一把推开小唯，愤怒地扬声道："我堂堂一国公主，怎么可以借用别人的皮囊去取悦男人！"

她的脸涨得通红，眼睛因为愤怒而烁烁生辉，脸上的表情既羞且愤，几乎恨不能再次抽出短刀横在小唯的身前。

"霍将军与你君臣有别，恐怕不敢对你说实话。"小唯语重心长地说着，耐心地解释。然而她终是抛了一句足以令靖公主震惊恐惧的话——"你可以试试，若长成我的样貌，他会怎样对你？"

"荒唐！"靖公主断然拒绝，身体却禁不住瑟瑟地发起抖来。

有人，将诱惑之种埋进了她的心中。那种子正在悄悄地发芽，以她心中的那缕缠绵为食，迅速地滋长，企图支配她的意识与身体。

不……不能这样。

靖公主在心里大声地对自己说，双手紧紧地攥在一起。

相貌，相貌。

这是一道伤，横在心头，是两个人的痛。

霍心一个人坐在城头，举起酒坛大口饮下，浓烈的酒顺着他的咽喉滑下去，让他的五脏六腑都一起燃烧起来。都说烈酒可以宿醉，宿醉便可断愁，却怎奈他越喝便越是清醒，想要忘的，忘不了，想要断的，却断不了。纵是他伤她伤得这般斩钉截铁又有何用？到头来，他的心更痛！

喝，继续喝，大口喝，他偏就不信自己今日醉不了！

他自将那酒坛捧住，狂饮不已，然而酒坛已空，他不醉反痛。

想……哭吗？

霍心怔怔地望着远处，在心里自嘲。有些人这辈子其实过得很窝囊，便是最为悲痛之时，却也还是哭不出来，甚至想醉都醉不得，只有这样任由那痛苦那悲伤将自己紧紧束缚，慢慢折磨。

远处的旷野一片漆黑，没有光亮，没有方向。或许，这正是他想要的吧。他把过去的千丝万缕尽悉斩断，也无心去把未来连起。怪只怪他想要的那人太过高高在上，让卑微的他不敢觊觎，只能远离。

谁让你生了那样的一份心意！霍心在心里狠狠地责骂着自己，他深深地吸了口气。或许吧，或许孤独，就是对像他这般好高骛远的人最好的惩罚。

突然，他的眼前亮起了一抹绿光。纵然是身经百战的霍心霍将军也被这突如其来的光亮吓了一跳，然而定睛看去，却见他眼前出现的是一个缠着古怪麻绳的瓶子，瓶子里一闪一闪地散发着绿色的荧光，还在不停地晃动。

转头，便见那被白城校尉府的将士们公认的江湖骗子庞郎，正神秘兮兮地看着自己。可叹这庞郎素来嬉皮笑脸，已经让众人习惯了他的混混模样，这会儿突然间用这般表情看着霍心，未免有些显得鬼鬼祟祟。霍心的眉已经微微地蹙了起来，庞郎却一本正经地道："霍将军，你八成是中了妖术！"

说着，他拿起寻妖瓶使劲在霍心的头上晃来晃去，可寻妖瓶却再也不亮了。

这庞郎倒是经常混进校尉府里，与那些将士们插科打诨，混些酒吃。霍心虽然对庞郎并不反感，但是却常觉得这家伙不学无术，除了配些药，也没见他有什么本事，只是牛皮吹得倒很是响亮。霍心不耐烦地伸手打开庞郎的手，皱眉道："别在这儿装神弄鬼，有工夫多配点金创药。"

庞郎见霍心根本没有信他的意思，不由得急急地辩解道："你别不信，我这瓶子里就是一只九霄美狐的断尾！是祖传的！一逢狐妖出现，它就会发亮！"庞郎越说越着急，他横身到霍心面前，板着脸问他："霍将军，你实话告诉我，你府里来了什么人？"

什么人……

霍心的心头一酸，沉默着低下头去。

是了，她是我的什么人？她其实……什么人都不是，她就是公主，衔着金枝玉叶降临人世的公主殿下，只能被仰望被膜拜被高高地供在金殿之上，哪堪称得上是自己的什么人呢。

霍心拿起酒来，再次痛饮，却不料那酒坛早就空了。

庞郎真是又气又急，一把夺过霍心手里的酒坛放到一边儿，痛心疾首地道："狐妖这玩意儿能搞得你家破人亡！我看见它进了你的府上，骑着高头大马，戴着面具。从我身边一过，寻妖瓶就发亮！"

霍心的脸骤然变色，他一把拉过庞郎，狠狠地扼住他的脖子。庞郎哪里见过这阵势？吓得他惊叫一声，连胆都快要破了！况且霍心是什么人，他心里可比谁都清楚，那可是杀人的将军，连眼睛都不用眨就能把他的小命儿收了去！庞郎只觉喉咙被霍心扼住，连气都喘不上来，只是剧烈地咳着喘息。他伸出手来摇晃着，霍心这才微微地放轻了力道。

"来人是靖公主，不许胡说！"霍心咬牙低吼。

"公主？"庞郎一惊，全然忘记了惊恐，莫名其妙地问，"公主来白城干什么？"

"不关你的事。"霍心冷冷地说着，松开了庞郎，心情却再次沉重下去。他又想起了她对他说的话："你……还没有问我，为什么到白城来。"

是的，他还没有问她为什么要到白城来。可即便她不说，想来他也是知道的吧……倔强如她，执拗如她，没有人照顾，她会因这倔强的脾气受些委屈吧？而他却再不能守护在她的身边了，只因他给不了与她匹配的幸福……

看到霍心的神色恍惚，根本无心搭理自己，庞郎越发地着起急来，自己这正牌除妖师显露头角的机会岂能就这样错过？他不依不饶地缠住霍心，问他："这公主不会是妖变的吧？能不能让我见见她？"

霍心摇了摇头，望向了远方。

她怎么可能是狐妖变得呢？他与她自幼生长在一起，即便是不用眼睛去看，也能分辨得出她是谁，谁是她。这世间，不论是什么人，什么妖，谁也变不出她的笑颜，她的精魂……

庞郎使出了浑身的解数与霍心周旋，企图说服霍心，却怎奈眼前的霍将军像是游魂一般，整个人恍恍惚惚的，连说话都不在点儿上。把个庞郎气得七窍生烟，他说也说了，吓也吓了，可到底是秀才遇到兵，有理说不清，只得愤然拂袖而去，然而走出了很远，却还见霍心傻傻地杵在那儿，目光迷离地望着天空。

果然这狐妖一来，就把男人的魂儿勾走了！庞郎无奈地回到家去，胡乱煮了些粥，倒在碗里捧着，翻开了祖先留传下来的《妖典》。

《妖典》乃是庞郎的爷爷留下来的，都说是除妖师，可是庞郎却连自己的父亲都没有见过，他自小跟在爷爷的身边长大，那是个疯疯癫癫的老头儿。关于除妖师的一切，都是从爷爷那里听来的，爷爷的肚子里有很多关于妖的故事，他把除妖师说得神乎其神，恨不能上天入地无所不能。但在庞郎的童年时代和少年时代，与那些妖的故事相比最关心的还是莫过于父母的去向，然而老爷子却常常用古怪离奇的除妖故事作为对庞郎的回答。

久而久之，庞郎也不再问了。

爷爷一辈子嗜酒如命，他配的药十分好卖，尤其是金创药，更是受到南来北往之人的青睐，在那战乱的年代里，爷爷倒常有酒喝有肉吃，庞郎也跟着混得肚皮溜圆，像模像样。只是爷爷他生性豪放，所有的积蓄都换成了酒，他是今朝有酒今朝醉，他是不管明天喝凉水，直到死都是在醉梦之中笑着离去的。却可怜了庞郎，孑然一身，形影相吊，除了这幢冬天漏风、夏天漏雨的小小破砖窑和这门勉强得以糊口的手艺，再就只剩下一堆看似毫无用处的寻妖瓶和手里这本破破烂烂的《妖典》了。

好在他遗传了爷爷的没心没肺，对这一切没有什么抱怨，他把爷爷整天挂在身上的瓶瓶罐罐背在身上，平素里吹吹牛卖卖药，与外面疯跑的野小子们嬉笑打闹，日子过得颇为滋润。对于除妖师的传说，庞郎也是半信半疑，甚至一度以为那不过是爷爷用以谋生的手段和伎俩，从未认真地研习过。倒是自那寻妖瓶闪动了之后，他才欣喜若狂，对爷爷所讲的那些个离奇故事颇为感起兴趣来。

这会儿，他倒是将那《妖典》看得认真，逐字逐句，细细地斟酌着、回味着，还不住地咂着嘴巴，似乎他碗里的粥就是那《妖典》般，让他觉得口有余香。突然，他觉得嘴里有些不太对劲儿。明明是一碗粥，却怎么好像有什么东西在活动，还在用力地挠着他的嘴巴？庞郎急忙伸手，从嘴巴里揪出了那异物，却是一段黑色的大蜈蚣！这大蜈蚣还在不甘心地舞动细长的腿挣扎着，却赫然是已经被咬断了一半儿的模样！

庞郎吓得"哇"的一声大叫，忙不迭将那蜈蚣扔在地上。但忽又想起蜈蚣只有一半的样子，那么说另一半肯定是在自己的嘴里！

"呕！"他弯下身来，用力地呕着，想要将另外的半断蜈蚣吐出来，满脸都憋得通红。

"这味道不错，你怎么不尝尝？"一阵有如彩雀般欢快悦耳的声音从天花板上传来，吓得庞郎浑身一哆嗦。还不待他抬头，便听得一阵翅膀扑扇的声响，他看到一个少女突然从天而降，轻飘飘地落在地上，出现在自己面前。

她的眉眼俊俏，唇红齿白，一双明亮的大眼睛更是清澈可人。那艳若粉桃的脸儿上带着盈盈的笑意，笑望着自己。

是她，是她！

庞郎惊骇地看着雀儿，自然认出了眼前的少女就是那夜将一名无赖掏了心的妖。然而还不待他震惊，脑子里却迅速地闪过一个念头来，急忙在身上翻找，逐个查看寻妖瓶。

然而这些寻妖瓶里，却没有一个在闪光。

"怎么着？我请你吃好吃的，你反倒要害我不成？"雀儿瞧着庞郎兀自低头忙活了半天，也没看出他忙活出了什么名堂，便又好气又好笑地问他。

"不是，不是！"庞郎拼命地摇头，急得额头都微微地渗出汗来，"我就是想知道姐姐是个什么妖，我这个怎么不灵了？"

"什么？"

雀儿惊讶地瞪大了眼睛看着这个有眼不识泰山的庞郎，道："亏你还妄称自己是见过大世面的除妖师！我看你就是冒牌的，连我都不认识！"

"我真的是除妖师！"庞郎有些恼了，他跺着脚，急切地辩白，"我家十三代都是除妖师，一脉相传，如假包装！"然而眼前的少女脸上却连半分相信之意都没有，让他一气之下举起了《妖典》："你不信？有《妖典》为证！"

雀儿听庞郎说得这样肯定，又把手里的一本破破烂烂的书递过来与她看，便奇怪地盯着那《妖典》皱眉："《妖典》？什么玩意儿？"

"《妖典》！"庞郎简直不敢相信身为妖的雀儿，竟连这样鼎鼎大名的书典都不知道，自是惊讶不已："姐姐没见过？我祖上传下来的。所有的大妖小妖老妖都记录在案。天下就此一本，正宗的除妖师才有！"

庞郎越说便越觉得意，索性连腰杆都挺得直直的。雀儿被庞郎的神色感染，将信将疑地瞧了瞧他手里的《妖典》，然后一把抢到手里。她将这《妖典》上看下看，左看右看，横看竖看，却连半个字都没有看懂。

真是混账的东西，难道不知道妖是不识字的吗？雀儿气呼呼地将《妖典》反手丢回给庞郎。

"你给我查查，里面是怎么说我的。"雀儿虽有些气愤，但又着实好奇得很。

庞郎见雀儿有几分好奇，心里便越发欢喜，立刻替雀儿翻起《妖典》，嘴里喃喃地念道："法器、妖形！"翻到这一页，庞郎便急忙认真地看过去，"鱼虫，走兽，鸟禽，鸟——蛮蛮鸟、九头鸟、鸟身龙首……"每念一个，庞郎便上上下下地瞟瞟雀儿，但哪一个描述却都不吻合，他只得继续寻找下去，"鹞子、鹦鹉、麻雀……"

他把《妖典》从头翻到了尾，甚至在"走兽"那几页里瞄了几眼，但都没有找到有半点与雀儿相关的说明，自是有些尴尬。他清了清嗓子，道："你——可能不是妖。这书上没有你。"

没有？

雀儿顿时气得瞪大了眼睛。她在寒冰地狱守护小唯姐姐之时，修炼了整整五百年！为了抵御寒冰地狱的阴冷，她用了比别的妖还多几十倍的努力，小唯姐姐说以她五百年的功力，完全可以抵得上别个妖七八百年的功力了，这《妖典》凭什么就没有记载她！

为了证明自己，雀儿突然扬起了胳膊，那纤细的胳膊突然间变成翅膀，那一羽一羽色彩绚丽的羽毛美得炫目，它"呼啦"一声张开，把庞郎吓得险些惊叫出声，又骤然收拢，变回了粉藕般的玉臂。

"你看，你看，我怎么就不是妖！"雀儿生气地道。

庞郎虽被方才雀儿的变化吓了一跳，但却依旧振振有词地道："《妖典》里没你，就算你是妖，顶多也是个小野妖。时间短，没资格，入不了册，业余的！"他说得仿佛自己是个道行极高的除妖师，完全不把雀儿放在眼里般。雀儿气得径自变回雀形，围着庞郎，照着他的脑袋一顿狂啄。

可叹庞郎这书呆子自是捂着脑袋拼命躲闪，口中还委屈道："你就是不够资格……书上没写！"

有道是初生牛犊不怕虎，雀儿这只仅有五百年修为的小妖竟有如此胆量与除妖师叫板，相信若不是她遇上了庞郎这样半吊子的除妖师，恐怕早就被活活地捉住了。

庞郎这里自是热闹非凡，远在白城之边的校尉府却被一片压抑的气氛所包围。

烛火摇曳，照得房间一片通明，霍心却远远地离开了那片烛光，只坐在黑暗的角落，低着头调试弓弦的松紧。

达叔把烛台挪到霍心的身边，跳跃的烛火照亮了霍心沉静的脸。达叔静静地看着霍心，这是他从小看大的孩子，自从老将军战死沙场，霍心便早已然习惯了把一切都深藏于心底。从那时起，他便一直寸步不离地守护着这个少年。对于霍心，达叔甚至比他自己还要了解。

他的身体里流着中原最优秀战将的血液，他的坚毅、他的隐忍、他的优秀、他的骄傲，都像极了他的父亲。霍家军因为能够有这样优秀的主帅坐镇，方才得以有条不紊地延续老将军在世时严明的军纪与阵容，这汉王朝的疆土也自是四平八稳。尤其是天狼国，也因为霍家军的威慑而不敢作乱。能够看着这样优秀的主帅长大成人，达叔觉得自己还算是对得起老将军的重托，自是万分欣慰。

然而，尽管在沙场上他有多么桀骜不驯、多么威风凛凛，那谈笑间樯橹灰飞湮灭的磅礴气势足以睥睨天下，霍心内心深处的柔肠，却依旧细腻如丝。儿女情长，对于一个杀人的将军来说，乃是最最要不得的，它会让你拿着刀的手不再坚定，它会让你身上的肃杀之气消失殆尽，更会影响你作出最准确的判断。尤其是，当你爱上一个不该爱的女人。

"咳，"见霍心还在专注地望着弓，达叔便干咳一声，道，"公主打算什么时候离开白城？"

霍心的心头微动，他如何不知达叔想要说的是什么？自是连头也不抬，继续摆弄他的弓弦，冷冷地道："你想知道，自己去问她啊。"

"混账小子！"达叔气得胡子都翘了起来，恨不能一巴掌挥过去。然而霍心已然是主将，再不是愣头愣脑的顽皮小子。饶是他再倚老卖老地想要向他挥巴掌，也少不得压下些火气，语重心长地道，"公主在我们这儿万一出了什么差错，那可是诛九族的大罪！"

诛九族，大罪……诸如此类的话达叔说得太多，说得霍心的耳朵都满是趼子，他自是不耐烦再继续听下去，只是打断他道："她不走，我有什么办法？"

达叔被霍心饿得说不出话，气得他干瞪着眼睛瞧了霍心半晌，方才冷哼一声，气道："自打公主来了，你三个魂儿丢了两个半！"

霍心的目光微微一滞，他抬起头，极为认真地看着达叔，问他："庞郎说我中了妖术，你看像吗？"

烛火下这张年轻的脸俊美坚毅，神情却迷茫，一双黑眸带着迷惑的神情望着达叔。达叔定定地瞧着霍心，被霍心这番奇谈怪论弄得有些心神不宁。他不是没有年轻过，不是没有过中意的女人，可是当战乱爆发，他心爱的女人在逃难之时被敌军斩杀，他捧着她早已然流干了血液的尸体痛哭之时，达叔从此便发誓再不会让任何人进驻他的心里来。

不是因为他无情，而是因为那份情太沉太重，沉到他再无力提起，重到他只想放下。有些人注定不能够得到他最想要的，既选择了戎马生涯，就别再向往儿女情长。

他已经老了，看淡了生离死别，也看透了人世沧桑，可霍心还很年轻，血气方刚，极易为情所困。然而即便霍心爱上任何一个女人，达叔都不会加以阻拦，只可惜霍心爱上的是高高在上的公主，那更是遥不可及的梦。甚至，是会惹来杀身之祸的愚蠢。

"你可别犯糊涂啊，你俩一辈子都是君臣！"达叔说得斩钉截铁，却又无情而残酷。

霍心淡淡地牵动唇角，低下头去重新摆弄起弓弦。

他明白的，其实，他比谁都明白。

第三章

魅　紫

「千百年之后，我早已经看透了生死，看淡了得失。只是萦绕在我身体里的那缕缠绵却还迟迟不肯散去，千百年来只有它填补着我胸口的那空空洞洞的寂寞缺口。

若没了它，我或许早就在寒冰地狱里破碎成片……」

——小唯

雾气，轻轻淼淼地弥漫在浴汤之内，像是一场春雨的氤氲。那是从白城之外引来的。

　　温泉，饶是寒冬也如夏日般温暖。

　　可惜，那温暖碧澄的温泉之水却并没有让靖公主享受其中，那氤氲的雾气也全然没有滋润到她的心田。这会儿的靖公主正浸于温泉之中，宛若刚刚出生的婴儿般蜷缩着身体，双臂紧紧地抱住自己，仿佛只有这样才能够让她感觉到心安。她的长发漂浮在水面上，如一朵绽放的黑色花朵。

　　她紧闭着双眼，屏住呼吸，就这样漂浮在那里，任温泉之水包裹住她赤裸的胴体。

　　眼前又浮现出八年前的一幕，她从一场死亡的梦魇里醒来，在众人望着她惊骇而害怕的眼神之中意识到了自己的异样。她不顾一切地挣扎着站起，跌跌撞撞地走到铜镜之前，看到了铜镜中的自己。

　　那是怎样的一张脸啊！明明该是如花般娇嫩的，明明该是美艳而可人的，明明该是十四个姐妹里最为美丽的容颜。此时，却在那左脸上之上歪歪扭扭地爬着若丑陋虫豸般的伤疤！

不……不！怎么会这样，怎么会这样！

她掩住自己的脸，挥手打碎了铜镜，铜镜在一片刺耳的声音中碎成千片万片，惹得宫女们惊声尖叫。然而她却在那一瞬间她开始憎恨，憎恨一切带着光亮、平滑如镜的东西。她打翻了水盆，将鱼缸掷在地上，任那满缸的锦鲤在地上痛苦挣扎。宫里所有反光的器具都难逃厄运，甚至连她的父皇都命人再不可将平滑之物带到她的面前。

可是这些还不够，还不够啊！

还有她从前的画像，还在一声声一遍遍地提醒着她那段痛苦恐怖的回忆，还在大声地嘲笑她现在丑陋的样子。她恨，她恨！早已然心碎的靖公主揭下了自己所有的画像，一片一片撕得粉碎，仿佛那一地的碎片都已然随着她美丽的过往一并去了，从此再难回到从前。

从那时起，她拒绝见到任何人，只藏在纱帘后面，更不与任何人说话交谈。她就像是被遗忘在了角落里的可怜玩偶，只想把自己深深地藏起来，再不愿见任何人。

看到最为宠爱的女儿变成了这般样子，父皇心痛不已，特命宫中的能工巧匠为她打造了一副精美的面具。那是轻薄的黄金面具，上面雕刻着她最喜欢的杜鹃花儿。看到这张面具，她才安静下来，任由父皇将那面具替她轻轻地戴上了。

如此冰冷，却，如此安全。

她终于露出了笑容。

可是她即便是藏起了自己的伤疤，却藏不住自己的容颜。尤其对于那个人来说，她或许早已经失去了能够给他的美好。一张美丽的脸，或许……远比女子的贞节来得重要吧……

这世间的男子或许都会喜欢漂亮的女人，就连他……也不会例外吧？

一个美丽的躯壳，是不是就真的比一颗真心更加重要？她不知道，她真的不知道……

　　"你可以试试，若长成我的样貌，看他会怎样对你？"小唯的话又响在耳畔，那一刻靖公主突然间下定了决心。她猛地钻出水面，黑色的长发划一道优美的弧线，将晶莹的水珠儿飞扬四处。

　　她猛吸了几口气，带着氤氲的空气争先恐后地灌进肺里，让她剧烈地咳嗽起来。

　　就在这若迷雾般轻盈的水汽之中，她看到了小唯。

　　这只媚惑人心的妖，就站在自己的面前，轻薄的衣裳已然被水浸湿，紧紧地包裹住她的妙曼诱人的身姿。她的肌肤因水汽而越发晶莹，脸颊微微地泛着红晕，有如春霞映雪，那双妖媚迷人的眼睛就这样静静地望着自己，还未走近。便已然暗香涌动，令人心荡神驰。

　　这样的一个女子，便是女人见了都要心动，又何况是男人！

　　靖公主的心里升腾出一股难言的滋味，既苦且酸。

　　上苍是多么的不公！为何偏要让人在这世上受尽辗转流离之苦，尝尽爱恨心酸之痛？命运无法掌握，情爱无法猜透，就连人的容貌都不能改变！而却独独给予了妖这般神秘莫测的法力，就连样貌都可自行描画得美丽。

　　既知如此，下次轮回之时，亦当选做妖才是……

　　就在小唯的手里，还端着一碗药，她缓缓地走过来，将药双手递与了靖公主，温和地道："来，喝下去，就像做了一场梦，在梦里给自己换件新衣服。"

　　新……衣服？

　　靖公主垂下眼帘，望着那碗药。黏稠的液体，却散发着诡异的光芒，变幻莫测，像是会说话般蛊惑着靖公主的身心。

只要喝了它，就可以拥有一副完美的身子了，只要喝了它……就能够以一种绝美的姿态出现在霍心的眼前，到底他爱的是一副美丽的躯壳，还是昔日两情相悦的记忆，马上就会知道的。

只要喝了它……而已……

"别担心，不疼。"小唯的声音里充满了诱惑，像是哄一个正要吃药治病的孩子。靖公主伸手接过了碗，一饮而尽。

苦。

这种苦顺着靖公主的咽喉缓缓而下，让她的眉都跟着皱了起来。然而即便是这苦涩，也比不得日日夜夜折磨于心的眷恋与煎熬的痛。人都有着太过炽热的欲望，如此便也有了欲望满足不了的痛苦。

如果能有一种方法得以解脱，那恐怕不论要以什么作为代价，她都是愿意的。

一个人和一只妖，只醉心于她们想要索求之物，却全然没有注意到城外那此起彼伏的野狼嚎叫之声。

那狼声苍凉而遥远，似乎预示着一场腥风血雨的骤现。树冠上的鸟雀齐齐惊醒，振翅飞过月亮，蛇蝎虫蚁纷纷出洞，惊恐地奔逃，就连马厩里的战马也不安地躁动起来，想要挣脱缰绳与其他生物一起逃离这场即将到来的劫难。

靖公主发现自己的皮肤开始变得透明，低头便可以看见血液在皮肤下来回流动。红色的、蓝色的液体相互追逐、相遇、交错，就像是一股奇异的火焰紧紧纠缠在一起，抵死缠绵。

而眼前的小唯侧伸手，那晶莹如玉的指甲在额前轻轻地划了一下，从发际线开始往下划开，她的皮肤开始开裂，看得靖公主一阵毛骨悚然。她紧张地盯着小唯，虽然心头惊恐无比，却仍无法移开她的视线。

小唯伸手掀开了脸上的画皮，那张人皮便有如薄如蝉翼的丝绸缓缓地展开。继而，她又把全身的皮肤剥落，这半透明的美丽皮囊飘然落入水中，在碧绿澄清的温泉中轻轻漂浮。

原来，这就是那副美丽的皮囊。靖公主看着那张浮在水面的"皮"，不知道自己是该哭，还是该笑。不过是这薄薄的一张"皮"而已，竟让女人为之心碎，让男人为之倾倒吗……

就在这张美丽皮囊的后面，正悄然静立着狐妖小唯的灵体。她的身姿依旧妙曼，通体都呈纯白之色，一头雪白的长发无风自扬，像有生命般轻轻舞动，每一个发丝似乎都在散发着耀眼的光芒。而她的眼眸幽蓝明亮，宛若白城那有如被洗净的湛蓝的天空，朱红的唇魅惑而性感，不着寸缕的胴体散发妖冶的光，美得令人不敢直视。

靖公主怔怔地看着小唯，看着她幽幽地走近自己，池水因她的行走而泛起涟漪，一圈圈扩大，朝着靖公主漂来。

这一切，就像是一场梦，惊悚，却又美轮美奂。而靖公主就在这场梦中，只要向前一步，她就能够完全坠入到这场梦里……

"不！不行！"靖公主突然间后悔起来，她用力地挣扎着，想要逃脱这场梦境。

然而小唯的白色长发却伸展出来，像海藻般牢牢缠住了靖公主，将两个人紧紧地缠在一起。

"别动！忍着！"小唯的语气如此不容置疑，却又那么温柔，她俯在靖公主的耳边，轻轻地说道，"从现在开始，你是天下最美的女人。世上没有一个男人能抵御你的诱惑……"

她的声音那么轻，那么柔，带着迷惑人心的魔力，让靖公主慢慢地安静下来。她的心神一阵恍惚，仿佛看到自己已经恢复到了八年前最美的模样，俏生生地出现在霍心的眼前，与他肩并肩一同仰望天空的明月，感受从他的身体上传来的炽热体温。

小唯的手，轻轻摘下靖公主的面具，抚摸着她的脸。这张脸明明应该是娇媚可人的，却怎奈左脸上那道道伤疤令人不忍去看。女人啊，你穷尽一生，莫不是只为了这一张美丽的脸吗……可你，却美丽给谁看，为了取悦于谁呢？这世上，有谁值得你不顾一切地付出，甚至献出自己的全部？

她低声诉说，声音里却透着淡淡的悲伤："为了得到你，他们愿意做任何事情，说任何话……"是了，在她身边出现的那些男人，有哪一个不是觊觎她美丽的容貌，垂涎她丰腴妖娆的身体？那些海誓山盟，那些甜言蜜语，每一句，每个字还都让她记忆犹新。然而这些誓言却都在耳鬓厮磨的欢愉过后，成烟消散。她想要找的那颗心，一直没有找到。

黑色的指甲优雅地划开靖公主的皮肤，银白色的妖灵有如水银般渗入靖公主的皮肤间隙，逐渐占据了她的身体。

窗外的一轮明月散发着清辉，冰冷而哀伤。九霄美狐的妖力就在月华之下升腾，宛若湖水倒映着月的清浑，与月光一并闪耀着精芒。

已经变成了靖公主的小唯，静静地望着漂浮在水中的那副精美皮囊，它有如展开的一幅画，玲珑剔透。

突然，似有人穿上了这件衣裳般，手指轻轻地凸起，紧接着鼻子也顶了起来，鼻孔翕动，似在呼吸，朱唇也微微地张开，脸颊圆润，浓密的睫毛若黑色的蝴蝶轻轻扇动翅膀。长发缓缓落下，在水中柔顺地飘荡，那双美丽的眼睛终于睁开，妙曼的人形从水下站起。她掀起的水花四处飞溅，从那婀娜的身体之上缓缓流下来，有如滑落羊脂美玉的晶莹之露。

"靖公主"走了过去，像慈母般伸手将"小唯"的发际向后拉扯，然后又轻轻地替她把耳朵和眼角细细贴合。

这恐怕是小唯第一次这般看着自己的皮囊，她像是在镜子前审视自己般，有一种异样微妙的感觉。她拉起变成了自己的靖公主走出浴汤，亲手为她穿上轻纱般的衣裳，一层层，一件件，动作如此轻盈小心，像是生怕弄疼了她。

小唯凝望着自己的皮囊，神情专注。她悉心地替"自己"梳理着长发，丝丝缕缕，柔顺宛若黑缎。她执起黛石，替她轻扫额眉，眉似柳叶温婉可人。她拿起胭脂，替她轻点绛唇，朱唇红润若桃花。没有错过任何一个打扮的环节，每一处都如此精心，甚至胜过她自己平素里的打扮。

小唯的心里很清楚，在这一刻，靖公主将借以她之身，代替她去往那个人的身边。这是怎样的一种期待与奢望！

五百年前，她也曾有机会与她心爱之人相拥缠绵的。她那个时候错以为他爱她，爱到足以为她付出一切、抛弃一切的地步。她曾梦想着自己能将自己引以为傲的美丽全部奉献给他的！为了他，她宁愿放弃妖的骄傲，变得卑微、变得柔弱、变得小鸟依人。可是百转千回，她还是没能够得到他。那时，就在她朝着他伸出手去的时候，他却冷漠地转过身，大步离开，连头也没有回。

在被寒冰地狱冻结住的五百年里，虽备受煎熬，她却一直都不觉得苦。因为这宛若割破皮肉般的疼与痛彻心扉的苦，都抵不上那时的心碎。

妖界明令禁止的事项头一桩，便是妖绝不可以爱上人，且更不能以妖的修为救人。妖与人，始终要恪守着不同的因果轮回。可她还是爱他！他的眉眼，他的气息，他的一颦一笑都不止一次地出现在她的眼前、她的耳畔、她的梦境。她——也从没有将他遗忘。

她坚信，他还活着，就在那儿，等着她的出现。即便是这世上所有的妖都嘲笑于她，骂她痴，唾她傻，她还是盼着、望着，愿有朝一日能够实现她心头的奢望，与他共赴一场云雨，以圆那五百年未曾相拥的夙愿。

而今，她替"自己"穿上了最美的衣裳，化上了最美的妆容。纵然那皮囊之下的人是靖公主，然而站在她的面前，打量的却是自己的容貌。这份复杂的心境，又有谁人能够知晓？

靖公主习惯性地拔出短刀，从刀背的反射中看自己的模样。就在她欲抬眼去看的时候，一面铜镜却挡在了短刀的前面。

从那镜子里，她看到了一张陌生的脸。

哦，不……它其实并不陌生，陌生的，只是拥有这张脸的感觉。从前她一直介意的，甚至有些妒忌的美丽容颜，此时已然为她所有。

这……是我吗？

靖公主怔怔地看着铜镜中映出的脸庞，这才知道原来所谓的明眸善睐、粉面含春乃是这般的模样。在这双娇媚迷人的眼眸里，透出的是茫然而又新奇的眸光，这是那么的不可思议，靖公主简直不敢相信眼下所发生的一切。她伸出手来，轻轻地碰触这张美丽的脸，却从脸上传来了轻轻的刺痛。

小唯看着她，她和她，在这个时候仿佛都混乱了心意，分不清你我，只感觉到从彼此内心深处传来的哀伤与心酸。

靖公主看着自己面前的小唯，她此时占据的，乃是属于自己的身体。那张受了伤的左脸就这样暴露在自己的眼前，那是她从前一度不敢去看也不敢面对的容颜，而此刻，却将它看了个仔细真切。

怪不得宫里的那些人都用一种异样的眼光来看自己，怪不得连霍心都要离她远走，原来……竟是这般丑陋的。

靖公主伸手拿起浮在水面的面具，仔细地扣在了小唯的脸上。那薄如蝉翼的黄金面具反射着她而今的容貌。虽然不过是借用了一只妖的皮囊，但却这般美丽，美丽得没有一丝瑕疵。

若果真是自己能够拥有这般容貌，那么相信便再不会畏惧那些个拥有光滑表面的物件了吧……靖公主的眸光怅然，在心中轻轻地叹息。

"六个时辰之内，你必须回到这里，换回你自己的皮，不然，它就开始爆裂。"小唯说着，眸光里闪过了一抹妖冶的精芒。

六个时辰，你只有六个时辰可以拥有我美丽的皮囊去做你想要做的事情。我的公主殿下啊……你可知道，有一种感觉就像是毒药，一旦沾染上，便再也戒不掉了……须知，美丽都是要付出代价的，这是场赌局，就看你的赌资够不够分量。

他又出现在自己的面前了，用他最为熟悉的声音说着那句最为熟悉的话。

她说："霍心，你看着我。"

他依她所言地抬起头来，事实上，他从来都没有违背过她的意愿，从来都做她让他做的事情。

"现在你说，我美吗？"她朝着他露出了笑容。

霍心直视着靖公主的面容，她的肌肤如雪，目光之中充满了逼人英气，却怎奈被那面具遮住了一半的容颜。霍心的心微微一疼，一股凄楚之意涌上心头。

"臣记得，殿下右边脸颊有一颗朱砂痣。"霍心缓缓地说道。

"我这半张面容从来没有一个男人见过，包括我的父皇。"靖公主感动地说道，"但我不怕你看，现在，我允许你摘下我的面具。"

摘下……她的面具……

霍心缓缓地伸出手，靖公主温柔地闭上了眼睛，仰起下颌，任由他的手揭开自己的面具。

那遮住她脸庞的面具终于被摘了下去，露出的却赫然是小唯的脸庞！她朝着满面震惊的霍心嫣然一笑，媚意横生。

霍心猛地睁开眼睛，急促地喘息。这到底是梦，还是现实？他到底是梦着，还是醒着？霍心不住地问自己，心怦怦直跳。

然而就在这时，窗棂上却有人影在轻轻摇动，霍心迅速地拔出了枕下的佩刀，在黑暗中挥刀劈下，动作利落而敏捷。刀光闪过，赫然照亮了来者的脸庞，竟然是靖公主的使女小唯！霍心的手顿住了。

"小唯"婀娜地走到霍心的近前，就像是一朵轻盈的云彩，轻飘飘地从霍心的梦境里走出。然而此时的小唯却似乎与平时的不同，她的神情里少了几分平素里的狐媚妖娆，多了些英姿勃发的飒爽。

霍心醒了醒，眉微微地皱在了一处。

"这么晚了，你来干什么？"他的语气极不客气，甚至带着不悦。然而他身前的"小唯"却毫不扭捏，而是大大方方地说道："公主殿下让我问霍将军几句话。霍将军可知道，圣上共有十四位公主，十三位都已经婚配，为何只有靖公主一人迟迟未嫁？"

藏在小唯皮囊下的靖公主目光烁烁地看着霍心，突然间莫名地感觉到心安。多么有趣！虽然摘下了戴了八年的面具，可眼下的这种感觉却更似她藏在另一个面具之下，而且这面具比自己的还要更加强大更加安全，让自己可以丝毫不被他发现地窥视他的心灵，问出纠结在她心头多年的疑问。

"那是因为天下没有男人配得上靖公主。"霍心想也不想地回答。他的目光瞬间变得冰冷下去，心头也陡然升起异样的感觉。婚嫁，婚嫁。这两个字有如刺进他心里的硬刺，让他不自在到了极点。在此之前，他不是没有想过靖公主以后的归宿，也常常祈祷，希望靖公主能够找到一位优秀的男子与她相伴，最起码，那人也要有着崇高的地位与优秀的人品方才配得上金枝玉叶的她。然而当此话从小唯的口中说出，却令他这般的不快，连脸色都微微地变了。

靖公主的心，倏地柔软了下去，她轻轻地张了口，声音却悲伤而惆怅。

"也许，靖公主早已经心有所属。只想和那个人共度一生，不管他什么身份——"

她的话让霍心为之一震。

"小唯"说："公主说，你曾为她驯服过怜香惜玉最烈的战马，膝盖被马蹄踢伤。"

是的，他怎么能忘呢，那匹她唤作"月奴"的战马。

从西域乌尔番国进贡而来的马匹，一共一十四匹，全部都是血统纯正的战马，其脚力可抵得上十匹中原跑马，灵性极高。皇上龙颜大悦，要将这些骏马分别赐予十四名公主。身为皇上最宠爱的小女儿，靖公主可以第一个来挑。原本皇上会以为她挑一匹性格温驯的良驹也便是了，谁想年纪轻轻的她举步来到皇上的面前，笑着扬声道："父皇，人都道越是灵性的马儿，其性就越烈。靖儿只想要这里面最烈的马！"

她孩子气的话让皇上与满朝的文武都乐得开怀大笑，皇上摸着她的头说："傻孩子，这战马虽是越烈越有灵性，但终是得有人来驯才行。你年纪这么小，个儿头也这么小，怎么驯得服那么烈性的马儿？"

"可我有霍心！"她指着站在自己不远处的霍心，信心满满地道，"霍心可以替我驯服世上任何一匹烈马，把它们变成我的。"

皇上朝着霍心看过来，目光里满是笑意。而靖公主则仰起花瓣般的笑脸，满怀期待地看着他。

他便朝着她微微地笑了笑，靖公主一下子高兴起来，她随手一指，便指向了马厩里最为美丽的一匹白色战马。那匹马有着长长的鬃毛，每一根鬃毛都闪着银光，一双漆黑明亮的眼睛满是不羁与骄傲。它的四肢强壮有力，身躯结实形态优美，确确实实是匹难得一见的好马。

霍心不得不称赞靖公主的眼光，他手持马鞭走到了那匹马的近前，翻身跃上了马背。可高傲的骏马如何心甘情愿成为他人的坐骑？那匹白马自是气愤地大声嘶叫，竖起上身，用力地扬起马蹄想要把霍心甩下来。然而霍心却牢牢地骑在马背上，他精湛的骑术引得在场之人无不拍手叫好。靖公主更是笑得开怀，她清脆的笑声像是银铃般在霍心的耳畔轻响，让他的心头甜蜜无比。

然而就在这个时候，那匹战马突然间跳跃起来，霍心没有料到它会突然来这一手，一时没有捉住缰绳，径自被甩下马来。

所有人都齐齐惊呼出声，靖公主亦瞪大了眼睛，双手紧紧地揪住了衣襟。

战马见霍心跌落在地，立刻扬起马蹄狠狠地朝着他踢过去。幸而霍心就地迅速一滚，方才没有被它踩到，然而那地面却深深地陷了两个马蹄形的深坑，霍心的膝盖也被马踢到，他闷哼一声，全身都因这痛楚紧紧地缩成了一团。战马见状，又欲扬蹄去踢，马声嘶鸣，眼看着马蹄就要将霍心踩踏在蹄下。

"不！霍心，霍心！"靖公主大声地喊起来，她的眼泪立刻流了下来，焦急地挥舞着手臂喊道："来人，来人哪！杀了那匹马，杀了它！快救霍心！"

羽林卫军们全都慌了神，个个拔剑出鞘想要冲上前去。然而霍心却在马蹄落下之前一下翻身而起，有如敏捷的燕子般轻盈地落在了战马的身上。他的身上虽然满是草屑和泥土，就连膝盖也因被踢破而露出了鲜血，但那张少年气盛的俊美脸庞却英姿勃发，气宇轩昂。他紧紧地捉着马的缰绳，任由马匹如何跳跃疾驰，都不放手。

靖公主泪眼婆娑地盯着霍心，早已经把手中的手帕绞得皱成一团。那匹马猛地跨出了栅栏，载着霍心奔向远处。

"父皇，你快派人去看看他呀。"靖公主担心地对父皇说道，父皇却只是哈哈大笑，一个劲儿地说着没事。果然，只半盏茶的工夫，便见霍心骑着马儿飞奔了回来。那匹马的白色鬃毛在阳光下飞扬，洁白得有如一朵白云，他们一齐朝着靖公主奔来，就在离她几步之内停了下来。

"回来了，回来了！"靖公主终于放了心，开心地跳着拍手。

霍心纵身下马，将马儿的缰绳递到她的手上，白色的战马顺从地走到了靖公主的身边。

"你的脸上还沾着土呢，"靖公主接过了缰绳，却并没多看那匹马一眼，她这般说着，伸出柔嫩的小手替他拍去了脸上的泥土。她身上的清香气息是他一辈子都无法忘记的，她的脸上犹有泪痕未干，脸色也红彤彤的，明亮的眼睛闪亮耀目，明明是那样开心地笑着，她的语气却是恼火，"你的膝盖都破了，还笑得出来，你可真傻！"

是了……她先前，就常说他傻的。一个傻子，傻子而已……却只希望能够给她最想要的，不管是什么。

"小唯"看到霍心怅然失神，便继续说道："你为她亲手纺织马鞭，手指被藤条割破。你教习她弓马骑射，带她溜出皇宫玩耍。"

她记得，她都还记得！

霍心摇摇欲坠，几乎跌坐在地上。他此时的模样，从"小唯"的眼中，直接映入了靖公主的心里。

要她如何能忘呢？

她而今用的这个马鞭，正是他当年亲手为她编织的。那时他说她既拥有了一匹好马，就得配上一个好马鞭。她便笑着说："既是我这匹马是你给我驯服的，我马鞭也交给你来选好了。"

他只是淡淡地笑，却默不做声。那时候她在寝殿休憩之时，他便天天都在殿下的宫灯之下，精心地替她用藤条编织马鞭。起先她是不知的，只偶尔望见了他投在窗棂上的身影，方才好奇地打开窗子看他的。宫灯之下，他坐在石阶上极为认真地编织着马鞭。一捆藤条就摆放在他的身边，月凉如水，他却丝毫不觉得冷，夜已至深，他却一点儿没有觉得困倦。

这就是最宠溺她的那个人，因她的一句话而费尽心思。靖公主微笑着趴在窗户上，用手托着腮，笑意盈盈看着他。她知道他很累，可是她就是喜欢这样对他。看着他替她亲手准备好一切，她就觉得心里满满的好不充实。

直到他把马鞭递到她的手上，靖公主这才看到那双修长的手早已经伤痕累累，血迹斑斑。那些，都是为了给她编织马鞭所致吧？

那时候心疼的感觉第一次升上靖公主的心头，她伸出手来捧住霍心受了伤的双手，忽闪着一双水汪汪的眼睛问她："疼吗？"

霍心笑得有如阳光般灿烂，也不答话，只是抿着嘴巴笑着。

他的笑容，就这样刻进了她的心里，很甜，却也很疼。她把他的手举到了眼前，朝着那受伤的地方轻轻地吹气。

"我父皇说过的，疼的时候，就朝着疼的地方轻轻吹口气，只要轻轻吹一下，疼痛就会飞走了。"她极为认真地说着，又抬眼去看他，"你的疼痛飞走了没有？还疼吗？"

他笑着摇头，朗声道："不疼了。"

她这才满意地笑出来。那时候她真的以为不论有什么伤痛，只要吹一吹就没事了，却不想在那之后，在他离开她的日子里，不管她怎样朝着心所在的方向吹气，那阵疼痛却还是没有半分的减少。

原来，是他在骗自己呢……可是他为什么只骗了她一时？若能真的骗她一世，她也是甘愿的。

靖公主的心里充满了酸涩。

"你潜到最深的湖底为她捡最漂亮的鹅卵石；爬到最高的树顶，为她摘最美丽的羽毛……"她一字一句地说着，每说一句，记忆都如潮水般汹涌而出，将她和他两个人齐齐湮没。

为什么会这样呢？明明是应该更加亲近，更加亲密的才对吧？

靖公主喃喃地继续说道："你们曾经形影不离，是天下最亲密的伙伴。八年前你拼了性命救了她，因为你，她才死而复生……"

霍心心里的疼痛一阵更比一阵剧烈，让他整个人都处于了崩溃的边缘。——他快要支撑不住了。于是他便急急地打断了"小唯"，道："那是执行我的职责，换了别人也会这样做！"

"职责？""小唯"冷笑，"既是职责，为何公主毁容后你却一声不吭地离开她？"每每想到这儿，靖公主便禁不住难过。这八年来，她一直在猜测是不是因为这个，霍心才真正离开了她。容貌，容貌，容貌就真的那么重要吗？她尽量想让自己的语气平缓，继续说道："小唯是局外人，将军不妨说实话，你是不是嫌弃公主的容貌？"

"不是！"霍心的语气极为肯定，让靖公主的心剧烈地跳动起来，她逼近了霍心，直视他的眼睛，咄咄逼人地问道："或者说，你就没有喜欢过公主？"

霍心紧紧地抿着双唇，他的脸上没有一丝表情，只有那双黑眸闪耀着复杂的光芒。

"是不是因为公主从小就舞枪弄棒，娇纵任性，不解风情……""小唯"的声音微微地颤抖着，她越说越难过，到了最后竟是连半句话也说不下去了。

舞枪弄棒，娇纵任性，不解风情？

这些何曾是她的缺点？她正因为是这般洒脱不羁，方才如此令他倾心，如此令他放心不下的吧……可是，就算是他如何想要保护于她、陪伴于她，到头来却只能让她备受伤害，又有何颜面再提从前？更何况，正如达叔所说，她和自己终究是君臣有别，身为臣子的霍心，如何有胆量逾越这礼制去接近于她呢……

霍心深深地吸了口气，狠下心来道："姑娘请回吧！霍心一个边关校尉，生死旦夕之间，儿女情长的事已经与我无关了。"

与你无关？

靖公主用充满了哀伤的眼睛望着霍心。与你无关？可你从前不是这样说的！你说过的，你会用尽你一生好好守护在我的身边。你说过你不会让任何人欺负我，你说过你要永远陪着我走下去的！

为什么才过了八年而已，这一切就全都变了？

"莫非将军心里有了别人？"每每想到霍心有可能会爱上别人，靖公主的心就会很痛很痛，可是若不是因为如此，又到底是为了什么呢？

明明是关了窗子的房间，不知何处吹来一阵轻风，吹得"小唯"的黑发轻轻飘扬起来。发丝掠过霍心的脸，暗藏在他体内的狐妖之法倏地醒来，蠢蠢欲动。

"你说有，就有吧。"霍心已然无力再与"小唯"纠缠，他抬起头来看了"小唯"一眼，目光却迷离起来。

"果然——"靖公主苦笑，纵然她的脚下一阵旋转，但她仍旧咬牙站得稳了，努力定下心来问霍心，"告诉我，她是谁？"

是……谁？

霍心整个人都飘了起来，他的意识渐渐模糊，连思维也迟钝了起来，随口敷衍道："就是……你吧。"

我？

眼前的"小唯"一愣，语气却平静了下来："公主会杀了你……"

然而她话音未落，霍心却已然一把将她揽入了怀中。

他与她共骑上一匹战马，一同奔出了校尉府的大门，疾驰而去。

一颗流星划过夜空，真正的小唯以靖公主之姿出现在这无尽的夜幕之中。她站在白城的最高处，任夜风吹乱了她的长发，吹起她的衣裙。她看到了，那在马上紧紧相拥的两个人，他们离得那样近，就连他们的心跳声都几乎融合在了一起。

而她，则像是一个置身世外之人，默默地望着那本该属于她的欢愉与快乐。

可是，她看见了，她终是看见了那个人拥着自己的模样！虽然与他相依相偎的女子并不是她本身，可那副皮囊却到底还是她的！

能这样远远地望着，她便已然知足，想象着他的拥抱、他的亲吻、他的缠绵，她便觉得欣慰了……

不要去想那个女人的事情了吧，小唯在心里这样劝解着自己。不要去想藏在美丽的皮囊下的是别人的灵魂别人的心，也别去想在这无边的夜色里只有自己还在这儿独自品味这磨人的寂寞。

不是说过的吗，只要一眼，哪怕只有一眼，看到自己与他相拥便好。

何必那么贪心呢……

月光像是匹由银光织成的幕布，将整个旷野笼罩。

化身为小唯的靖公主伏在霍心的背后，她那紫色的衣衫飞扬而起，像是一场绚丽而多姿的梦。

她听到了他强而有力的心跳声，她还从来没有与他这般亲近过。虽然隔着衣裳，却仍可感受得到他那炽热的体温。靖公主知道自己在做什么，她借用了一个人的美丽，上演一幕别人的爱情之戏，而这一切，到底与她有没有半分的关系？

从前她是那样的骄傲，那样的清高，她如此相信他，以为他和她一样都不会介意自己脸上的伤疤，以为只要拥有过去的记忆便已经足够。然而事实上，他和她，都不曾真正无视过那伤疤的存在，更不可能毫无芥蒂地相互凝神对方。或许有些东西一旦破碎了便再不会圆满，正如他们的目光，因那伤疤而再不愿彼此交融了。

她脱下一个面具，戴上了另一个，换得与他如此相依的瞬间，这一切，都值得吗？值得吗……

他们一路疾驰，夜晚的白城清冷而寂静，与白天那灿烂阳光照耀下的炽热完全不同。靖公主双手紧紧揽着他结实的腰身，依偎在他的身边。他们骑在同一个马上，而不是两匹，他们正在相拥，而不是并肩而视，或许这才是真正恋人之间所该有的亲昵吧……那么从前呢？

靖公主的心慢慢地冷了下去，这才醒悟，原来从前的他和她一直是有距离的！他们从来就没有逾越过那道距离，更从来没有如此亲昵过。他对她……从来就没有过男女间的情爱。

从来没有。

战马在湖边停了下来，霍心与靖公主均翻身下马。那马儿，便迈着轻盈的步子奔到湖边的草地之上啃食青草。

一切都如此恬静惬意。

眼前的湖水宛若一面镜子，倒映着天空的那轮明月，一切都似处于静止之中。突然，一枚石子跳入这静止的湖水之中，在湖面跳跃着，激起一圈圈的涟漪，向湖心扩散。

那是霍心掷出的石子，他站在湖边，面带微笑，有如八年前的模样。这种感觉很是异样，仿佛所有压在他身上的重担都在这一刻莫名其妙地被卸了下去，消失得无影无踪。有一种神秘的力量锁住了霍心的一部分神识，让他几乎觉得自己似乎又回到了从前与靖公主在一起的日子，那么轻松，那么快乐。

不经意转身，却看到身后的"小唯"手里握着短刀，那短刀在月光的照耀下散发着耀目的光芒，每一颗宝石都似是一滴眼泪，耀眼而忧伤。

霍心微微一怔，心里有一股异样的感觉升腾起来，他疑惑地问"小唯"："公主的刀怎么在你手里？"

靖公主的心狠狠地疼了一下，却又被恨意湮没。她愤怒地望着霍心，冷冷地道："我要替公主杀了你。"

说着，她挥刀上前，奋力地朝着霍心刺去。看着眼前这般柔弱的女子竟朝着自己袭击过来，霍心笑出了声来，他只将身子向后一仰便躲过了那一刀，笑道："你拉马的样子，倒是挺像公主。"

你竟还记得我吗？

靖公主心中的怒火愈烧愈烈，攻击的招式也愈来愈狠。她步步进逼，霍心步步后退躲让，直至湖中。她的衣袂翻飞，激起阵阵水花飞扬，月光下晶莹如钻。原本平静的湖水因他与她的纠缠而起了波澜，月影凌乱，水花四溅。

虽是变了副皮囊，可靖公主的身体和她那颗骄傲的心却依旧还在。要她怎么能够释然？他与她从小一起长大，却没有给她半分男女之间应有的亲密。而面对这副精美的皮囊却像是变了个人似的，如此亵昵！靖公主越想越气，恨不能一刀狠狠刺入霍心的心中。她真想看一看，在这些个男人的心里，到底都装着些什么！如何就这般抗拒不了一张美丽的人皮！

霍心见"小唯"的招式如此辛辣，出手如此凌厉，竟全然有如靖公主般，让他再不能掉以轻心。他只得认真地与"小唯"过招，却发现她的每一个动作每一个习惯都与靖公主一般无二。

他的心，慢慢地柔软下去，"小唯"的脸在他的眼前渐渐地与靖公主重合，他恍惚间觉得自己正与靖公主两个人在湖水中嬉戏，竟在那一瞬间失了神。而那柄黄金短刀却在此时横在了他的颈前，紧紧地抵住霍心的喉咙。锋利的刀刃让他的脖颈微微地渗出了血丝，然而他却没有躲闪，反而轻轻闭上了双眼，微笑道："你闻，今晚的风，是杜鹃花香。"

杜鹃花香!

靖公主的身形猛地一颤,心头那簇怒火倏然熄灭,竟是如此无声无息。他还记得……他还记得她身上的杜鹃花香……他还记得的!

年少时代,她最喜欢熏的香,便是杜鹃花香。那时候他常说好闻,因他喜欢,她便也喜欢,从那以后所熏的香,一直都是杜鹃花香。

霍心呀霍心,你既不愿与我携手,如何又以情来惑我?让我这颗早已然千疮百孔的心,因你而受尽折磨,无论怎样挣扎辗转,仍逃不脱与你的纠缠!

霍心抬起手臂,拥住了"小唯",两个人的脸越来越近。他在看着"小唯",却又像是透过"小唯"看到了另一个女子,一个让他魂牵梦萦,却又理智地提醒自己绝不可能得到的女子。

而他面前的"小唯"亦用着一种哀伤而难过的神情望着他,她的目光如此清澈,更是像极了那个人。

靖儿。

这个名字悄然在他的心头响起,让那一直以来苦苦压抑着的情感突然间化成涓涓的细流,滋润心田。

霍心,霍心。

他们离得如此之近,让靖公主可以细细地望着霍心的脸庞,望着他的眉、他的眼、他的鼻、他的唇。在此之前,她还从来没有这样近距离地凝望过他,他那立体的五官竟然因为这近在咫尺的距离而显得有几分陌生了。

霍心呼出的热气扑打在靖公主的脸上,让她心醉,更让她心碎。这张桀骜不驯的脸,这折磨她心灵的人啊,你为何如此残忍!

靖公主双手捧起霍心的脸,突然间狠狠地吻了过去。

他与她就这样慢慢地倒进湖水之中,澄清而冰冷的湖水因这旖旎而变得炽热，他与她的黑发飞扬，丝丝缕缕纠缠在一起，就连衣袂也不舍分开。

他的唇温润而柔软，带着他特有的气息，熟悉的味道，忘我的缠绵。靖公主的心"咚咚"地剧烈跳动，她如醉如痴，贪婪地汲取着来自于他身上的体温与激情，仿佛明天便是末日。手上的短刀被松开，缓缓地向湖底沉下……恰如这对忘我缠绵的男女，毫不挣扎地坠入欲海之中。

身为堂堂的一国公主，自然不可在成亲之前与别个男子发生肌肤之亲。她很清楚这是皇女最大的禁忌，然而饶是这样，她依旧无法遏制心头对于所爱之人的渴望。她就像是一个长途跋涉的孩子，终于找到了避风的港湾，再不愿离开。

靖公主紧紧地抱着霍心那结实而挺拔的腰身，感受着他有如大理石般坚挺的身体，他的体温明明如此炽热，却让她禁不住瑟瑟地发抖。他的手掌粗糙，掌上有着厚厚的硬趼，那是常年手握兵器、征战沙场所致。可就是这粗糙的手掌抚摸在她细腻有如凝脂的肌肤之上，却让她的心中异常踏实。纵然这层皮囊非她所有，每每与他肌肤相亲都有着难言的刺痛之感，但她却觉得值得。

值得。

只要与他在一起，这般甜蜜，就算是让她付出怎样的代价都是甘愿。从她看到他的第一眼起，便已然许下了誓言。她终是要将自己全部给他的！把最美的、最好的，所有的一切都给他，半点不留。

靖公主忘情地拥着霍心，感受他用力地进入她的身体，那种疼痛比身上所有碰触到她身上的感觉都要强烈，疼得让她惊叫出声，狠狠地咬住了他的肩膀。然而即便如此疼痛，即便如此忧伤，即便如此绝望，她也仍感觉到幸福。

在这一刻，她终是他的了……

畫皮 Ⅱ
THE RESURRECTION
PAINTED SKIN

畫皮 II

THE RESURRECTION
PAINTED SKIN

畫皮 II
THE RESURRECTION
PAINTED SKIN

畫皮II
THE RESURRECTION
PAINTED SKIN

畫皮II
THE RESURRECTION
PAINTED SKIN

画皮II
THE RESURRECTION
PAINTED SKIN

画皮II
THE RESURRECTION
PAINTED SKIN

畫皮 II
THE RESURRECTION
PAINTED SKIN

畫皮 II

THE RESURRECTION

PAINTED SKIN

畫皮 II
THE RESURRECTION
PAINTED SKIN

一夜缠绵，就连月也红着脸儿悄然沉下。天空已然慢慢地泛起了鱼肚之白，晨光悄然出现于天际，透过那厚厚的云层照向这无际的旷野。

　　身着奇异服饰的队伍悄然出现在白城北部的旷野之上，镶嵌着人头骨的黑色幡旗迎风而舞，上面绘着诡异的狼头图腾。那赫然是天狼国的队伍，乌云压境般簇拥着一辆硕大的车辇浩浩荡荡朝着白城进发。他们迎着五彩朝霞，面色却阴冷无比，周身散发出来的寒冷与邪气竟让朝霞也为之蒙上一层肃杀。

　　走在最前面的，乃是一队骑兵，清一色的黑色战马，那些战马佩戴着黑色的皮甲，几乎与坐在马上身着黑色铠甲的骑兵融为一体。那些骑兵的头上戴着硕大的头盔，装饰古怪，手中的兵器闪着凛凛寒光。而行在这些骑兵中间的，乃是天狼女王的车辇，由黄金打造而成。黑色的帷幔翻飞遮挡住车辇内精雕细刻的黄金座椅，只露出一对长得巨大弯角的羊头雕像引颈长鸣。从车辇之上伸下诸多的铁链，捆着十二名赤裸上身、腰缠兽皮的车奴，侍卫的皮鞭打在他们的身上，每一下都留下深深的血印。他们艰难前进，巨大的车轮轰轰作响。

　　骑兵比肩而行，马蹄声踏踏，溅起泥泞的河水，一步步逼近白城。

　　即将到来的危机并没有为白城之人所知，当清晨的阳光照在霍心的脸上，他才缓缓地睁开了眼睛。昨夜所发生的一切被他一点点记起，霍心微皱着眉头，看了看自己左右。身边没有人，就连马也未曾见。他疑惑地举目四望，然而目光所及的地方除了那延绵的远山和一望无际的草地，便是那映着蓝天的清澈湖水。

　　昨天所发生的一切，会不会是因他宿醉而衍生的一场梦境？

　　霍心站起身来，捧起湖水洗脸。平静的湖水泛起涟漪，一抹金光在碧水中骤现，晃得霍心连眼都睁不开。他眯起眼睛细细地看去，看到黄金短刀沉在水底，宝石璀璨，散发出七彩光芒。

他迟疑着，迟迟不敢伸出手，生恐一旦碰触便如梦醒，结果则让他无法承担。霍心望着那黄金短刀好久，方才缓缓地伸出手去，将那柄短刀拿在了手里。

似梦般初醒，却忆不起梦中之人，仍是那深刻在他心头的容颜，向他露出笑容。

这般孽缘，到底是对，还是错？

雀儿又无聊了，她在白城的上空飞翔盘旋，竟不知道自己该往哪儿去。

她的小唯姐姐是越来越让她弄不懂了，先前她是最喜欢听小唯姐姐说话的，那些关于人世间繁华的故事常常让雀儿感觉到惊奇有趣。

她原是想随着小唯姐姐在这繁华的世间好好玩玩乐乐的，谁想这小唯姐姐却一心扑在靖公主和霍将军的身上，就连那校尉府都不愿踏出一步，别提什么繁华和热闹了！况且小唯姐姐又变得越来越古怪，尽是说一些摸不着头脑的话，让雀儿糟心。待她想要问时，小唯却对她不理不睬，只是坐在那儿像尊雕像般地沉思。若是雀儿问得急了，她便冷下一张脸，三言两语地把雀儿打发走，很是不耐烦。

雀儿连续碰了无数个软钉子，讨了没趣，便只好自己四处飞着，寻找乐子。然而白城终究不大，能有乐子看的地方也是有限，雀儿早就看腻了玩腻了，更觉索然无味。没精打采地立在城头，无聊地叹息。就在这个时候，她突然听得街头一阵喧哗之声，间或有一阵瓷器破碎的声响。许多人都向那里聚集，似乎在瞧着什么热闹。

有热闹可看了！

雀儿欢喜地飞过去，看到一个挂着白色幡旗的小摊前，有个地痞模样之人正朝着一个年轻男子拳打脚踢。这地痞形似黑熊，一张脸黑如焦炭，满面横肉，他的手也像蒲扇一样，打得那年轻男子抱着脑袋，恨不能藏到桌子下面去，嘴里还不住地"哎哟"出声。

年轻男子的身上穿着粗布衣裳，腰中挂着瓶瓶罐罐，怎么看怎么眼熟。雀儿狐疑地盯着他瞧了一瞧，便立刻认出这人竟是自诩鼎鼎大名的除妖师传人——庞郎。

又是这个二百五！雀儿几乎要笑出声来，她兴致勃勃地落在一面幡旗的竹竿上，瞧着被打得落花流水的庞郎出丑。但见那个人一面用力地踢庞郎，一面啐道："死小子，臭卖假药的！你当你是谁，竟敢坏你爷爷的好事！"

他抄起那破木桌案之上的瓶瓶罐罐就往地上摔，咬牙怒道："就凭你？就凭你个孙子，也敢站出来替人说话？看老子不砸了你这摊子！"

"唉唉唉！"那些瓶瓶罐罐可是庞郎的命根子，乃是他月以糊口的物什，怎堪被这些人毁了？他也顾不得疼，急忙冲过来把那瓶瓶罐罐护在怀里，赔着笑脸道："哎哟，大哥，您打我几下没关系，可别摔了我这些糊口的家伙……"

"糊口？你这本事也能糊口！"地痞瞪眼，"你得罪了老子，就别想再在这条街上糊口！滚！"

说着，他扬起手来狠狠地给了庞郎一拳。

集市上的行人纷纷四散，那些个做生意的小贩均朝着庞郎投来同情的目光，却没有一个人敢上前去帮忙。

地痞见状越发得意，反手将庞郎的那面写着"降妖除魔，治病救人"八个大字的旗推倒在地，抬脚便踩，嘴里还不住地骂着："妈的，这臭卖假药的，让你装大瓣儿蒜，让你装！"

庞郎这一跤可跌得不轻，只觉自己的屁股都摔成了八瓣儿。但是抬眼便见自己祖传的招牌旗被踩，哪里能再忍？自是大叫一声，直冲着那地痞撞过去。怎奈那地痞膀大腰圆，仅是胳膊就有庞郎的大腿那般粗细，自是抡起胳膊便将庞郎的脑袋夹住，嘴里嗬嗬有声，把他用力地抡起，掷在地上。

"还想逞强？"地痞朝着庞郎踢出了一脚，又狠狠地踩了脚那面旗。

"不要……碰我的旗啊！"庞郎的全身疼得像散了架子，连耳朵也嗡嗡作响，他连滚带爬地跑过来，伸手想要护住自己的旗，求饶道："大哥，这可是我祖上传来的东西，是我们除妖师的命啊……"

"呸！"地痞朝着那面旗吐了口唾沫，不屑地道，"除妖师？妈的，少跟老子来这套！老子还是妖他爷爷呢！"说着，便又要去踩。就在这个时候，他那肥硕的大脖子上却无端地横了一把剑。地痞脸色大变，急忙抬头瞧过去，映入眼帘的却是一个俏生生的少女，那瓜子儿脸如此俊俏，一双大眼睛忽闪着灵气十足，真个儿让人心痒。地痞的脸上立刻荡出了笑意，搓着手道："原来是个美人儿，美人儿可是在跟哥哥闹着玩呢？"

"闹着玩儿？"少女哈哈大笑，她倒是收回了那柄宝剑，将剑入鞘，脸上笑意盈盈，地痞的脸上更溢欢喜之色。然而少女突然间转过脸，扬手便是一记耳光，直扇得那地痞一屁股跌倒在地上，眼前金星直冒，两耳嗡嗡作响。

"哎唷，可别，可别！"庞郎自是一眼认出了雀儿，他的脸都变了颜色，竟想也不想地扑上来去拉雀儿，慌里慌张地道，"雀儿，雀儿姑娘，可千万莫要伤他！"

"你傻啦！"雀儿气极，一把推开庞郎，"他这样欺负你，你还护他？活该他打死你！"

"我……"庞郎欲言又止，却见跌倒在地的地痞已然摇摇晃晃地站了起来，他有如喝醉酒般摇摆着，伸手指向雀儿，似是想要说些什么。

"哎哟，别，别，你可千万别惹她！"庞郎着急地朝着这地痞跑去，作势便要把他推走，"快走，走吧，小心惹来杀身之祸！"

"滚开！"地痞用力地推走庞郎，又恶狠狠地瞪着雀儿："死，死丫头，敢这样对你爷爷？看本大爷怎么教训你！"

"你瞧，"雀儿挑眉得意扬扬地看着庞郎，笑道，"亏得你这一番好心肠，又有什么用？看姑奶奶我给你长长眼，教你怎么对待这些人渣！"

说着，身形一闪，那地痞还没看清眼前的少女去到了哪儿，便见雀儿突然出现在他的面前，伸手便捆起他的嘴巴。但听得一阵阵清脆的声响，雀儿的玉手快如闪电，直打得地痞那张肥硕的大脸啪啪作响，只见肥肉猛颤，却不见雀儿喊累，只越打越欢喜，越打越觉有趣，把个庞郎看得心惊肉跳，急忙再次扑上来把雀儿半拖半抱地拉到了一边儿。

直到雀儿被庞郎拉走，地痞那肥嘟嘟的脑袋还在那里左摆右摇，好像还有人在打他一样。那鼻子和嘴角都已然缓缓渗出了血来，连耳朵里都有血丝溢出。

雀儿横了一眼庞郎，知他想要劝阻自己，却偏不听他的话，自是伸出手来，五指如钩，朝着地痞心脏的位置比画了一下。

"使不得使不得！"庞郎吓得魂儿都快没了，一把将雀儿抱在了怀里，乞求道，"雀儿姑娘可休要伤他！他纵是恶人也罪不至死，饶了他吧！"

从庞郎的身上传来了阵阵心跳之声，他带着药香的气息和温暖的体温包围着雀儿，让她突然间怔在了那里。

这是……人的体温吗……

雀儿呆呆地站在那儿，那一瞬间竟头脑一片空白，突然之间不知道自己应该做些什么，说些什么。先前她只听得小唯姐姐说人心的好，可她挖了太多的人心，觉得它们除了能怦怦跳动，能给小唯姐姐食用之外，也没有什么好处，反而血淋淋的直让她恶心。可是为什么从这个人的身上传来的心跳声，却这样美妙，这样有趣呢？

"这普天之下，唯有人有眼耳鼻舌身意，而兽却没有。兽类穷尽一生也不过短短十几年，不仅弱肉强食，而且还需任人鱼肉。唯有化成妖，才有千年万年不死之身，千变万化的强大之法。只有化成人形，才见得那人世之间的繁华与快乐，才能感受得到那有别于荒山草莽的温香软玉，那醇的美酒，那华丽的衣裳，还有衣鬓萦绕的缠绵，如此美妙……"

小唯姐姐的话就这样没来由地响在耳畔，关于弱肉强食，她倒是在人间亲眼见了不少，只是人间的繁华与快乐却未曾亲见多少，就连那条关于"爱"的河流，她也从未见过。至于衣鬓萦绕的缠绵……眼下与她相拥的庞郎，可曾是吗？

雀儿缓缓地望着近在咫尺的庞郎，目光迷离。她轻浅的呼吸让庞郎的心猛地一跳，忙不迭转过头来，看到眼前的雀儿精巧的面容上飞着两朵云霞，目光闪烁地看着自己，而自己……自己竟然抱住了她！

庞郎急忙松开了雀儿，忙不迭地后退了好几步，尴尬地一个劲儿地咳嗽着，把脸扭到一边。

而雀儿则怔怔地看着庞郎，直到他将她松开了，方才回过神来。然而她的第一个反应却是朝着那地痞的方向看过去，见地上除了被摔碎的瓷器碎片，早已经空无一人，想来地痞早就逃之夭夭了。雀儿气极，不禁气得跺脚道："我就说活该你被人欺负，别人打你，你还护着他！今儿算他幸运，若是下回遇上了姑奶奶我，定要把他的心挖出来！"

她这里自顾自地说得热闹，回头却全然不见了庞郎的影子。雀儿莫名其妙地寻着，但见庞郎却走到自己药摊旁边，扶起了地上的一个老乞丐。那老乞丐已然瘦得皮包骨头，苍白的头发和胡子都结成了一团，衣着也是破烂。像这样的老家伙，就算是雀儿挖心都嫌脏，庞郎却毫不嫌弃地扶他起来，倒让雀儿颇为意外。

想来这老乞丐早已经口不能言，却还朝着庞郎一个劲儿地作揖，似是感激。庞郎摇了摇手，从身上摸出了几枚铜钱塞给了他，示意他赶紧回去。

老乞丐咿咿呀呀地比画了半天，方才用手抹了抹眼睛，转身颤巍巍地走了。庞郎这才回过头去，将地上那面旗扶起，用袖子用力地去擦旗上的灰，却怎奈上面印着几个脏兮兮的大脚印，让他无奈地叹着摇头。

"明明是个熊包，却还想逞英雄。"雀儿嗤笑着，走到了庞郎的身边，挑起眼睛看他，"你倒是愿意出这个头挨这个打当这个好人，可当好人有什么用？周围那么多人，就没一个敢出头的。"

说着，雀儿颇为不屑地扫了一眼四周的小商小贩，那些个小商小贩们的脸都禁不住红了红，匆匆地低下头去兀自忙活去了。

"嘘，"庞郎示意雀儿别再说了，自是低声道，"那个人是这条街上的一霸，横得很。平素里打人耍横习惯了，也是个不怕死的憨货。这条街上谁敢惹他？我庞郎是一个人吃饱了全家不饿，人家都是拖家带口，我自是尽自己的心意，何必要求别人。"

"哼，你是尽了心意，也教人打成了那般熊样！"雀儿奚落。

"好了好了，"庞郎尴尬地扛起了旗，将药摊收拾一番，便对雀儿道，"雀儿姑娘，我先告辞，今天谢谢你了。"说罢便要走，然而才走了没几步，便被雀儿一把揪住了衣裳。

"怎么，我今天救了你，你连点表示都没有？"雀儿气呼呼地瞪着庞郎道。

"我……我不是刚谢过你了吗？"庞郎挠了挠脑袋道。

"你一个谢字就完了？"雀儿盛气凌人的模样让庞郎有些摸不着头脑，只得问道，"那雀儿姑娘的意思？"

雀儿低下头来瞄了一眼庞郎背后的那面旗，扬声道："你不是说你的

《妖典》里没我吗，我要你把我画下来，记到你的《妖典》上！"

　　记到《妖典》上，这倒是个好主意！庞郎的心头大喜，料想若是自己果真能够把雀儿的形象画出来，流传到子孙后世，说不定也是功劳一件。当下便急忙点头应着，与雀儿一并赶往那间石头砌成的陋屋。

　　白城最多的，当莫过于石头，可饶是这样，庞郎的那间小砖窑却还是破破烂烂，漏风漏雨。炽热的阳光从墙的缝隙里透过来，照得屋子里的轻尘飞舞。风亦将那墙面上所绘的各式妖形的画卷吹动，发出瑟瑟的声响。

　　几块破砖搭成了一个小小的平台，化身为彩雀的雀儿老老实实地站在上面，连动也不敢动。而庞郎则手持画笔，在一块羊皮上为彩雀画着像。他时不时地抬头看看雀儿，嘴里念念有词："……鹞子成精需要五百七十年，蛇成精八百二十年，狐狸成精需要苦苦修炼一千年……"

　　刚说到狐妖，雀儿便想起了她的小唯姐姐，便禁不住朝着庞郎瞧过去。庞郎急忙指着雀儿道："——哎……别动！"

　　雀儿鸣叫一声，似是叹息，幽幽地道："为何狐妖总是那般可怜，修为照其他妖的年头要多，就连境遇也是那般凄惨。"

　　"凄惨？"庞郎听出了雀儿似有所指，便皱了皱眉头，忽又想起寻妖瓶之中的狐妖之瓶突然闪亮的事情，似是意识到了什么，两眼发亮般地问道："是了，雀儿姑娘，你可知道校尉府里有狐妖的事情？"

　　雀儿警惕地瞪着庞郎，庞郎急忙道："我只是好奇，好奇。因为我祖传的寻妖瓶突然亮了，还是装狐妖的那只！所以校尉府里肯定有妖，这白城里，肯定也不止你一只妖吧？"

　　闻得庞郎如此说，雀儿方才哼了一声，道："不错，校尉府确实有一只狐妖，她是教我修炼成妖的姐姐，五百年前为了救一个人，触犯了妖界的禁忌，赔上了五百年的光阴……她在寒冰地狱被压了五百年，每天都受着寒冰的折磨之苦，眼下虽然逃出来了，但随时都有被抓回的可能！"说着，雀儿的心情便越发沉重起来，她轻轻地叹息一声，再不言语了。

虽只是一只小小的彩雀，但从她身上传递出来的担忧却感染到了庞郎，他自是陪着雀儿叹息一声，拿起画笔继续作画，边画边道："或许正是因为狐狸为了成妖而需要修行的年头更多，所以才与人最为亲近，最通人性。它能猜透人的心思。想来当初她也是为情所迷，才会做出这样的傻事来吧。你什么时候帮我引见一下这位狐妖姐姐？"

庞郎画完一笔，抬头看时，却赫然看到已然化为人形的雀儿就站在自己的面前。她那一双乌黑明亮的眼睛里尽是不悦，一瞬不瞬地瞪着庞郎，咄咄逼人地问道："你见她干吗？你想干吗？"

"我……"庞郎被雀儿看得心里直发毛，竟是连话也说得支吾起来，"我吧……其实……就是……在见到你之前，我根本就没见过妖，只是听父辈们谈起过这些故事，所以……我其实……"

"一个大男人支支吾吾的，连话都说不利索！"雀儿不耐烦地喝道，"你到底想怎么样？"

庞郎嗫嚅着，终于鼓足勇气大声道："我想变成妖！"

"变成妖？"雀儿"扑哧"一声笑出来，紧接着歪着脑袋奇怪地叹道，"这世道怎么了，妖想变成人，人想变成妖。"记忆里，从遇到小唯姐姐的第一天，就闻得她向自己讲起变成人的种种好处。为了帮助小唯姐姐逃离寒冰地狱的纠缠，为了帮助她变成人，雀儿可谓是想尽了办法，费尽了周折，却仍未能如愿。却万万没有想到，有着妖梦寐以求的肉身之人，竟想成为妖，这实在是太过可笑了！

"我真的很想做妖！"庞郎真诚地说道，"妖多好啊，长生不老，变化多端，想去哪儿就去哪儿，谁都欺负不了我……"庞郎越说越向往，几乎能够想象得出自己变成妖之后，把那些个平素里欺负自己的家伙打得满地找牙的模样，便不由得笑出了声来。

“哎，对了！”雀儿突然想起了件极为重要的事情，急切地问庞郎，“妖真的能成人吗？”

“妖变成人……”庞郎想了想道，“你说的这个是法术。”他抓起《妖典》，一页一页地翻着，喃喃地念道，“法术……法术……妖型，修道，法器，法术……”他一页一页地找下去，看得极为认真，直到最后一页方才找到他想要的，不禁欣喜道：“在这儿，在这儿！转生法术：每逢日食之刻，昼夜不分，阴阳颠倒，一片混沌，是为起死回生、人妖互变的唯一时刻。妖若想转生成人，必须有人自愿把心献给妖，妖……”

庞郎念不下去了，因那“妖”字后面的书页被虫子蛀了一个洞，再没了下文。他悄悄地抬眼看了一眼雀儿，见雀儿正听得极为认真，便只得清了清嗓子，继续道：“妖……妖就能变成人。你看，是有！”

“自愿？”雀儿疑惑地问道，“哪会有那样的人？把心掏出来，自愿送给妖？”她说着，将庞郎上上下下地打量了一番，问道：“你愿意吗？”

“我……”庞郎被雀儿问得一阵心虚，连手心都微微地渗出了汗来。他躲闪开雀儿的目光，干巴巴地笑道，“它只是一个传说，至今还没有转生成功的记载。”

还没有转生成功的记载！

雀儿闻听，立刻着急起来：“若是到了日食姐姐还变不成人，这岂不真的是死路一条啦！”

“啊？”庞郎闻听，立刻一怔，好奇地问雀儿：“什么情况？狐妖想转生成人？”

难道做妖不好吗？如何非要成为那既怕苦又怕疼的人，还要动不动就要挨人欺负？！

妖与人，人与妖，为何偏有着理不清、扯不断的纠缠？

靖公主坐在铜镜之前，却始终看不清自己的脸。她而今已然恢复了自己的容貌，晨光透过窗子照在她恍若失神的脸，宽大的睡衣衣襟大敞，她却无心束缚。

昨夜那场缠绵有如朦胧的梦境，如此虚幻。然而她身体所承受的切肤之痛和那内心既悲伤又喜悦的圆满却又如此真实，真实到足以让她开始怀疑起自己从前所坚持的到底有没有半点意义。

她穷尽一生地爱着那个男人，不顾脚下的荆棘、不顾自己的尊严追随于他，然而这十几个年头却敌不过那狐妖与他相识的区区几天！一张皮，一张皮而已，纵然有着倾城的美貌，可它真的可以敌得过一切吗！

身后的小唯小心翼翼地为靖公主梳好长发，又走到靖公主的近前，轻轻地替她戴上了面具。

靖公主抬眸，望着眼前的这张脸。

娇媚、蛊惑，又充满了摄人心魄的诱惑之力。昨夜，她就是以这张脸、这张皮拥住了霍心的吗……她的眼神开始变得冰冷，手亦不自觉地攥在了一起。

靖公主的这般模样被小唯看在眼里，不禁轻轻地扬起了唇角，道："我没说错吧？世上的男人，眼睛里只有皮相，霍心也是一样。"

这句话字字句句都戳在靖公主的痛处，让她的胸口顿时升腾起一股怒火。转眸，又看到了铜镜里自己那张戴着面具的脸，她扬手便将那铜镜打飞。但听得一声巨响，铜镜落地，宛若靖公主那颗早已然破碎的心，碎成千片万片。

"我恨你这张皮！"靖公主愤然站起，怒喝。若换成平时，或许那些宫人与侍卫都会因靖公主的怒气而诚惶诚恐，呼啦啦跪倒一地。然而小唯却不害怕，她自是蹲下身来收拾着那些破碎的铜镜，无辜地扔了一句：

"可是霍心喜欢！"

霍心喜欢……霍心喜欢！

靖公主只觉脑中嗡嗡作响，怒火在胸中翻涌澎湃，她自是怒喝一声，拔剑便朝着小唯挥去。

小唯非但没有躲开，反而迎了上来。锋利的剑锋划破小唯的脸，却并没有鲜血溢出，只像被划破的绸缎般微微裂开了一道伤口。

靖公主没有想到小唯连躲都不曾躲闪，一惊之下，手中的宝剑"当啷"掉在了地上。她震惊而又颇为后悔地道："我……我不是有意的。"

笑容，就这样出现在小唯的脸上。她一双美目秋水盈盈地望着靖公主，柔声道："若毁了这张皮，你就得不到霍心了。你比我更爱这张皮。"

她这般说着，脸上的伤口竟奇迹般地愈合了，细腻完美如初。

靖公主惊异地看着小唯，那愈合的伤口竟是连半点痕迹都没有留下，难道这就是妖的法力吗……

小唯似是很满意靖公主的反应，她微微地笑着，一步步走近靖公主，道："你可以永远拥有这张皮……不过，你得付出一点代价。不多，就一点点。"

她的声音如魔似幻，如此动听而又蛊惑人心，像是引诱着靖公主一步步陷入深渊。靖公主突然间惊慌起来，她忙不迭拾起地上的剑，横在两人中间。然而她很快便意识到，仅凭这剑，对身为狐妖的小唯是完全不管用的，自是惊声问道："你……你究竟想要干什么？"

小唯轻轻一笑，摊开双手，温和地道："我可以把皮送给你。"

送给我？

靖公主将信将疑地看着小唯，人都道狐狸之物其性最猾，她竟会有这般无私吗？

"你又不欠我的，为什么？"靖公主警惕地问。

"我身上很冷，越来越冷……"小唯叹息一声，她说得并没有错。身为触犯了妖界禁忌的妖，纵然是有千年的修行，冲破了寒冰地狱的束缚，但若不在日食之前得到人心而转生为人，恐怕即便不被寒冰地狱捉住，也要被自己体内所中的寒冰之毒所冻结而死。到那个时候，这世间恐怕没有一人会为她落一滴泪……

"我想……"小唯望向靖公主，目光里尽是哀伤，"我想借你的心用一用……"

"不行！"靖公主断然拒绝，目光冰冷。

小唯又上前一步，她的脸与靖公主的脸近在咫尺，完美的脸庞没有一丝瑕疵。她静静地看着靖公主，那双狐媚之眼似能看穿靖公主的心事，一字一句地问道："你这趟千里迢迢赶到白城，不就是为了和他在一起吗……"

靖公主的身形一震。

就在这个时候，门外突然传来一阵叩门之声，小唯猝然住口，微侧过脸庞望向门扉。门外传来霍心的声音："霍心求见。"

是他！

靖公主如梦方醒，伸手便欲推开小唯。然而小唯却凑近到靖公主的耳边，轻声道："记住，昨天和他在湖边的……是我。"

轻飘飘的一句话，落在靖公主的心里，却有如一块大石重重砸下，让她透不过气来。

是了，小唯说得没错。不论昨天的风光多么旖旎，缠绵多么刻骨，但对于霍心而言，终究还是没能留下半分痕迹来证明她的存在吧……

见靖公主愣在了原地，小唯不禁翩然一笑，她转过身款款走到门前，将门打开了。

霍心那俊朗的面容在门后出现，小唯向他莞尔一笑，柔声道："霍将军请进。"

她眼波流转，璀璨有如星辰，朱颜娇美，暗香袭人，令霍心的神识突然间一阵恍惚。

昨夜，与自己缠绵的那个人，是她吗？可为何烙在他记忆之中的，却始终都是靖公主的身影？他紧紧地攥住了拳，然而手中却传来一阵阵疼痛，低头，瞧见了手中的那柄黄金短刀，上面宝石璀璨，硌疼了他，也硌醒了他。

霍心转头，面向靖公主跪下，双手呈上短刀，恭敬地说道："请公主把刀收回，尽快起程。"

小唯就站在霍心的身前，低下头来含情脉脉地看着他，靖公主心头一阵恼怒，她上前一把拔开小唯，自己站在霍心的面前，冷声质问："昨晚你和谁在一起？"

霍心的心头猛地一震，低头并不答话。他的这般神态自是令靖公主越发生气，她加重了语气喝道："我命令你告诉我！"

"一个女人。"霍心随口应着，却无法抬头面对靖公主。要他如何去说呢？他将那女子看成是她，与那幻影共赴一场巫山云雨吗……他霍心不过是区区一个校尉，竟生了如此亵渎之心，直教他自己汗颜。

"做了什么。"靖公主听见自己的声音在颤抖，她几乎快要站不稳，只一瞬不瞬地盯着霍心，满心的委屈与酸楚却无处发泄。

"……"霍心张了张口，着实说不出半句，靖公主却上前一步，目光冰冷地逼视着他："她是谁？"

霍心沉默着，转头看了一眼小唯。

果然，果然！

靖公主全身颤抖，果然在他的心里，在他的意识里都是和那只妖在一起的！而自己，忍受着那肌肤相亲所带来的疼痛，经受着与他欢愉所带来的充实与痛楚，感受着他的拥抱和缠绵的甜蜜……这些，他根本就不知道，根本就不在乎！

他只当自己是这只妖，被迷惑了都不知！

她愤然指着小唯，怒道："她是妖！——杀了她！"

小唯一脸无辜地望着霍心，丝毫没有半分争辩。而霍心，亦连动都没有动，反而略显惊奇地道："她？她是跟殿下来的。"

他竟护着她吗？

靖公主胸中怒火燃烧得更盛："我命你杀了她！你会看清她的真面目！"

霍心依旧没有动。

绝望从靖公主的心头滋生，慢慢地漫延全身。她连连点头，冷冷笑道："好，你舍不得，那我杀给你看！"

说罢，靖公主便挥剑向小唯砍去。

那宝剑寒光凛凛，劈头便砍向小唯，然而小唯却连躲都没有躲，就在剑锋接近小唯的一刹那，霍心却一步跨到小唯身前，手中的黄金短刀挡住了靖公主的宝剑。

"当啷"一声，火花四溅，镶嵌在短刀上的一枚宝石因这场撞击而掉落在地，发出轻微的声响。

虽只是轻轻的一声响，却足以让两个人都看向了那里。

一粒宝石，一份思念。霍心……你到底想把我对你的爱践踏到何等地步？

"你躲开！"靖公主愤怒地大吼。小唯却在霍心的身后，朝着靖公主露出了得意的笑容。

纵是你用了我这皮囊与他相会，又能如何？在他的心里，却始终嵌着我的影子。昨夜，他伸手抚摸的，是我的肌肤，他亲吻的是我的双唇，他进入的，也是我的身体。靖公主啊靖公主，纵是千金之躯，万人之上又能如何？

又能如何？

靖公主的理智已然被怒火焚烧成灰，她挥剑便砍。这次的剑锋带着凌厉的杀意，呼啸而来，霍心本能的一躲，那宝剑深深地砍进了霍心身后的柱子，竟没入半尺之深。

靖公主气极，用力地想要将那剑拔出来，却怎奈先前她用力过猛，无论如何也拔不出剑来。她又羞又恼，索性也不去管那柄宝剑，抬腿一脚便踢向霍心。

这一脚她运足了力道，却并没有想到霍心没有丝毫躲闪，而是被结结实实地踢到，竟飞身跌出窗外。

小唯微微一惊，不禁望过去，但见靖公主有如一头暴怒的狮子，不管不顾地纵身奔出房间，朝着霍心打去。她的出手凶猛，似要把满腔委屈全部宣泄出来，她的泪已然悉数流尽，便是想要再哭也哭不出来了。可是这满心的伤和痛却太过沉重，沉重到她再也无法背负下去。

既然我已然痛到如此无依，你又凭什么装作一无所知？既是痛，也要两个人一起痛到绝望！

霍心紧紧地咬住牙关，他浑身已然中了数拳，挨了数脚，唇角渗出血丝，从庭院一直被追打到议事厅中，却强忍着没有躲闪，更绝不还手。

冤家，果真是对冤家。

小唯淡淡地牵动唇角，对这对男女发出一声无奈的叹息。这人世间的男女为何总是这般愚蠢？明明是该相互珍惜的情人，偏要以相互伤害的法子来对待彼此，难道不知道杀敌一千毁己八百的道理？然而可叹的是自己这只修行了千年的狐妖，纵是看穿了人世间的情爱又有何用？还不是一样执著于一个"情"字，在五百年前那场情劫里久久挣扎不出吗……

她缓缓地走到窗外，仰头看向天上的太阳。

那原本炽热的骄阳此时已然一片惨白，像是中了妖法般被渐渐地汲取了生机。

"我的时间不多了……"小唯喃喃地说着，紧紧抱住了自己。她已经越来越冷，却还没有得到一颗足以温暖她的心。饶是这般美丽又能如何呢？又有谁愿意在她无助之时给她依靠，给她一个可以停驻的港湾呢……

而那对冤家，就像是两只浑身长满了硬刺的刺猬，始终不肯将最柔弱的一面展示给对方，非要伤个你死我活方能快活。

靖公主一面愤怒地吼着："我叫你不识真假！我叫你人妖不分！"一面对霍心拳脚相加。霍心则毫不避让地由着靖公主踢打，他这般木头模样更教靖公主气愤，飞起一脚再次将霍心踢得跌倒在地，纵身便骑在他的身上，抬手奋力击向霍心的咽喉。

霍心闭上双眼，心甘情愿地等待着靖公主那致使的一击。

我是不识真假，我是人妖不分。

我错就错在占有别个女子之时，还错将她当成是你……对他人不公，对自己不公，更是……对你的玷污。

傻丫头，若你果真能结束我的性命，倒也是件好事。便是化为精魂，我也愿守护在你的身边，继续我生前许下的誓言，守护你一生一世。直到你的青丝变为白发，红颜化为沧桑，我还是会为你去摘枝头最美的花；会为你潜到最深的湖底拾那块最美的鹅卵石，为你爬上最高的树顶为你摘最美丽的羽毛……那时候，或许所谓的门第与君臣之礼，都不会再将你我束缚了吧……

"公主！"达叔的声音远远传来，让靖公主的手猛地顿住了。举目，便见达叔匆匆忙忙奔跑过来，在靖公主的面前扑通跪下，大声道："禀告公主殿下……”

　　然而当达叔看清了眼前的一幕，却被结结实实地吓了一跳。但见靖公主的睡袍敞开，头发散乱，满面皆是怒气，而霍心则唇角流血，被靖公主压在地上，这……这影像倒令达叔的老脸一阵通红，急忙将头低下去了。

　　“禀告——”达叔清了清嗓子，强行镇定下来，道，“建宁侯许安求见！”

　　靖公主不得不收手，怒气未消地缓缓站起。

　　他们来了，终于来了。

　　一队羽林侍卫骑着高头大马，趾高气扬地奔进院子，身上的铠甲烁烁生辉，那周身的装备简直要好过这些冲锋陷阵驻守在边疆最前方的白城将士千倍万倍。而他们那通身的气派亦更加高傲，仿佛他们并非为皇族的侍卫，而是货真价实的皇族一般。其中一个侍卫的胸脯挺得最高，他的手中持着使节，那金色的节柄闪着耀眼的光芒，恰如那至高无上的权力。

　　身着红色华袍、头戴金冠的建宁侯昂首挺胸地策马走进来，嘴巴撇成个规规矩矩的“八”字，那对大鼻孔似是眼睛般高高地望着脚下的路。然而当他看到一身睡袍、满脸怒意的靖公主，便立刻慌了神般跳下马来，跪倒在靖公主的面前。

　　“臣护驾来迟！请公主殿下恕罪！”

　　众羽林侍卫纷纷下马跪拜，口中“千岁”之声震耳欲聋。

　　这却是怎么一回事？

　　小唯被这阵势弄得颇为意外，不由得将这些人逐一地打量了一番。这些羽林侍卫们个个儿佩着利剑，虽身着铠甲却都披着红衣。

　　红……莫非是宫中要有什么喜事？

　　屋檐上方传来一阵彩雀的鸣叫之声，小唯知道那是雀儿在声声地呼唤自己，却无暇抬头去看，使得雀儿在那里瞧了半晌，方才振翅离开。

就算是小唯姐姐不愿理自己，现在她也有别个去处消遣。雀儿辗转飞到庞郎的破砖窑，看到他还在摆弄那卷《妖典》。

"这破破烂烂的东西，你还奉若至宝？"虽是来和庞郎玩的，但雀儿始终还是改不了她的毒舌，见到他就忍不住挖苦欺负一番。

庞郎自是好脾气地笑笑，把那卷长长的《妖典》展开来，将绘有雀儿的那张羊皮书页仔细地缝进《妖典》之中。

雀儿见他不理自己，便飞到书典的另一边，化为人形，百无聊赖地翻看着。身为妖的她压根儿就看不懂这些劳什子的文字，看了几眼又生厌倦，便道："我看你这本破书跟你一样，都是假的！你根本就不会捉妖，就会吹牛骗钱！"

"哎，雀儿姑娘你这么说可就不对了，"庞郎煞有介事地摇了摇头，"当年伏羲为了收服天下的妖魔鬼怪，用自己的血造人，第一个就是除妖师。除妖师的血可以杀妖，世代相传。"

说着，他用手比画了一下自己的身体，颇为得意地道："别看我卖的药不怎么样，身上流的血可是真的。"

雀儿根本就不信他："那你拿出点儿血来试试。"

庞郎被雀儿这双黑亮亮的眼睛盯着，想要收回自己的话已经来不及了。雀儿凑到他的身边，低头瞧了瞧他手里的针，俏皮地抬了抬下巴示意庞郎快些下手。庞郎这才开始后悔自己好端端的干吗要缝《妖典》，缝《妖典》就缝吧，干吗又在缝《妖典》的时候说这种傻话，吹这种牛皮。

这针……针扎进肉里，想必是会很疼的……

他怯怯地把针顶在手臂上，手都有些哆嗦，硬是不敢下手。雀儿却突然伸手，用力地按了一下庞郎握针的手。针尖毫不留情地扎进肉中，鲜红的血液从针眼涌出，不多，却疼得紧。庞郎吓得张大了嘴巴，愣是叫不出声来。

"瞧你那怂样儿，就要你点儿血，又不要你的命。"雀儿嗤笑，抓起一支毛笔，蘸了蘸庞郎手臂上的血，用笔尖在自己的手臂上点了一下。

不就是人的血吗，能有你说得那么邪乎？雀儿的脸上满是不屑，然而眨眼之间，她便痛苦地叫出声来，用力地甩着手臂，那先前沾上鲜血的地方突然升起一股白烟。庞郎被吓了一跳，急忙替雀儿捂住那受伤的地方。不住地替她吹着，口中不停地抱怨："你瞧你，说过除妖师的血不能碰……"

"哈，我终于知道疼是什么感觉了！"雀儿却兴奋地欢呼。

庞郎一头雾水地看着雀儿，雀儿却捉住了庞郎的手，黑亮的眼睛里满是欢喜之色，无比认真地说："姐姐说过，爱的感觉就是疼。"

爱……爱？

庞郎更加惊骇了，他瞪大了眼睛与眼前这化为少女的小妖对视，在那双黑亮的眼睛里，除了欣喜，他仿佛看到了更多的什么东西。那是一种异样的情愫和狂热，让他的心禁不住怦怦地跳得更快。

爱……吗……

伏羲创造除妖师的时候，可有没有料到除妖师和妖之间，也会有爱？

夕阳已然西下，落日的余晖将白城整个包围在壮丽的瑰色之中。就在校尉府的议事厅，建宁侯将手中的圣旨摊开，面对着已然换上了正装的靖公主扬声宣读皇上诏书。

靖公主的脸上没有半分表情，端端正正地坐在大厅正中。绘着中原疆土的羊皮屏风就挂在她的身后，在夕阳的余晖里显露鲜明的脉络。众羽林侍卫侍立两侧，神情无不倨傲。

霍心率众将士跪在靖公主的面前，心里却萌升起一股不祥的预感，让他如坐针毡。

"天子牒行：天狼异邦，悬布绝域，仰我威德，数来请婚。为显我中原大国之恩，朕特准天狼国求婚之请，遣皇女靖适天狼王子，自此两国缔结良缘，永不相扰，以告天下。皇女靖所经之地，诸城关协同护驾，务保安全。"

与天狼国王子适婚，与天狼国王子适婚！

霍心只觉一记惊雷在头顶炸响，震得他脑中嗡嗡作响，竟是连身形都不稳了。他的面色阴沉，指关攥得咔咔作响。

建宁侯已然将手中的诏书收起，毕恭毕敬地对靖公主道："公主殿下理应五日前抵达天狼国与王子成婚，途中殿下不辞而别，臣诚惶诚恐，四处寻觅。如今殿下滞留白城，恐置天朝于无义无信之地，而引发两国纷端。"

于前往天狼国成婚的途中，不辞而别……

霍心的眉头紧紧地锁在一起，耳畔犹响起靖公主对他所说的话："你就不想知道我到底为什么来这里吗？"是的，他一直没有问她所来的原因，一直没有问。他知道她恨他怪他怨他，只当她是前来索问八年前的那个问题，一心逃避于她，只恐多看一眼、多问一句、多行一步便会陷入那条毫无希望的爱河之中，如何能够自拔！

然而他却不知……她是想在与天狼国成婚之前见自己一面。

与……别的男人成婚吗……

霍心紧紧地咬住牙关，心头的痛楚与酸涩几乎快要克制不住了。

"我不去！"靖公主断然说道。

建宁侯顿时骇然，他难以置信地看着靖公主，道："和亲之事关乎我天朝命运，还请公主殿下以国事为重！"

天狼国自古便肆意妄为，频频在中原边境滋事，他们笃信巫术，残忍而嗜血，甚至传说会喝活人的鲜血；吃活人的皮肉；用活人的骨头制成器具。这样的一个野蛮番邦，若是惹恼了他们，那后果如何能够想象！

然而靖公主却斩钉截铁地道："我不去和亲！我……已经是霍心的女人了。"

什么！

所有人皆大惊不已，全部转脸看向霍心。

霍心自没有想到靖公主会如是说，望着在场之人那惊骇的目光，他虽是震惊，却牢牢地闭上了嘴巴，没有解释半分。

"你——"建宁侯伸手指着霍心，气得大吼，"你竟敢？来人！来人！把这个犯上作乱的罪人给我拉出去斩了！"

议事厅内外的羽林侍卫皆蜂拥而上，扑上去欲捉拿霍心。

跪在霍心后面的公孙豹和赵敢哪里能容得他人如此对待他们的主将？自是愤然起身，挡在霍心的身前保护他，怒目瞪向这些羽林侍卫。然而想这些羽林侍卫平素里飞扬跋扈惯了，哪里是吃素的？他们纷纷拔出剑来，将霍心几人团团围住。

场面立即被紧张笼罩，仿佛只要一个轻微的声响，双方便会扑上去杀在一处。

"你们敢谋反！"建宁侯被霍心等人这般模样气得怒火中烧，"当"的一声拔出佩剑，愤怒地劈向霍心。

霍心冷冷地看着那柄宝剑，连躲都没有躲。眼看着建宁侯的宝剑落下，与霍心的脖颈越来越近，突然一只手伸过，紧紧地握住了剑身。

建宁侯举目，却赫然看到靖公主横身在霍心的面前，她的双眸烧着愤怒的火焰，一瞬不瞬地盯着自己，那握住剑的手指缝间流出鲜血，缓缓滴落在地。

他浑身一颤，吓得急忙弃剑跪倒在地，惶恐地叩首："臣罪该万死！

罪该万死！”

　　靖公主淡然地扔了手中的宝剑，低下头去看着自己受伤的手。常言道十指连心，可为何她却丝毫感觉不到疼痛呢？到底是十指连不到内心，还是心中的疼已然远超过了十指带来的痛？

　　"禀报将军！"一名霍家军从庭外直冲进来，神色慌张地跪在地上大声道，"城外十五里，发现天狼大军！"

　　天狼国人来了！

　　他们果然来了！

　　夕阳炽热的光芒已然渐渐暗淡下去，将天际染上一片血红。湖水因倒映天空的色彩而有如血染，青郁的草地被铁蹄践踏成屑。

　　那成千上万的天狼国大军齐头并进，绘着天狼图腾的旗帜迎风飞扬，似乌云将大地笼罩，那一声声马蹄之声令大地为之惊恐而颤抖，蹄声扩散，传进白城。

　　使得那坐在校尉府事厅里的建宁侯都为之颤抖不已，一颗心七上八下，几乎要蹦出来。

　　他也顾不得那高高在上的风度，盘腿坐在席子上，神色里说不出的紧张。不住地用手帕擦着额头上的汗，然而那汗却越擦越多，直教他再也坐不住，径自站起来在地上走来走去，有如热锅上的蚂蚁。

　　达叔见状，急忙恭敬道："大人一路辛苦，喝点水歇息歇息。"说着，便为他倒水。

　　"歇息？"建宁侯又急又怕，直跺脚道，"得罪了天狼人，我们谁都活不了！"他自知流了太多的汗，也需补补，便一把抓起水杯喝了一口。谁知这水又苦又涩，哪能与京城甘甜的清泉之水相提并论？不由得"呸"的一声吐掉，气呼呼地扔了那杯子。

　　"卑职不明白，天狼国为什么偏偏要靖公主？"达叔说着，用手在自己的脸上比画了个面具的形状。建宁侯自然知道他的意思，自是苦叹一声，道："宫中十四位公主，只剩靖公主尚未出嫁，还说天狼王子与靖公主八字相合。"

只是所有人都知道，天狼国所说的"八字相合"实是假的，觊觎中原那泱泱大国的物资与肥美的牛羊倒是真的。只是这些天狼国人确实是皇上心头的一个大忌，千百年来几代君主都想尽了方法要将其去除，却怎奈天狼人天生便能征善战，又有邪恶巫术从旁协助。自是围剿剿不得，火烧烧不得，水淹淹不得，若惹得恼了，更会逼他们大开杀戒，让中原边境多处之地血流成河。这野蛮之邦全无半点怜悯之心，他们无论老弱妇孺统统斩杀，所到之处均惨不睹目。

这样的一匹野兽，又有妖之邪力，只能安抚以求平安，谁又敢惹？

只是……

"以卑职之见，天狼国暴虐无道，又笃信巫术，靖公主去了绝没有好日子过。"达叔语重心长地劝道。

"那是她的命。"建宁侯冷冷地扔下一句，却使得达叔再没了言语。

不错，在这世上每个人都有他自己应有的命运，恪守属于他的宿命与轮回。身为皇女，生来就荣享他人所不及的荣华与富贵，享受万人景仰的尊荣。而她们也自应该为了守护那份富贵与皇家的荣耀，做该由她们才能做的事情。

达叔只能留下一声深深的叹息，转身去到了霍心的房间。

霍心正拿起甲胄欲穿戴在身上，达叔见状急忙上前帮他穿戴，却忍不住问道："公主说的事儿，是不是真的？"

"公主说是，我能反驳她吗？"铠甲披上身，那肃杀之气便似与生俱来般呼啸而出，霍心的面容冷峻，语气带着不容置疑的坚定，"天狼国是虎狼之邦，送公主和亲等于送她去死！公主不愿意去，谁都不能强迫她！"

达叔微微地一怔，他看着全副武装的霍心，这个他从小看大的孩子早已然不再是那个青涩的少年，从他坚定的目光之中便可看出他内心的决定。达叔如何不知霍心心中的想法？可是……达叔叹息一声，语重心长地说道："你听公主的，还是听朝廷的？别忘了你是个边关校尉！"

"我是边关校尉，可我也是个男人！"霍心重重地说着，眼中燃起炽热火焰，"八年前，我已经让公主受过一次伤害，绝不能再有第二次……天塌下来，我先顶着！"

"唉，你顶不了……顶不了！"达叔亲见着霍心的模样，便已然知道事情已经无法控制。他曾那样小心翼翼地叮嘱着霍心，唯恐他因年轻气盛而做出糊涂的事情，却万万没有想到，事情到底还是朝着他最担心的方向进展了。

宿命，宿命！

达叔颓然坐在了椅子上，喃喃自语。可霍心的表情却如此坚定，他心意已决，紧紧地攥住了手中的宝剑。

靖儿，自见你的第一面起，我就向你发过誓的。

这天底下无论是谁都绝不能欺负与你，让你做不喜欢做的事情，除非，他从我的身上踏过去！

霍心长剑出鞘，剑锋犀利，寒光凛凛。

每个人都有属于他自己的宿命，可我的宿命呢，到底是什么？

靖公主坐在房间里，怔怔失神，小唯动作轻柔地替她受伤的手敷上草药。

"小唯，你爱过一个人吗？"靖公主突然问小唯。

小唯的手顿住了，她微微地张了张嘴巴，却终是摇头，淡淡地笑：

"也许曾经是爱过的，只可惜我活得太久，早就忘记了那爱的滋味了。"

靖公主紧紧地抿住了嘴巴，不发一言。

小唯将绷带仔细地缠在靖公主的手上，又紧紧地系了一个结。或许是她用力过猛，使得靖公主的眉微微地皱了一下。

"疼吗？"小唯问她。而靖公主却缓缓地抬起手来，指了指心的位置，淡淡地道："这里，更疼些。"

一股难言的酸涩涌上，小唯竟不知应该说些什么。她静静地坐在靖公主的对面，望着她那张宁静的面容。她着实不解，若她果真是疼的，为何还能做出这般淡然无绪的表情？而那个霍心，他到底又在想些什么？

不是说，男人都会为女人美丽的皮相所迷惑，恨不能上刀山下火海只为求与美人春宵一度吗？为何他明明是知道那夜与他缠绵温存的人是自己，却还要对靖公主这般维护？

她修行千年，为何还参不透这人世间的爱恨情仇？那些爱与不爱，到底又有着怎样剪不断理还乱的情愫，教人越理越烦。

靖公主缓缓地站起身来，走出了门去，只留小唯一个人在这寂静的房间里静坐。四周一片静谧，听不到半点声响，小唯突然间觉得这无尽的寂寞让她烦躁，让她害怕。她猛地站起身来，四处张望，像是迷路般想要找到一个出口。

她的目光终是落到了一面琵琶之上，如获救星般地奔过去，将那琵琶拿在手里，重新坐下来，素手微动，抚起琴来。

然而她纵是无心却仍然乱了思绪，那面琴颇具灵性，岂不知她意？自是连曲调亦烦乱，琴弦突然间崩断，刺伤了她的指。

饶是这样，也仍没有鲜血流出。

没有……

一只纤细的胳膊突然间伸到了小唯的面前，却是雀儿兴奋地唤道：

"姐姐，你看！"

小唯无心理她，只将头扭向一边。

"姐姐，你看啊！"雀儿指着胳膊上那个灼热的伤痕，自豪地对小唯道，"姐姐，我知道疼是什么感觉了！"

"疼？"小唯不屑地冷笑，"只有人才知道疼。"

雀儿哪顾小唯的烦乱？自是上前缠住她，再次炫耀般挥动那受了伤的胳臂，举到她的眼前，急切地辩白："可我真的知道了！"

小唯淡淡地扫了一眼那伤痕，再次冷笑："不过是被扎了一下，别以为自己什么都懂了。"

"我就是懂！"雀儿重重地跺脚。

懂？

你懂？

小唯猝然站起，恼怒地瞪着雀儿，厉声道："你有人的体温吗？你有心跳吗？你闻过花香吗？你能看出天空的颜色吗？你会做梦吗？你流过眼泪吗？你有自己的家吗？"她越说越激动，眸中妖芒骤现，步步逼近雀儿。

雀儿哪里想到今日的小唯姐姐竟会是这般歇斯底里，自是被她问得语塞，连连后退。而小唯却突然在雀儿的近前停住脚步，一瞬不瞬地盯着她问："这世上有人爱你，情愿为你去死吗？"

雀儿被问得呆了，小唯却只觉一阵天旋地转，竟两眼一黑晕倒在地上。

"姐姐！姐姐！"雀儿吓坏了，急忙扑上去，将小唯抱在了怀里，"姐姐你怎么了？姐姐！"

她摇着小唯，难过地道："姐姐你不要生气，就算没有眼泪又能怎么样呢？不会做梦又能如何？我们还不是一样好好的？为什么非要闻那花香，非要有自己的家呢……"

纵然痛苦，纵然难过，也不会哭出来，这样……不好吗？

靖公主把自己关在了寝房之中，静静地跪坐在几案前，沉默不语。

达叔和建宁侯同时跪在庭院中，霍家军的将士和众多的羽林侍卫也都整齐地跪在他们的身后，众人均侧耳倾听着那房中的动静。然而过了许久，靖公主的房里却没有传出半分动静。

达叔越来越焦急，索性不顾君臣之礼，跪走几步到房间门口，扬声道："霍将军命众将死守城关，自己出城挑衅，为的是争取时间。他特命老臣趁此时机，护送殿下从城后小路撤离。"

他？

靖公主的心中一动。

这是他的命令吗……他驻守边关多年，自然知道天狼国人都是些杀人不眨眼的恶魔。不达目的他们是绝不会罢休的，可纵是这样，他也要出城挑衅吗……霍心啊霍心，你到底……是怎样看待于我的呢？

"公主殿下万万不可！"门外又传来了建宁侯紧张的声音，不用看，靖公主也能想象得出他那惊恐到了极点的模样，"万万不可毁约啊！现在出城和亲还为时不晚，否则必将引来大祸！"

大祸……

是啊，大祸。

达不成目的，天狼国人一定不会放过这白城之中的百姓，他们会让白城血流成河，哀鸿遍野……

一只飞蛾悄然飞至近前，扇动着翅膀扑向烛火。

靖公主淡淡地看着这只飞蛾，在心里轻轻地叹息。

说你傻，你还真是傻啊，莫不知那火焰虽暖，却终还是会将你整个吞噬，焚烧殆尽吗……如何还要贪恋那一点温暖，不肯离开呢？

外面已经传来了"隆隆"的战鼓之声，让靖公主的身形微微一颤。

那鼓声急促有力，似魔音笼罩在白城上方，掀起一阵惊恐惶然。

街道上早已然空无一人，上了些年纪的白城人都知道，这战鼓乃是地狱的催命之鼓，是天狼国大开杀界的前兆。每每响起这鼓声，便是天狼国的恶煞来袭，白城的生灵在劫难逃了。

家家户户的门扉紧闭，男人们手持刀枪守在门前，怒目而视着房门，一有动静便会扑身上前。而妇女们则紧紧地抱住孩童藏在角落、藏在地窖，藏在任何一个可以藏身的地方，她们害怕地捂着孩子的嘴巴，生恐孩子们发出一个声响便会惹来天狼国人的注意。

恐怖，已然有如这天空重重的铅云般，压得整个白城透不过气来。

突然，鼓声停止了。

旷野一片寂静，只有风声呼啸。

天狼国黑色的旗帜呈一字排开，在白城前方形成一个怪异的阵法，旗帜迎风而舞，宛若张牙舞爪的恶魔肆意狂舞，而那旗帜上端的人头骨瞪着一双双漆黑空洞的大眼，望着白城，似乎在觊觎那满城鲜活的生命，恐怖至极。

火把熊熊燃烧，却照不透那笼罩在天狼国队伍之间的迷雾。它们就像是从地狱幻化而生的妖魔军团，穿着诡异的铠甲，跨着黑色的战马，却无声无息地静立在白城城口，不知在等待着什么。

一声狼嚎苍凉沙哑，自那天狼国的阵中传出。

一片火红的"云团"从天狼国阵营里缓缓升起，越来越大，直至遮蔽了夜空。那是一团燃烧得炽热的"火云"，让整个夜空变得灼亮而又炙热逼人。那赫然是千万支燃烧着的火箭，突然间带着凌厉之势射向白城城门。

火箭在空中飞行，燃烧的火焰在夜空中划下一个又一个弧线，火借风势燃烧得更加剧烈，呼啸着直冲白城而去。像暴雨般钉在城墙上，引燃了城防、城门。

火焰翻腾，浓烟滚滚。

然而那带火的城门却不急不躁地缓缓而开，一名身着铠甲的武将骑马缓步走出浓烟重雾。

马蹄踏过那地面上的火焰，火星四溅，照亮了他的面容。

这正是霍心。他身着厚重的铠甲，手中提着长铩，目光坚毅，英姿飒爽。战马行至阵前，来回踏步。这战马乃是追随了霍心多年，在沙场之上见惯了断臂残肢，嗅惯了腥风血雨的。这会儿见了这种阵势，自然知道大战在即，自然是兴奋异常，直喷着鼻息，不住地踱着步子。

天狼士兵突然如潮水般分开，一辆硕大的黄金车辇由十二名赤裸着上身的车奴拉着，缓缓行至阵前。那引颈长鸣的双羊雕像在火把的照映下更显诡异，天狼女王手持镶嵌着黄金宝石的人头骨酒杯，神情倨傲。在她的身边有两位壮年男子，穿着诡异的服装，鼻上耳中穿满了铁环，将细细的铁链在脸庞上围绕，几乎看不清长相。他们手持酒坛虔诚地跪在天狼女王的身边服侍，身着黑袍的大巫师与几个部落首领簇拥在天狼女王的左右，均虎视眈眈地望着霍心。

霍心冷冷地扫了一眼这些人，颇为不屑地将脸转向了一边。

大巫师向天狼女王说了句什么，便骑着他的坐骑——独峰白骆驼，悠然走到了霍心的面前。

霍心冷眼看着大巫师，从这家伙身上传递出来的死亡气息足以令霍心的战马感觉到既不安又兴奋，若不是霍心紧紧地捉着缰绳，说不定战马早就长鸣着奔过去了。而那双阴狠的眼睛却闪着狡猾的光芒，似笑非笑地看着霍心，神色之中尽是轻视与不屑，他扬声道："你们的皇帝已将公主许配给我国王子，我们是来接亲的。"

接亲？

霍心在心里冷笑一声，漠然道："公主殿下一路辛苦，想在白城歇息几日，你们耐心回去等着吧。"

"我们的耐心已经用尽！"大巫师的眼中杀意顿起，他伸出干枯的手指向身后有如黑云压境般的天狼国士兵，冷声道："如果不交出公主，我十万天狼勇士，立刻踏平白城！"

话音未落，那些天狼国士兵便齐齐暴喝出声，向前踏出了一步。暴戾之气汹涌而来，令大地为之颤抖。

霍心却轻蔑地嗤笑："勇士？哪儿有勇士？你们不就是人多吗？"说着，他便不屑地扫了一眼那些天狼士兵，大笑道："是不是女王的母爱把你们都变成了软骨头？你们是一个一个来，还是一起上？"

"我天狼国的荣耀岂能容你玷污！"

天狼女王的一个首领怒不可遏，霍然起身向天狼女王欠身请行礼："我的主人，请允许我出阵，把这个家伙的脑袋砍下来，给您做成酒杯。"

他的话还没有说完，天狼军阵中已经有一个巨大的身影冲了出来。这是天狼国的一个猛士，他的身材高大，身上裹着兽皮，手中一柄大斧足有上百斤，他的脸上戴着铁甲头盔，把头颅整个包围在其中，只在头盔有如獠牙般的间隙中露出凶猛的目光，狠狠地瞪着霍心。连半句话都没有地直扑上前去。

霍心手中的缰绳微松，战马嘶鸣，纵身驰向那名天狼国的猛士，动作快如闪电。他一挥手中的长铩，便与猛士杀在一处。

那猛士虽然身体庞大，手中的大斧也虎虎生风，却怎奈霍心的招式灵活，花样百出，几个回合竟是被耍得团团直转。而霍心有如猫捉老鼠一般，并不急着杀他，只是一来一往地戏弄于他，让这猛士越战越暴躁，口中哇哇大叫，恨不能一斧子把霍心劈下马来。

就在不远处，端坐在车辇上的天狼女王看着霍心矫健而敏捷的身影，突然间伤感起来。她的眼中渐渐蒙上泪花，目光充满怜爱地叹息："如果我的儿子还活着，也会这么勇敢的……我的阿竺兰，我的儿子！"她仰面看向那重重的夜幕，泪水又浸湿了伤口，锥心的疼痛让她再次陷到极度的痛苦之中。

就在此时，霍心的长铩猛地刺中了那天狼国猛士的胸口，鲜血喷溅而出，猛士连哀号都不曾有的，颓然倒在了地上。

"不过如此，"霍心轻蔑地扫了一眼猛的尸体，转头对着天狼大军吼道，"还有没有更厉害的？"

见第一名猛士这么快便被霍心刺死，天狼大军顿时怒火中烧，队伍不安地涌动，诸多猛士纷纷想要上前。

然而大巫师却一扬手，目光阴冷地看了一眼霍心，又对天狼女王说道："敌人的伎俩，蒙骗不了天狼神的眼睛！我的主人，他是在拖延时间。"

天狼女王点了点头。大巫师抬起左手，向后一挥。在天狼国的队伍之中立刻走出两个奴隶首领，他们的手中缠着粗重的铁链，铁链上拴着四个形似狼而神似人的少年。他们四肢着地，衣衫褴褛，身上的发毛比之常人都要厚重，头发全部纠结成团。他们的目光凶恶无比，被铁链牢牢拴住脖颈。空气里弥漫的血腥之气刺激了他们的神经，让他们咆哮着向前猛扑，系在脖颈上的铁链被绷直，发出哗啦声响。

与天狼国过招早就不是一日两日，霍心自然知道这些少年的来历。他们是天狼国掳获的别国战俘，从襁褓之中便丢到狼群，任之自生自灭。弱小的孩子即刻便会被野狼吞噬，只留下幼小的残骸。而强壮的孩子则可被狼群收养，成为狼群的一员。他们整日与狼群生活在一起，变得凶残嗜血，人类的意识早就模糊不见，剩下的只有野兽的残暴。天狼国人在大巫师的指令下，在"狼孩"年近十岁之时用铁笼装载而回，每日用长鞭鞭笞其身，用铁钉狠扎其肉，让其懂得服从于至高无上的天狼国命令，却又每每丢进铁笼以活鸡活羊，令其厮杀啃噬，以至于不泯灭其凶猛的野性和对血肉的渴望。久而久之，这些"狼孩"便成为了天狼国的杀人工具，其凶残、可怕到令人发指的地步。

霍心的眉已然微微地皱了起来，他知道，这一次天狼国对靖公主志在必得，恐怕不容易对付。

几个奴隶抬着巨大的酒囊走过来，在离"狼孩"有几步之遥的地方站住，将里面的烈酒灌喂给"狼孩"。"狼孩"们贪婪地喝着，咕噜之声不绝于耳，越喝便越发的兴奋，喉咙之中呼呼作响。正在他们喝得兴起，奴隶却猛地收回酒囊，举到他们的头上，将烈酒倾泻洒下。

周围的空气立刻被刺鼻的烈酒味道充斥，狼孩们因未喝得尽兴而狂怒，然而却又因被迎头浇下的烈酒而激得凶性大发，狂吼着跳跃，其中一个奴隶因躲闪不及而被"狼孩"的手抓到，顿时血流不止。

血腥的气息和烈酒之气混合，"狼孩"更加的狂暴，猛烈地窜着，想要挣脱铁链。而那拴住"狼孩"的天狼国奴隶首领发出一声狼嗥，伸手指向霍心，紧接着便松开了他们脖颈上的铁链。

"狼孩"有如离弦的箭，凶猛地窜出，大声咆哮着直扑向霍心。

"霍将军，我来！"公孙豹亮起他的大嗓门，拍马迁到，直冲入杀阵。

"你敢违抗军令！快回去守城！"霍心横起长铩便欲阻止公孙豹。

公孙豹却豪爽地哈哈大笑，拍了拍圆滚滚的肚子道："横竖都是死，不如先杀他几个，痛快痛快！"

这二人嘴上说得如此轻巧，但心中又何尝不知这次面对天狼国的凶险？想公孙豹乃是随着霍心一起出生入死的将士，何曾将生死看得重过？当初在霍心的麾下，经霍心多方照顾，有几次生死一线，都是被霍心从死神的手里揪回来的。若不是霍将军，相信他公孙豹早就葬身在乱坟岗中，哪里还能够大碗喝酒大口吃肉地活到今日？

　　女为悦己者容，士为知己者死。

　　若能为自己的主帅冲锋陷阵，便已然是他公孙豹的福气了！

　　公孙豹挥刀与那些"狼孩"战在一处，刚一交手，眉头便紧紧地锁在了一起。他先前只当是这些"狼孩"有如野兽般乱吠狂咬，自可几招毙命于刀下。然而却赫然发现这些"狼孩"不仅训练有素，而且攻击起来颇有章法，公孙豹所出的招式均被他们躲开，倒是急得他自己急躁不已。

　　突然，一个"狼孩"跳起来，直扑向公孙豹的战马，狠狠咬住了战马的脖颈。战马大声嘶鸣，直起上身挥舞马蹄，想要将"狼孩"甩开。然而"狼孩"却死死地咬住，任由战马如何跳跃奔跑，终不能让他松口，直至战马轰然倒地，将他压于身下，他也仍未松口。

　　"孽畜！"公孙豹破口大骂，翻身从地上站起，与"狼孩"战在一处。

　　不过是四个"狼孩"，却远比那千军万马还要难以对付。更何况是在酒的作用下发疯发狂的残暴"狼孩"！他们既有野兽的凶猛，又有人的智慧，疯狂地缠住霍心与公孙豹，让两人丝毫不敢掉以轻心。

　　霍心挥舞着手中长铩，奋力斩向纠缠在他身前的"狼孩"，那"狼孩"躲闪不及，被迎头劈中，"扑通"一声倒在地上，他身上的酒水与血水四处飞溅，洒得霍心满身，让他有如浴血的修罗。他圆睁一双怒眼，观向身前的另一个"狼孩"。

　　那血红的双眼里杀意四溢，"狼孩"被霍心的模样震慑，步步后退，终是返身朝着公孙豹扑去。这一扑之下，竟是直窜上公孙豹的后背，张开腥臭的嘴巴便欲去咬公孙豹的喉咙。

霍心没有想到"狼孩"会突然转攻公孙豹，急忙大喊："公孙豹，小心！"

公孙豹感觉身后有异，急忙转身，却哪料"狼孩"早已然攀在他的背上，低吼着咬下来。公孙豹怒喝一声，便欲将其甩下。

一支燃烧着火焰的箭羽悄然瞄向了公孙豹，伺机便要射出。就在这个时候，霍心奋力举起长铩，将公孙豹背后的"狼孩"挑起。

"狼孩"大声嗥叫，手足并用地猛力挣扎，却怎奈被长铩挑中后心，血流如注，挣扎而死。

公孙豹这才松了口气。待他一抬眼之时，便见那支火箭已然离弦而出，带着阴风呼啸而至，他想也不想地一把将霍心推到身后，横身拦在了霍心的身前。与此同时，暗夜时响起一声暗哨，有个"狼孩"收到指令，发疯般扑向公孙豹。那火箭已然射进公孙豹的胸口，火星飞溅，点燃了那满身烈酒的"狼孩"，让他浑身蹿起熊熊大火，甚至连口中也喷出了火苗。但这狼孩依旧紧紧地抓住公孙豹不放，将公孙豹的头发与衣服尽悉点燃，焦灼之气顿时弥漫四处。

"公孙豹！"霍心惊叫一声，便欲上前营救，却怎奈公孙豹拼尽全力将他推开，然后踉跄着前行几步，大喝一声，用尽最后的力气将挂在他身上的"狼孩"脖颈扭断。

"哈哈，哈哈哈哈……"公孙豹大笑，于那熊熊烈火之口轰然倒地。

"公孙豹！"霍心痛苦地大喊，双手紧紧握住那沾满鲜血的长铩。

一队天狼国弓箭骑兵自阵中跃然而出，团团包围了霍心。他们披着皮甲的战马在嘶吼，身着重重铠甲的骑兵举起火箭，燃烧着的火焰照亮了无边的黑夜，也照亮了满身鲜血的霍心。弓弦已然拉满，火箭已然指向霍心，一触即发。

仅存的"狼孩"因丧失了三个伙伴而红了双眼，在霍心的近前龇着牙低吼，随时都准备扑上去将霍心撕成碎片。

霍心淡淡地环视敌人，血水与酒水从他的发梢和身上滴落，融入脚下满是鲜血的土地。

火箭在静静地燃烧。

大巫师骑着白骆驼悠闲自在地来到霍心近前，冷漠无绪的脸上挂着淡漠的神情，幽幽地说道："打开城门，交出靖公主，我的主人可以饶你不死。"

霍心淡然一笑，他面朝着天狼国人们，从容地展开双臂，平静地等待着火箭向他射来。

一支冷箭突然呼啸而出，射中了霍心的肩膀。他微微地皱了皱眉，身形一晃，却并没有倒下，脸上从容的神情依旧，丝毫没有张口的打算。

大巫师的脸色微变，眸光中闪过一抹阴冷。他扬起下巴深深地吸了口气，然后缓缓抬起左手。

因为心脏在左边的缘故，所以天狼国自古便以左为尊。只有至高无上的尊者才配用左手向士兵们下达命令，而那所下达的命令，亦代表着死刑。

眼看那些火箭便欲朝霍心射出，突然自上方传来了一个清冷冷的声音："我在这儿！"

霍心身形一震。

所有瞄准霍心的天狼国士兵均朝着城头看去。但见火光之中，有一个女子绰约而立。她轻薄的长裙在夜风中飞舞，长发有如海藻般翻飞，高贵的面容在火光中如此明亮耀眼，那与生俱来的气势足以让所有人都向她谦卑的行礼，而她的眼睛，此刻却充满了哀伤与疼惜。

她在看着霍心，用一种旁人无法诠释的爱恋。

靖儿……霍心在心中默默地念着她的名字，肩膀上传来阵阵痛楚，却都远不及他心中所承受的。

"放了霍心！"靖公主语气坚定地说道，"你们退兵二十里，我三日内必定出城和亲！"

"你已经背弃过婚约，我们如何相信你的承诺？"大巫师冷冷地笑着，问道。

"信不信由你！"靖公主语气强硬，目光坚定，一字一句地道，"若不退后，你只能得到一具尸体！"说着，她便拔出短刀顶在自己的喉间。

大巫师与靖公主对视许久，见靖公主没有丝毫的退让与动摇，便凑近天狼女王的耳边，轻声低语。

天狼女王心意微动，缓缓点头，继而抬起头来看着靖公主道："三天之内，如果你还没有跪在我的面前，我一定会回来，杀光这里所有的人！"

说着，她做了一个诡异而神秘的动作，在那带着刀伤的脸上，一双妖冶的眼眸意味深长地看着靖公主。

泪，从靖公主的眼中缓缓落下，滴在短刀之上，悄然落地。

天狼女王扬手，示意天狼国的队伍退兵。马蹄声响起，战马嘶鸣。天狼女王那巨大的车辇发出沉闷而艰涩的轰隆之声，渐渐行远。马蹄从霍心眼前踏过，轰隆着走远，战场的喧嚣顷刻间远去，逐渐消失。

天空的乌云像被瞬间驱散，渐渐地显出澄明的湛蓝。

靖公主与城下的霍心静静对望。

"你不能去，你不能去！"霍心朝着靖公主大喊。

而靖公主却向他缓缓一笑。

谁知那笑中所含的，有几分心痛与心酸？谁知那笑中有几多不舍与眷恋？又有谁知，那笑中的酸楚与凄绝？

旷野上，有隐隐的琴声响起，小唯那带着沙哑嗓音的歌声轻轻地唱着：

"天地悠悠，我心纠纠，此生绵绵，再无他求……"

是谁的歌声如此绝望？又是谁唱出了我心的凄切？

霍心那伤痕累累的身体缓缓地跪倒在地，目光里尽是痛苦与不甘。

傻丫头，你怎么不懂我的心呢？明明是让你离开的，所有的一切都由我来担，为什么你总是这样任性，就是不肯听我的话呢？

"求之不得，弃之不舍，来世他生，无尽无休……"

良人啊……或许你我的缘分就此而尽，但你在我心中所烙下的印记，却是我几世轮回，都不能忘却的。

靖公主静静地看着霍心，心中却满是平和。

她早已然不再执著了，纵然她是那般不舍。

其实我知道的，你想要恪守你的誓言，保护我一生一世。可是你可知道，我也是想要保护你的，哪怕只有一次也好。

父皇常说，女儿家要懂得温柔，懂得小鸟依人，懂得向男人示弱，以求得男人的保护与体贴。他们所有的人都头痛我的任性，头痛我不爱红装只爱武装的泼辣，说这样是没有法子让男人愿意许我一个未来。只是他们都不知道，其实女人也可以许男人一个未来的，即便我任性、胡闹，又喜欢一意孤行，可是我爱你的那颗心，却容不得你受半分的委屈。

若你安好，我生便已然无憾。

靖公主款款转身离去，秀丽的身影消失在城头。

霍心慢慢闭上眼睛，缓缓地倒在地上。

求之不得，弃之不舍……弃之不舍……

那哀伤的歌声款款而唱，小唯的心里满是忧伤。她是如此孤独，又是如此绝望，她知道，在这个世界上再次只剩下她一个人了。

他们都有着各自的轮回，他们都在爱恨中缠绵无绝，而她自己呢？她将永远徘徊在他人的故事之外，独自品味这漫漫无尽的孤独滋味，直至云烟消散。

"知我者，谓我心忧，不知我者，谓我何求……"她紧紧地抱着琵琶，仿佛这世间只剩下了这面琵琶，还能解得她的心忧。

然而就在这个时候，一股寒意突然袭来。墙边的水盆刹那间冻结成冰，地面亦被寒冰蒙上一层冰霜。这冰霜一路漫延，攀上桌案，将茶杯都一并冻结，眨眼间便已然到达了小唯的脚下。

那凄美的唱词突然间转为哈出的白气，小唯的心中一惊，歌声戛然而止，想要逃却已然逃不脱了。她被寒冰之气紧紧包围其中，那美丽的紫色繁花长袍被冻得僵硬，漆黑如瀑的青丝亦有如白发，就连面颊都被覆上了层层冰霜。

屋子里所有的器具纷纷结成冰晶，一瞬间，烛台的火苗乜被裹在冰里，形成一种静止的跳跃。

恰在此时，门被"砰"的一声推开，靖公主大步走了进来。当她看到眼前的这一幕，便突然间怔在了那里。

小唯缓缓地转动眼眸，望向靖公主，她的面色已然苍白到毫无血色，头发尽是霜白，气若游丝。

"救我……"这是小唯唯一能够说出的话了，她的眼中尽是哀求之意，靖公主想也不想地奔过来，举臂抱住了小唯。

然而冰霜并未消散，小唯的身体却是越来越冷。靖公主急忙敞开衣襟，用衣裳将小唯与自己紧紧裹于其中。那颗带着炽热温度的心脏怦怦跳动，节奏美妙而神奇。从靖公主身上传来的阵阵温暖传递到小唯的身体之中，那冻结住她的寒冰开始慢慢地消融。

"你的心跳得真好听……"小唯的声音微弱，唇边却带着淡淡的笑意，羡慕，却又难过。

靖公主因小唯身上的寒冷而瑟瑟发抖，却并没有将她推开，而是用自身的温暖继续替她驱逐寒冰。

"五百年前，我爱过一个人……"小唯艰难地说着，尽管她知道自己已然很虚弱了，她的妖力原本便一日弱似一日，日食之期将至，她却没能得到那颗心。便是寒冰地狱不将她冻结，她所剩的日子也无多了，所以她便只想将心中的话说出来，如此，便是消失于这世上，也无憾了。

靖公主的身体微微一颤，她颇为意外地看了一眼小唯，却没有说话，小唯便自顾自地继续说了下去。

"我一心想和他在一起……他说他爱我，我相信了。"小唯苦涩地牵动唇角，继续说道，"可是后来他又对我说，他离不开他妻子，走得义无反顾。可我还是用尽我千年的修为救了他们，最后被关在寒冰地狱里五百年……"

小唯说得如此辛酸，眼中却流不出半分眼泪，正如她这般拥有了千年修为的狐妖，只能如此无力地乞求一个凡人的保护。

"我好……羡慕你，有一个人爱你，愿意为你去死……"小唯声音颤抖地问靖公主，目光里尽是不解，"你怎么舍得离开他？"

靖公主的心弦被猛地触动，那原本被她决意封存的情意与痛苦再次萌生，狠狠地折磨着她。

"我是一国公主，我没有选择。"靖公主难过地说。她自幼虽在锦衣玉食里长大，但身为皇女应尽的责任，她还是知道的。她纵然如此深爱霍心，却依旧无法视中原百姓的生命于不顾。仅凭天狼国今日的所作所为，便可知自己若果真消失所带来的后果。怎能因一己之私而置天下的百姓于水火之中？

若是这样，恐怕她自己都不会原谅自己吧……

"你有！"小唯斩钉截铁地说，"你可以变成我，留在他的身边。"

此时的小唯已然渐渐地恢复了元气，房间里的冰霜尽数消散，烛火亦重新跳跃起来，将靖公主与小唯的影子投在地上，交错着游移。

"但是你要我的心？"靖公主望着小唯的眼睛。

"对，"小唯点头，抬眸坦率地迎上靖公主的目光，"用你的心来换。"

"你们杀人如同踩死一只蚂蚁，取我的心还不容易？干吗费那么大事儿跟我纠缠？"靖公主不解地问她。

"我若强取，那就是恐惧之心、殆尽之心，没用的。"小唯轻轻地摇头，"我要的是——你心甘情愿把心送给我。唯有这样，我才能转生成人。"

情之所动，使得小唯的妖灵自体内幻化而出，化为狐形投在墙上，引颈哀鸣。靖公主静静地听着，目光怜惜地望着小唯。

"换了皮，我可以替你去天狼国成亲。"小唯幽幽地说道。

"去了天狼国，你会生不如死！"靖公主打断小唯，语气真诚。

"那也好过寒冰地狱的折磨。"小唯苦笑。这五百年来她所受的折磨已然让她到达了崩溃的边缘，她再不想继续逃亡下去，再不想继续于这人世间徘徊，孤苦无依。若能让她化为人形，哪怕只有短短一瞬，她便已然满足！

"可是……"靖公主无限伤感地说道，"你若做了人，会变老，变丑，终有一天，这颗心也会停止跳动。"

"我没有选择，"小唯肯定地说着，目光烁烁地盯住了靖公主，"这是我唯一的生路。"

靖公主望着小唯，被她眼中的坚定所感动，不由得轻轻叹息："我以为做妖自由自在，原来我们都一样。

　　说着，她伸出手，轻轻地抚摸着小唯的脸，喃喃地问道："我没有了心，会怎样？"

　　"为保住这张皮，你要靠吃人心过日子。"小唯毫不避讳地说道，"你必须四处飘荡，没人知道你是谁，你只能藏在这张皮下面……"

　　"但是我可以留在霍心身边！"靖公主突然打断小唯，"这就足够了。"她这样说着，脑海中突然跳出了一个念头，这念头在她的心中迅速地被肯定，渐渐扩大成为坚定的决心。她缓缓思忖着，坚定道："哪怕——他把我当成是你！"

　　小唯的嘴唇微微地张了张，她完全没有想到靖公主竟会如此说，她的全身都因这突如其来的希望而微微颤抖起来。在人世辗转流离得太久，小唯早就见惯了太多的尔虞我诈，那些口是心非的话常常说得精彩绝伦，却始终没有一人愿付出他的真心。而这个面似冰冷无情而又任性妄为的靖公主，竟真的愿将她的心给自己，这如何能不让小唯感动？

　　"没有了心，你会变成妖，甚至会被抓回寒冰地狱，去忍受冰封之苦……"小唯真诚地说道。寒冰地狱的滋味，远非人所能想象，那痛苦的折磨永无止境，只会将人渐渐地逼近绝望。

　　"我明白——我心甘情愿。"靖公主微笑着说道。

　　她还有什么好在意呢？这世间便是有再多的苦楚，也都比不过与心爱之人的生离与死别。若为人，她将永远无法守护在霍心的身边，那又与死有何区别？若为妖，她有千年万年可活，而霍心却只有短短的几十年。若能陪他度过一生，便是接下来的余生被关押在寒冰地狱之中，又能如何？

　　生既已无望，又有何求？死既已无忧，又有何悲？

　　"换心之术，必依水而行，过了日食，人与妖便永远相换，再不会倾覆而回。"

在那弥漫着淡淡水雾的温泉池中，靖公主与小唯相对而立。

温暖的温泉没入她们的前胸，一人一妖相对而立，静静地凝望。

过了今日，她们就将身份互换，人成为妖，妖成为人，两个世界自此颠倒，又重新继续既定的宿命。只是，我已经不再是我，你也已经不再是你了……

碧绿澄清的水面泛起层层涟漪，靖公主与小唯慢慢走近，她们伸出纤细的双臂，拥抱在一起。

在这个冰冷的世上，有太多的冷漠与疏离让柔弱的女子受到伤害。没人珍惜她们内心深处的柔软，他们把太多的注意力聚集在她们的外表之上了。或坚强、或妖娆、或美丽、或性感，每一种都是他们对于女子的定义，种类繁多，毫无重复，仿佛只有这样才能彰显身为男人的远见卓识和对于女人的了解。

可纵是坚强又能如何呢？

纵是美丽又能如何？

坚强的、妖娆的、美丽的、性感的……谁又能看得到层层的面具之下那徘徊无依的灵魂？她们——除了伸出手臂紧紧相拥着相互温暖彼此，又能够将这悲伤说与谁听？

还有谁会懂！

靖公主和小唯越抱越紧，四目紧闭。

这是一场仪式，以一颗真心，换一副皮囊；用一个宿命，换一场轮回。

小唯缓缓将手从背后伸进靖公主的胸腔，一片璀璨的光芒骤然出现，从靖公主的身体之内进发出来，随着小唯的手继续伸入而越发耀眼。

小唯的身体轻轻地颤抖，她已经摸到了，那颗晶莹剔透的心脏，有如一枚透明耀眼的水晶，带着美妙的旋律被她握在手里。

靖公主的眉头微微一蹙，只觉胸口一阵微凉，全身的力气便已然被吸了个一干二净，而她自己，则化为一片云烟，轻轻地飘浮在空气之中。

窗外的乌云已然遮住了月光，阴冷习习，吹得树叶纷纷掉落。林中的鸟儿受惊般振翅而飞，野兽无不引颈哀鸣。

而这一切，却都不为这清泉池中的靖公主与小唯所知。

小唯拥住靖公主，让她那几乎快要消散于空气之中的身体融入她的身体之中。在那片璀璨夺目的光芒里，两个妙曼女子的身影似舞蹈般婀娜旋转，直到渐渐融成一体。只一瞬间，便似从对方的身体穿越而过般，相互交错着分开。

光芒由炽热转为平淡，直至渐渐消失，靖公主与小唯同时扑入水中，水花四溅，她们同时在碧水中下沉。

不知道过了多久，她们才缓缓浮出水面，两个全新的女子从水中站起，晶莹的水珠在她们凝脂般的肌肤上滑落，融入水中。

她们慢慢走近，伸出手来抚摸着对方的面孔，竟是久久说不出话来。

从此，她们将按着各自选定的宿命走下去，或许，再也不会相见了吧……

第四章

玄 黑

「我拿起刀便不能拥抱你，我放下刀却无法保护你，到底怎样做才能呵护最为珍贵的你？谁，又能给我答案？」

——霍心

霍心身受重伤，被众将士护送到房间休息。因白城条件艰苦，便没有从军郎中，只好将那被大家公认为江湖骗子的庞郎捉进校尉府来替霍心瞧伤。

　　好在庞郎人虽不靠谱，但所配的药倒是极为好用，所以将霍心交给他，将士们倒也放心。

　　庞郎把金创药撒在霍心伤口上，用手压实。

　　伤口传来一阵阵火辣辣的疼痛，撕心裂肺，霍心却咬牙忍住，只是沉默不语。

　　"昨日有一个女孩儿问我，这个世界上有没有一条被称之为'爱'的河，叫我几乎笑断了气。"庞郎突然说道。

　　霍心微微一怔，举目看向庞郎。

　　庞郎则像没事人似的，一边替霍心包扎着伤口，一边道："我告诉她啊，这爱河不是河，可她不信！就说有人告诉她有这条河，而且非要找到不可。"庞郎说着，无奈地摇头叹息，"这女人就是麻烦，什么都要问，却什么都不信。不过想想也可以释然，人生苦短，只要自己觉得对的就去做，何必去管结果，或许真就有这条河呢，是不是？"

霍心的黑眸倏然深邃下去，他紧紧地抿了抿嘴唇，不发一言。

一缕阳光透过峡谷，朝阳喷射出万道霞光，将那天际的云层染得有如一匹七彩的绸缎，华美地抖向人间，将白城笼罩其中。

那雪白的城墙在青翠的山间屹立，被朝阳染上绚丽的色彩。雄鸡高鸣，犬吠之声渐起，新的一天已然来临。

此时的小唯已经变成了靖公主，她推开窗户，被突然泄入的阳光笼罩全身。

好明亮的阳光！她眯起眼睛，瞧向天空。她看到太阳周围闪耀着七彩的光环，朝霞绚丽多姿，将天空渲染得分外美丽。

颜色，这就是颜色！

她欣喜地转身，华美的袍子飞扬而起，又缓缓下落。这是小唯第一次将自己一直穿在身上的袍子看个仔细。但见那长袍再不是晦暗无色，而是如此色彩斑斓、如此绚烂美丽。那一朵朵繁花精巧迷人，每一个都有着不同的色彩，针针线线脉络分明，就连她的鞋子都绣着精美的繁花。

我看见了，我看见了！这绚丽的颜色竟然如此多姿，每一个事物竟然都有着不同的颜色，真是神奇！

她急匆匆地奔出房门，迎面而来的清风吹在脸上，让她感觉到温暖，四周鸟鸣之声不绝于耳，朝露在翠绿的草叶间滴落，悄然落于泥土之中。

天是蓝的，彩霞万丈，树是绿的，随风舞动，远处的青山延绵不绝。而在脚边的青石台下，一朵小小的野花正于石缝间悄然绽开……

小唯俯身摘起，小心翼翼拈住那纤细的芬芳，凑近去闻。

只是一朵不起眼的小花而已，却散发着如此淡雅的清香，只为了嗅到这清香，她修了千年、盼了千年！百转千回，历尽沧桑，终于嗅到了！

她缓缓地闭上眼睛，眼中溢出晶莹的泪水。

小唯伸手，将眼泪抹在手指之上，好奇地伸进口中品尝。

是咸的，还带着微微的苦涩，这……就是眼泪的滋味吗？

是苦的，是咸的，但却如此美好！

小唯兴奋地返身回到房间里，穿上那件鲜艳似火的大红嫁服。那绚丽的色彩让她难以自抑，直在房间里跳起了娇媚的舞蹈。靖公主的身体远不如她自己的柔软舒展，可这又有什么关系？她已经成为了一个活生生的人，她可以用自己梦寐以求的方式去生活，去快乐，去悲伤，去欢笑，去流泪！

再不用孤独地游走在毫无色彩的世界之中，再不用被人当成是异类深受排斥，也再不用为了寻找那一颗心而受尽折磨了！

她终于解脱了！

小唯欢喜地端坐在铜镜之前，手持黛石，替自己细细地梳妆。她要为自己化一个最美的妆容，成为这世上最美的新娘。

今天，便是小唯此生中最美好的一天，更是"靖公主"的大婚之日，没有道理不热热闹闹，更没有道理不盛装打扮！

然而门突然被"砰"的一声撞开，霍心大步走了进来。

小唯挑眉，从铜镜里看着霍心。

"请殿下不要去天狼国！"霍心激动地奔上前来，紧紧地抱住了"靖公主"，他第一次感觉到即将失去的惊恐，竟是这般让他害怕。纵然他曾无数次地站在生与死的边缘，见惯了那血腥残忍的杀人场面，可是这一切都不及现在的心情让他恐慌。不能失去是他唯一的想法，为了不失去，他愿意去做任何事情。

"我们可以一起走，去任何地方，现在还来得及！"霍心坚定地说着，将"靖公主"的身体箍得更紧，像是要将她深深地嵌入自己的身体之中，"霍心愿一生一世守护在殿下身边，寸步不离……"

"霍将军说得是玩笑话！""靖公主"却无情地打断了他，轻轻一挣，便将霍心挣开。她优雅地起身，转过头来，目光冷漠地看着霍心。

在那张有着斑驳疤痕的左脸上，画着色彩鲜艳的梅枝，妖媚而蛊惑。

"你说，天狼国的王子会爱我吗？""靖公主"微笑着问他，用一种他从来没有听到过的轻柔语气。

霍心看到这张脸，心脏猛地纠紧，痛苦再一次紧紧地扼住了他，让他透不过气来。

"我看你喜欢的是小唯姑娘。""靖公主"体贴地说着，又莞尔一笑，"我走了，就把她赏赐给你吧。"

霍心只觉整个人轰然塌陷，他张着口，竟是连半句话也说不出来。

他何尝喜欢过别人？何尝喜欢过？

在他的心里，在他的脑中，在他的灵魂深处，从来都只有一个人的影子！那个人，如今就要这样离开他了，到一个凶险的国度，到一个陌生男人的身边去。而她，却在期待吗？期待着那个人能够爱上她！

泪水，就这样毫无征兆地从眼中流出，如此措手不及。

眼泪？

小唯好奇地走过来，用纤细的指尖蘸取一滴泪来，送入了口中。

"原来和我的一样，都是咸的。"她喃喃地说着，转身走出房间。

原来……和她的一样……吗？

霍心痛苦地闭上眼睛，任泪水肆意流下。

已经来不及了，他真心想要守护的女人，这次真的离开他了。而这……不正是他一直要的吗？为何，还要感觉这般不舍？

小唯缓步走下高高的楼梯，红色的婚袍随风飞舞。她的一头长发已然结成发辫，被八角珍珠簪绾着，垂在脑后。黄金头冠坠下细细的金铬，将她的面容半掩，小唯抬起头来，望向远处，将一切景致尽收眼底。

欣喜与踏实之感将她的心填得满满的，从胸口传来阵阵的心跳声让她更加欢喜。

而今，她已经得到了想要的那颗心，那曾渴可望而不可及的心跳此时都已然为她所有。这世上还有什么是比这更美妙的呢？

替她准备好的车辇已经在校尉府外静候，那是一辆挂着红色帷幔的车辇，红色的旗帜迎风飘扬。身着红色衣裳的宫女恭敬地牵着小唯的手，将她请上车辇。

穿戴着红色艳丽衣裳的送亲队伍浩浩荡荡地出发，那如火一般的红绚丽夺目，鼓乐之声喧天，热闹非凡。建宁侯率众羽林侍卫骑在马上，昂首挺胸地穿过集市。

街道上早就空无一人，百姓们却都悄然打开窗子，好奇地伸长了脖子，仰望着在车辇中他们高贵的公主殿下。

小唯缓缓地垂下眼帘，隔着微扬的大红帷幔看着那些个从窗子里探出头来的百姓们。他们翘首以望，只想见见传说中这位面具公主的容颜。小唯微微地挑起朱红的唇，向他们露出一抹微笑，欣慰而由衷。

她将赶赴一场繁华的盛会，那是属于她的婚礼和一个崭新的人生了。

多么令她兴奋！

那火红艳丽的送亲队伍一路向北，朝着那乌云翻滚、瘴气弥漫的天狼国行去。一只有着斑斓羽毛的彩雀紧紧追随其后，跟着那辆奢华的车辇同往北方前进。

那正是化为彩雀的雀儿，她黑亮的眼睛里尽是担忧。那片充满了死亡气息之地，曾是她一度害怕并且不愿前往的。然而如今她的小唯姐姐却要替靖公主嫁到那里，要她如何能不担心呢？

既是害怕，也要与她一起前行的，纵然她而今已然拥有了那颗宝贵的人心，纵然她早已然将自己忘在了脑后。

姐姐啊……不管前面的路有多坎坷，我还是愿意陪你走下去的。只要看到你平安幸福的笑容，我便知足了呢。

听着鼓乐之声渐行渐远，霍心知道，靖公主已经走出了白城，自此远离了自己的生命。

霍心没有勇气去送靖公主出城，他无法看着她穿着那大红的嫁衣离开自己的视线，更不敢想象她将从此与另一个男人携手，过一个完全与他霍心毫不相干的人生。

霍心啊霍心，你到底怎么了？拼命地想要将她推开，却为何在她真的转身离开时，痛苦到无依。

他木然地倚在床边，望着墙上挂着的黄金短刀，一言不发。而在他的身边，藏在小唯皮囊之下的靖公主却正在捧着草药，替霍心敷在伤口之上。

她的动作小心而温柔，望着霍心的眼神如此深情，宛若望着她生命里最不可或缺的珍贵。

明明是不甘的，他的眼里只有这副精美的皮囊，视她与他十几年的情谊于不顾，却只拥着一个萍水相逢的女人，只因她的美丽。然而她终还是释然了，爱情这种东西，说到底还是自己内心中的所需更加重要。只要能在他的身边，只要能拥有他的爱，哪管自己是谁，而谁又是自己呢？

既是小唯之身，便应以小唯之姿来待他吧？

靖公主温和地道："公主殿下让我服侍将军养伤，殿下还说，请将军把我当做是她。"

当做是她?

霍心苦涩地笑,他抬手,欲将"小唯"推开。

他很想告诉她的,自己一直以来,就从未真正喜欢过她。从与她初次缠绵之始,他确实便将她当成了靖公主。不为别的,只因她举手投足都带着她的气势,有着她的影子。

然而"小唯"却握住了霍心的手,她的一双美目静静地凝望着他,将他的手贴在自己的面上。她柔顺的黑发悄然滑落,发丝扫过霍心的脸颊,一股异样之感从霍心的心中升起,潜藏在他体内的妖法再一次迷惑了他的心神。

热浪突然间汹涌而至,在霍心的体内激荡,一下下撞击着他的理智。

不可以,不可以的……霍心别过脸,努力地回避着"小唯"的眼神。然而"小唯"却上前一步,拥住了霍心。

心里有阵阵甜蜜萦绕,靖公主的脸上绽放了幸福的笑意。他的身体是那样的炽热,他的气息是那样的熟悉,他的脸庞,他的脖颈,他的胸膛,他的一切……从今天开始她便可以完完全全地拥有,再不用担心有什么可以将他们分开!

靖公主热切地亲吻着霍心,吻着他的额头,他的鼻子,他的耳垂,他的唇。

霍心只觉身体里的火焰被瞬间点燃,烧得他最后一丝理智轰然倒塌。他像是在沙漠里久行的旅人,好不容易寻到了清亮的泉,迫切地想要汲取。霍心激烈地回应着靖公主的吻,灵舌缠绕,香津互融。他急促地喘息着,贪婪地吸取着从她身上传出来的清香。

这是杜鹃花香。

他在心里这样告诉自己,激起心头那抹疼痛与哀伤,让他再难承受,只想疯狂地发泄。他的动作开始狂野起来,每一分亲昵都似绝望的挣扎,几乎要将靖公主吞噬。

这近乎于折磨的缠绵却让靖公主感觉到充实。是了，她已经渴望得太久、期待得太久，若不与他焚烬成灰又如何能够对得起那辗转近十年的相思？！

她毫无保留地迎合着他猛烈的挺进，这男女间最为神秘的契合如此美妙，令她陶醉。她紧紧地拥着霍心，欲亲吻他的唇，然而霍心那粗粝的大手却将她的身体按下。

他不想看她的脸。

虽然他知道与他紧拥缠绵的女子并不是让他魂牵梦萦的那一个，但从她身上散发出来的淡淡清香却又如此熟悉，让他无法不去将她与靖公主联系在一起。

靖儿……靖儿……

你会恨我吗？

其实你不知道，更恨我的那个人……是我自己，是我自己啊！

霍心紧紧地闭着双眼，痛苦与激情混合在一起，让他有如一只疯狂的野兽，猛烈地索取。他的伤口因如此剧烈的动作而重新裂开，鲜血将绷带染红，他却浑然不觉。而靖公主则在这有如狂风暴雨般的激情里沉醉，她发出陶醉的呻吟。她仿佛置身于浩瀚的海面，层层暴风掀起巨浪一下下将她冲到天空，在骄阳炫目的光芒里燃烧殆尽。

还有什么是不值得的呢？

换一种方式，换一个位置，我才能够得到这样的你啊！

靖公主颤抖着，将霍心拥在身前，感受着他将炽热释放进她的温柔之中，满足而欣喜。

他就这样伏在她的胸前，如此亲近而甜蜜。靖公主的脸上绽放了温情的笑意。然而霍心却突然起身，望着她问道："为什么听不见你的心跳？"

心跳！

心跳！

靖公主一惊，这才突然想起，自己早已然是一只妖，没有了血没有了肉，更没有了心！

她惊慌地看着霍心，恐惧与慌乱将她紧紧地围绕其中。她不能让他知道自己是一只妖，她不能让他知道自己将要依靠食用人心来维持这张美丽的皮囊，她不能，她不能！

靖公主一把推开霍心，转身跑出门去。

她没有心，她已然没有心了啊……

夕阳缓缓西沉，将天地间笼罩在一片金光璀璨之中。远山在这耀眼的余晖中显露，延绵不绝的消失在天际。就连天狼国上空始终积压着的乌黑的云层都被镀上了一层瑰丽之色。

那夺目的火红就这样渐渐地行进一片玄黑的世界，镶嵌着人头骨的旗帜猎风而舞，篝火熊熊燃烧，火星跳跃，噼啪作响。王庭大帐的帷幔飘飞，那诡异的天狼图腾起伏飘动着，恍若被这鲜血般的红激活，凶狠地盯着这支送亲的队伍。

裹在黑袍之中的大巫师，在诸多身着黑色皮革铠甲的天狼国首领的簇拥下站在大帐前迎接。他阴冷的双眼望着骑在马上一脸喜气的建宁侯，苍白的脸上看不出半分喜悦之情。就像是一座冰窖，瞬间将一切昂然生机冻结。

建宁侯脸上的喜气立刻沉下去，被大巫师这样盯着，他感觉自己就像是一只被狼盯住的猎物，忐忑不安。他慌张地看了看四周，这被黑暗笼罩的地域虽然燃着熊熊的篝火，却仍不能将这恐惧之气驱散。不远处头戴古怪头饰，身着黑色铠甲的鼓手正在一下下敲击着战鼓——一截已然被挖空了的枯木。那诡异空洞的声音响亮急促，声声催得人更加不安。

而那些站在两旁帐篷前的士兵们则面无表情地手持兵器伫立，像是丝毫没有被那热闹喧天的鼓乐声感染。这般模样，倒使得中原人的热闹显得有些尴尬。建宁侯扬手，喝住了鼓乐，率羽林侍卫军纷纷下马。

大巫师这才走上前来，僵硬地牵动了一下唇角，算是挤出了一个笑容，只可惜这笑容如此诡异惊悚，倒是唬得建宁侯寒意顿生，连脸上的笑容都跟着颤了一颤。

"大家远道而来，想必十分辛苦，"大巫师用一口流利的汉文客气地说着，从身边的侍从手中拿过了一碗酒，双手递给了建宁侯，"天狼神在上，请干了这碗迎宾酒！"

那干枯苍白的手端着漆黑的酒器，那酒器哪能比得上中原瓷器的华美？似是连棱角都带着锋利的豁口，不知道是用什么东西雕成，一碗烈酒混沌无比，散发着刺鼻的味道。在这种鬼气森森的地方，喝这种酒，谁敢？建宁侯的心里打起鼓来，他嘿嘿地干笑着，欲推回去，却怎奈大巫师的脸色阴沉，目光犀利，逼得他不敢说出那个"不"字。只得接过来，轻轻抿了一口。这酒刚一入口便若火烧般，呛得他差点吐出来，抬眼，却看到大巫师正眯起眼睛，紧紧地盯着他，他的嘴巴抿成古怪的笑意，看得建宁侯背后冷汗顿起，只得强忍着这呛口的灼烈咽下，又硬着头皮把那碗酒一饮而尽，呛得他咳嗽不已。

看着建宁侯喝了酒，大巫师的脸上这才露出满意的神情，他挥了挥手，天狼国的首领们自纷纷上前，替羽林侍卫们送上一碗酒，眼见着自己的长官都喝了酒，羽林侍卫们又有谁敢不喝？自是纷纷咬牙将酒干了，一时之间咳嗽之声不绝于耳。

一抹精芒闪过大巫师的眼中，他微微地颔首，那守在枯树之鼓前的天狼国士兵便立刻将鼓敲起。乐师们拍起了牛皮手鼓，吹响了号角，披头散发的女子们欢呼着奔出，赤裸着脚踝跳起舞蹈，口中嗬嗬有声。

大巫师的女弟子走到车辇边，恭敬地伸出双手。但见车帘微挑，一只白皙的手搭在了这名弟子的手上。头戴金翎头冠，身着大红色华美嫁服的"靖公主"款款走出了车辇。建宁侯急忙喝令羽林侍卫列队，恭敬地垂首而立，心里却巴望着这场盛典快些结束。先前常听说天狼国人茹毛饮血、凶残恐怖，今日到了这里才发现果真如此。这里处处一片腐肉之气，瘴气熏天，连人的眼神都跟盯着肉的饿狼，如果不是皇上下了旨，就是给他千两黄金，他都不愿意来！

小唯走下车辇，抬眼，看到了在天空中盘旋的彩雀。

心中涌上阵阵暖意，微笑浮现在她的唇角。这个没心没肺的小丫头还是来了，亏得她没有记当时自己呵斥于她的仇。五百年了，她陪自己度过了五百个寂寞无助的年头，终是见证了自己转世为人的幸福。

她的脸上浮现出悲喜交加的神色，心中涌上千言万语，却终是只能化为一声轻叹。

大巫师从其弟子的手中接过小唯的柔荑，将她一步步引向大帐。

这就是被中原人传说得神乎其神的天狼国人吗？虽生得邪恶骇人，却到底都是些凡夫俗子，连眼前的"靖公主"已然不是正主都未曾发现，还有什么可怕？

小唯微微地挑起朱唇，一步步走进大帐。当黑色的帷幔层层拉开，装饰着兽皮的天狼国王庭大帐亦映入了小唯的眼帘。那由金属连接而成的人骨火台燃烧着火把，却依旧无法将这阴暗的大帐照得明亮。穿着怪异的天狼国人站在两侧，虎视眈眈地盯着她看，小唯却连看都没有看他们一眼，更没有被这骇人的气势吓住。她扬头款款走向正中的黄金座椅，长长的裙摆曳地而行，繁花萦绕，为这阴晦的主帐增加了无比耀眼的绚丽色彩。

天狼女王正手持人骨酒杯站在那里，朝着小唯露出了干心的笑容。她放下酒杯，站起身来，朝着小唯张开双臂，激动地说道："尊贵的公主，我的儿子已经等候你多时了！"

　　说着，她走上前来，拉起小唯走向自己的王座。就在那王座之上，端坐着一个男子。他的身上穿着华丽的锦袍，漆黑的长发垂在肩头，他的脸上戴着一副黄金面具，看不到容貌。

　　这就是天狼国的王子吗？

　　小唯的心中充满了疑惑，先前所有见过的天狼国人里，无不是粗鲁凶猛，而眼前的这个却低着头，连抬也不肯抬，况且又坐得如此诡异，好像被固定住了一般，呈现出一种僵硬之态。这样的姿态倒让他更像是一个木偶或者是雕像，完全看不到有半分活人的迹象。

　　这难道……真的是人吗？

　　"他是我唯一的儿子，"天狼女王悲伤地说，声音里再次透出了哽咽。她走过去，弯下身来轻轻地抚摸着男子的黄金面具，"两个月以前，妖魔掏走了他的心。"

　　说着，天狼女王摘下了男子脸上的黄金面具，无限爱怜地深情凝视着那张年轻英俊的脸："他沉睡着等待你的到来，明天，你们就将结合。"

　　天狼女王每说一句，小唯的心里便沉一分。当天狼女王将那男子的面具摘下，露出面容的一刹那，小唯突然间感觉到一阵天旋地转。她冲上去，一把将天狼女王推开，撩起垂在眼前的黄金细铬，眸大眼睛将眼前的男子看了又看。

　　是他！

　　竟然是他！

　　那是一张古铜色的脸，棱角分明的轮廓，深陷下去的眼窝，那异域人的豪放如此明显，即便是这样紧闭着眼，也丝毫没有遮掩得住他浑身上下的暴戾与张狂。他仿佛就俯在小唯的耳边，大笑着对她说道："宿命，这就是宿命！你注定是逃不出这场宿命，逃不出我的手心的！"

小唯踉跄着后退，惊恐地看着他，面色苍白。

"美人，你知道我是谁吗？"那带着烈酒醇香的炽热气息仿佛就扑在自己的脸颊之上，那双粗粝的大手仿佛正抚摸着小唯的脖颈，低笑着："你想要什么？只要你说得出，什么我都可以送给你！"

她惊恐地将视线下移，看到他的胸口诡异的旋转图腾。

"知道这个图腾吗？"他曾问过她，"这可是身份与地位的象征。它预示着这天下间就没有我得不到的东西！"

是了，是了！她怎么就会忘记呢！这图腾原就是天狼国的图腾！只是她先前从来没有在意过，也从来没有发觉过！

"你知道吗，美人，有种东西叫做宿命。"他仿佛已经抬起了头来，看着小唯，笑得狰狞而可怕，"像你这样的美人，注定要遇到我这样的强者，这是上天的旨意。"

宿命……宿命……

那原本在体内鲜活涌动的血液突然间被冻结，小唯仿佛一瞬间重新回到了寒冰地狱，被那彻骨的冰寒紧紧包围，让他几乎陷入绝望之中。

"天下人都知道，公主殿下有一颗死而复生的心，"大巫师阴仄的声音响起，目光冷冷地望住小唯，"只有你这颗心能救活我们的王子。"

说着，他突然将黄金座椅旁边屏风上的黑色帷幔掀开，露出一张写满了怪异咒语的兽皮。那些咒语奇形怪状，密密麻麻地紧凑在一起，组成了一个神秘的符咒。就在这符咒中间，赫然绘着一轮黑色的太阳，只有金色的光环围绕。而在这轮黑色太阳的左右，均绘着被黑云渐渐遮住的太阳，似乎在讲述着什么。而在这轮黑色太阳的最上端绘着一颗人心，最下端则绘着一具骷髅。

这怪异而可怕的符文，应该是某个仪式的记载，所传达的意境亦惊悚可怕，让人深感阴冷。小唯想要一探研究，只可惜那些文字生涩古怪，完全不是中原的汉字。对于这些天狼人的意图，小唯更加琢磨不透。

他们到底想要干什么！

小唯警惕地看着大巫师，大巫师这次丝毫没有避讳，他目光冰冷地看着小唯，冷漠地对她道："我以和亲之名请公主殿下来到我天狼国——委屈你了。"虽然是如此客气的一句话，却为何这般令人感觉到惊悚？

小唯步步后退，大巫师却居高临下地盯着她，一步步进逼。

"我们需要的只是——你的心。"

我的……心……？

小唯摇摇欲坠地后退着，几乎跌倒在地。

为什么？

为什么她好不容易挣脱了身为妖的痛苦境遇，却终还是逃不出这场宿命的追逐？为何上天总要这样残忍，一次次地将她推至绝望的深渊？

天狼女王轻轻地抚摸着儿子的脸颊，眼中充满无限慈爱。她的脸上挂着又悲又喜的笑意，却难掩那奇迹即将到来的希望与欣喜。

"你的心将在我儿子的胸膛里继续跳动，他的血会再次沸腾，接替我统领天狼国。"

她越说越激动，越说越动情，以至于喜悦的泪水再次流下，让那脸颊上的伤口再次疼痛起来。

然而这一次，便是疼也欢喜。

小唯突然间大笑起来，她笑得如此肆意，如此歇斯底里，却又如此悲伤。让在场之人均惊骇地看向她，而她却依旧这样笑着，笑得泪流满面，笑得摇摇欲坠。突然，她伸出手猛地抓向天狼女王的后背。

然而那纤纤玉指压在天狼女王的后背上，虽弄疼了她，却半点没有将她伤害。小唯微微一怔，这才意识到自己原来已经不再是妖了，她已然没有了保护自己的法力，更没有了可以掏人心魄的能力。

她早已经……是一个普通人了。

天狼女王身边簇拥的侍卫突然一拥而上，将小唯牢牢地架起来，小唯却早已然无力挣脱。

她还能如何呢？成为人，乃是她自己选择的，失去全部的妖法，成为阶下之囚，也是情理之中，不是吗？

天狼女王回过头来，她并没有因小唯的举动而生气，反而扬起血红的嘴唇，露出妖冶无比的微笑。这微笑像是一柄锋利的匕首，将小唯那已然有了肉体感知的身体伤得体无完肤，疼得她连呼吸的力气都快要没有了。

天狼女王转身对在场的所有天狼国人扬声说道："明天，我的儿子就要回来了！所有天狼的子民，我准许你们痛饮三天！"

整个天狼国都响起了欢呼之声，惊天动地，令人惊恐。

在大帐外等候的建宁侯被弄得又惊又怕，直翘首去看，怎奈帐外被黑色的帷幔遮得严严实实，竟是半分都看不清楚。而从大帐之内，又传来天狼女王那高亢的梵文，竟是那般激动和欢喜。到底发生了什么？建宁侯有心想问一声，但身边的天狼国人却一个个儿黑着张脸，根本不屑于看他一眼。

建宁侯自不敢去惹这些煞神，只得局促不安地在原地候着，又忍不住引颈望向大帐。就在这个时候，突然"哐当"一声响，一面幡旗倒在了他的脚前，吓得他几乎惊叫出声。转头正想大声呵斥，赫然看到举着幡旗的侍卫已经瘫倒在地上，眼睛瞪得老大，七窍汩汩地流出鲜血，模样恐怖至极！

建宁侯张了张嘴巴，连半句惊叫都发不出。他哆哆嗦嗦地抬起头，看到其他的羽林侍卫都摇摇晃晃地站在那儿，只一眨眼的工夫，竟接二连三地摔倒在地上，每个人的脸色都很快变为铅灰之色，鲜血流淌，让他脚下一软，"扑通"一声跌倒在地上。

腹中传来一阵剧痛，建宁侯痛苦地捂住了肚子，伸手指着那些天狼国人，口中艰难地道："酒……你们……"

没人回答他的话，更没有人上前扶这位尊贵无比的建宁侯爷一把，甚至连看都懒得看他一眼。建宁侯就这样痛苦地挣扎着，最终重重地跌倒在地。

每个人，都有着属于他的宿命，只能恪守这轮回，一步步地走完，尝尽悲欢离合，尝尽生离死别。然而那跳出了轮回的妖呢？她的宿命是什么？她的未来又在哪里？

靖公主独自走在空荡荡的街上，夜风萧瑟，呼啸着卷起地面的落叶。路上的行人早就回到了温暖的家中，只有她一个人这般漫无目的地走着。

她不知道自己该往哪儿去，更不知道自己接下来要做的是什么，唯一能够感觉到的便只有冷，有如置身冰窖，让她瑟瑟发抖。她伸出手来，抱紧双肩，却仍然禁不住冻得颤抖。

那寂静的空巷竟然渐渐地失去了色彩，整个世界除了黑色、白色，便是灰色……这是怎么了？为什么连颜色都已经失去了？靖公主惊慌地四处张望，突然间感觉到自己是那样的孤立无援。

偶尔有人匆匆地路过自己的身边，她却完全看不懂那人的美丑与胖瘦。她所能感觉到的，只有那人的心脏在体内怦然跳动。"怦"、"怦"、"怦"，一下接着一下，是那么铿锵有力，那么生机蓬勃，那么令人向往。

这到底是怎么回事？

靖公主在心里一声声地问自己，难道这就是妖眼中的世界吗？没有欢乐，没有温暖，只有这笼罩于心的寂寞与无助，足以折磨得她近乎崩溃。

风吹起她那件轻薄的袍子，让她更加的冷了。

不远处，一个小小的药摊还未收起。庞郎正小心翼翼地将他那些瓶瓶罐罐包起，可就在这个时候，挂在庞郎腰间的寻妖瓶骤然亮起，吓了他一跳。庞郎急忙捉住那只寻妖瓶，又惊又疑地四处寻找，却看到一个纤瘦的女子正在踉跄着走来。

她将一头长发披散下来，被夜风吹起，丝丝缕缕纠缠于美丽的面容之上，竟是如此憔悴令人心怜。而她的衣裳却又是那样单薄，纵有美丽的繁花朵朵盛开，但未免显得荒凉幽冷。而她的目光却如此哀伤凄切，似乎丢失了什么，一路跌跌撞撞着寻找。

是她！

庞郎一眼就认出了这女子便是先前与靖公主一起策马来到白城的那个，更何况从雀儿的口中得知了不少她的故事，更是对她好奇得无以名状。庞郎曾多次央求雀儿替他引荐这位狐妖小唯，都遭到雀儿的拒绝，却不曾想今日就这样遇见了！

身为除妖师而罕见过妖的庞郎，自是兴奋不已，便兴冲冲地奔到靖公主的近前，深深地施了一礼，谦恭而兴奋地说道："你就是狐妖姐姐吧，早就听说您的大名！今日一见……"

庞郎的客套话说了一箩筐，公主却只是紧紧地盯着他的胸膛看。在那胸膛之下，藏着一颗鲜活跳动的心，那声声的跳动是一种致命的诱惑，强烈地刺激着她的渴望，让靖公主几乎难以自持，摇晃着步步后退。

"狐妖姐姐这么晚了，怎么还在街上？"庞郎说着，上前一步，欲扶住靖公主，然而就在他刚一临近之时，靖公主突然下意识地将手伸到庞郎的胸口。

这动作与雀儿初见自己时的动作如出一辙，庞郎当然明白这意味着什么！他吓得傻在那里，竟是连一动也不敢动了。

"狐……狐妖姐姐，你这是做什么……"庞郎连话都说得结巴，怯怯地看着靖公主，劝道："狐……不，小唯姐姐，你可千万莫要做傻事。我是除妖师，除妖师的心是掏不得的！"

他虽在那里说得如此热闹，靖公主却一个字都没有听进耳去，她无限渴望地盯着庞郎的胸口，五指如钩，用力地抓去。庞郎眼睁睁地看着自己的胸口像被挤压一样，整个向下凹去，靖公主的手竟然已经探了进去。

他惊恐地张大嘴巴，心里却暗叫一声不好。这位狐妖姐姐怎么二话不说就取自己的心？难道妖不是都像雀儿那样专捡坏人掏心？就在庞郎震惊之时，突然闻得靖公主痛叫一声，胸口的剧痛戛然而止，他看到这位狐妖姐姐迅速地抽回了手，手上像着火似的冒出阵阵烟来。

这个人是谁？

靖公主惊慌地瞪着庞郎，她那惨白得毫无血色的脸上充满了惊惧，手上的疼痛让她几乎晕厥。这个男人……为何如此可怕？她步步后退，继而转身便逃。

可是，要到哪里去？到哪里去呢？

靖公主慌乱地走着，手上的疼痛加剧了她身上的寒冷，那茫然无措的孤独之感如影随形。她只好站在那里，抱紧了自己的双肩四处张望着，只求能找到一个出口。

一个手提灯笼的小孩子挣脱母亲的手，好奇地跑到她的面前，仰起脸来，伸手，将一串冰糖葫芦举到她面前。靖公主微微一怔，她低下头，那天真无邪的脸却在她的眼前模糊，能够看到的只有那颗怦怦跳动的心脏，吸引着她、诱惑着她，让她迫不及待地想要伸手前去摘取。

"吃吧。"小孩子清脆的声音响在耳畔，让靖公主全身一震，这才意识到自己的手早已然伸了出去眼看就要碰到小孩子的心脏。

不……不！我在做什么，我在做什么！

靖公主哀鸣一声，用力地推开小孩子。小孩子跌倒在地上，灯笼轱辘滚出好远，烛火倏地熄灭了，小孩子也"哇"的大声哭了起来。孩子的母亲急忙奔跑过来，将孩子抱在怀里，一面哄着，一面抬眼去看靖公主。而这一看之下却被吓得脸色大变，急忙抱起孩子匆匆地奔向家门口。

　　在靖公主的手上、身上，都沾满了鲜血，即便是在夜里也依旧如此触目惊心。

　　然而此时的靖公主哪里还有心情去介意这些？她自是发疯般地奔跑着，慌不择路。直至躲进一座废弃的砖窑，窝在角落里，不停地打着寒战。

　　她的面孔开始出现了裂纹，这裂纹越来越大，甚至发出轻微的声响。靖公主害怕地伸出手来，想要努力遮掩。

　　"为保住这张皮，你要靠吃人心过日子。"小唯的声音又响在耳畔，"你必须四处飘荡，没人知道你是谁，你只能藏在这张皮下面……"

　　靖公主的身体颤抖得更加厉害，她用双手紧紧地捂住了脸，却依旧藏不住那已然斑驳的面容。

　　我做不到……我做不到啊……

　　她痛苦地闭上了眼睛。

　　直到胸口传来阵阵锥心的疼痛，庞郎才回过神来，看到他的狐妖姐姐早就跟跄着逃远，而他自己的衣裳却已然被抓破了，鲜血汩汩地从胸膛的伤口流下来，竟是那般恐怖。

　　他不禁"妈呀"大叫一声，险些跌坐在地上。好歹跌跌撞撞地来到自己的药摊上，庞郎手忙脚乱地翻出草药，忙不迭往自己的身上敷，疼得他咿咿呀呀呻吟个不停。

　　幸好他是个除妖师，幸好他的血在最后关头还能救上他一命！如若不然他定逃不出今日这场死劫。庞郎叹了口气，想到今天若是他的死期，明年的这个时候，连个能替他在坟上焚一炷香的人都没有，心里便更加的难过。

就在这个时候，一个人影突然凌空落下，呼啸着朝他扑过来。

庞郎被吓得脸色大变，一面叫着一面后退，几乎将桌案撞倒在地上。而当他看清了眼前的人，方才松了口气，勉强站住了。

"原来是你，"庞郎叹了口气，沮丧地说道，"我看到你的狐妖姐姐了，她差点要了我的命！我不想当妖了。太吓人了……"

"那不是我姐姐！"雀儿着急地上前一步，紧紧抓住庞郎，"那是公主！"

"啊？"庞郎惊讶地瞪着雀儿，一时没有明白雀儿在说什么。见庞郎不解，雀儿便急急地解释："小唯姐姐和公主换了皮，代公主去和亲了！公主把自己的心给了小唯姐姐，她已经变成了小唯，很快就会成为狐妖……"她说得太急了，以至于被自己呛了一下，咳嗽个不住。庞郎急忙伸出手来替她拍着后背，力道却震得雀儿更加难受，索性一把推开庞郎，急切地继续说道："天狼国和亲是假的，去送亲的人都被杀了！公主，不，我看着小唯姐姐被他们带到一个山谷里，她已经没了法术，肯定会没命了……"

只要一想到自己的小唯姐姐被天狼国人那样粗鲁的对待，雀儿心里就一阵难过。想她的小唯姐姐千年修为，虽不能呼风唤雨，但妖法强大，足可以笑傲人间。若是她无心人间风月，与自己一起游历山水，该是何等的惬意！只可惜小唯姐姐一直在追求那种被称为"爱"的东西，从五百年前被冻结在寒冰地狱便受尽了折磨苦楚，而今好不容易得偿所愿变身为人，却又遭天狼国人幽禁。上天是何等的不公！为何偏偏要故意为难于小唯姐姐！

雀儿垂下头，她是那般的心疼和难过，却不知应该如何表达。她不能像人一样流下眼泪，便注定不能像人一样将心中的压抑宣泄而出……可她该如何是好！

一只手放在她的肩膀之上，那只手温暖宽厚，传递出令她心安的力量。雀儿缓缓抬起头来，看到了庞郎正目光坚定地看着她。

"交给我。"他这样说着，全然没有了平素里的嬉皮笑脸和玩世不恭。雀儿扁了扁嘴，将头埋进了他温暖的怀中。

交给我吧……

庞郎在心里默默地说着，眉紧紧地皱在了一起。

在这个世界上，我们总会因为一些事，一个人而摒弃现在的自己，变成另外的样子。无论好坏，无论值与不值，只为了那个人。

然而此时，一直在霍心的心里沉甸甸地装着的那个人，却突然消失不见了。

当一个人一直背着枷锁跳舞，固然曾不止一次地有过想要不顾一切挣脱枷锁的念头，然而当他身上的枷锁突然间消失之时，他却感觉到怅然若失，不知道应该如何前行。

午夜梦回，只觉寂寞萦绕。霍心怔怔地看着天花板，却再也无法安心地躺下，索性站起身走向屋外。

他漫无目的地走着，赫然发现自己竟不知不觉地来到了靖公主的房间门口。但听得房间里"呼啦"一声响，似是有人将扇子推开，霍心急忙"砰"地推开房门，一股劲风吹得他的黑发飞扬起来。

——原来是风。

霍心苦笑了一下，举步走进房内。

这房间如此寂静，空荡荡，月光惨淡，从窗外冷冷地照进来，遍地红烛燃烬，只有烛泪尚存，似散落一地的悲伤，点点滴滴撩拨着霍心心底的哀伤。

反手将房间的门推上，霍心举步走进这房间之中。这里似乎还有淡淡的杜鹃花香没有散去。每一个角落都残存着靖公主的气息，仿佛她还未曾离去。

霍心慢慢地看着这房中的一切，那温泉的浴汤有如一泓湖水，被窗外的风吹出阵阵涟漪，一直戴在靖公主脸上的黄金面具浮在水中，旁边漂浮着小唯那色彩斑斓的紫色华裳。

墙上，还挂着靖公主的马鞭，这是当年霍心亲手为他编织而成的，上面似乎还沾着他手上的鲜血。她曾是片刻都不离身的！可眼下，却将它遗忘在了这里。

真的已经放下了吗？霍心喃喃地问着，不知道是在问靖公主，还是在问他自己。

而就在这马鞭的旁边，挂着小唯心爱的琵琶。轻风吹过，吹得那琴弦微动，似乎有生命般浅浅而唱。霍心的眉微微一动，望住了这柄琵琶，小唯——那个妖娆的女子曾抱着这把琵琶，将那曲离觞唱得如此哀怨，令人心碎。

这两个女子为何会一起出现，又为何会一起消失？

而在自己的生命里，她们又到底扮演着怎样的角色？霍心怔怔地望着这一切，心里泛上莫名的凄楚。他对不起靖儿，她曾一次次地对他表明心迹，他却迟迟不敢面对。即便是她赶在前往天狼国成亲之前找到自己，想要与自己远走高飞，他也未能表态。直到他得知事情的真相才翻然醒悟，可是却已经错过了与她相拥的最合适的契机。

而对于那个唤作小唯的女子，他也是感觉到愧疚的。明明知道她只是一个与他的人生毫不相干的女子，却为何因情欲所惑，将她看成靖儿的影子，与她一步步坠入欲海，情难自拔？

或许他已经走得太远，错过了最初，到如今怎么选却都是错的。

　　都是错的！

　　正在霍心沉浸在忧伤之时，门"咣当"一声打开，庞郎冲了进来，他急切地对霍心嚷："公主没走，她就是小唯，她们俩换了皮！"

　　"什么？"

　　霍心还尚且沉浸在那哀伤之中，全然没有听懂庞郎在说些什么。庞郎急得直冲过来，捉住霍心的衣襟用力地把他摇了一摇："你怎么还听不明白？我早就告诉过你，你的府里有妖！狐妖！那只狐妖不是别人，正是小唯！"

　　"小唯，是只狐妖？"霍心的眼中升起迷惑之意，庞郎自是点头，"难道你一点都没有发觉吗？在你身边时时相伴着你的'小唯'，其实就是靖公主！为了和你在一起，她和狐妖换了皮！"

　　什么？

　　霍心只觉一盆冷水自头顶直灌下来，让他彻头彻尾地清醒过来。

　　他忽地忆起，那一夜，他与"小唯"在那片月下的湖水中，她用短刀抵住自己的喉咙，咬牙怒道："我要替公主杀了你！"

　　是了，这句话，如何不是靖儿的风格？

　　仿佛穿过记忆的长廊，恍然回到了他最初与她相识的时候。

　　那时候的靖儿刁蛮任性，从不把任何人放在眼里。她的脾气火暴，有如男儿，甚至连皇上都颇为头痛。

　　她是皇上的第十四女，也是正宫皇后临终之前所留下的唯一一个孩子。因皇后娘娘与皇上恩爱数十载，却始终未能生育。皇上嘴上虽然不说，皇宫美貌的女子们却一个接一个地被册封为妃。直到别个后妃都接二连三地产下孩子，她的腹中却一点动静也没有。皇后娘娘便因此求遍了名医，焚香敬神又吃斋念佛地过了几年，也才孕育了靖公主这一个女儿。皇后无子，饶是与皇上千般恩爱，也终难逃被后宫妃子们觊觎皇后之位的命运。朝臣们在朝堂上力奏，催促皇上早日立得太子，皇上纵然一拖再拖，皇后娘娘却难以招架那群妃的冷嘲热讽，终是因此而抑郁成疾，身体的境况一年不如一年。就在靖公主十岁之时，皇后撒手人寰，香消玉殒，只留下靖公主一个人于这人情淡漠的皇宫之中独自生存。

她只气自己不是个男儿之身，未能让母后过上那母凭子贵、扬眉吐气的日子，便从此拿自己当成男儿，所行所举无不坚毅洒脱，欲与皇兄皇弟们一争高下。她这般骄傲的个性起初乃被皇上所欣赏，然而随着皇后娘娘的仙逝，靖公主便像是变了个人般，每日乱发脾气，甚至连皇上赏赐给她的胭脂水粉都扔在地上摔得粉碎，所有的裙裳都用剪刀绞碎，整夜泣不成声。

皇上既疼又怜，却毫无办法，只得由着靖公主的性子胡闹。

幸而，皇上逢上元佳节狩猎之时，遇到了坚毅稳妥的霍心。霍心乃是边关战将霍将军的遗子，年纪轻轻便因其出众的身手成为羽林侍卫，况且他的年龄与靖公主相仿，举手投足尽有先父霍大将军的遗风，身手更是了得。因体恤爱将之子，又心疼自己那孤独的女儿，皇上便下了一道圣旨，让霍心成为靖公主的近身侍卫。

而靖公主则对自己身边突然冒出来，并且时时刻刻都跟在自己身边的霍心十分抵触，她自是变着花样地捉弄于他，要么便想尽种种方法折腾这个少年。

面对靖公主的这些小手段，霍心只是淡淡一笑，尽可能地满足她的各种无理要求。不为别的，只因她与他一样，都是在这世上失去了最亲之人的孩子，只能靠自己来温暖自己。

然而霍心的平和却教靖公主非常厌恶，这个霍心每天吊儿郎当的，怎么看都不像是个有本事的。说不定与那些纨绔子弟一样，只靠些花言巧语和下三烂的手段挤进宫里来混银子的。更何况每每在自己熟睡之时，他都要坐在殿外，借着月光和长廊上挂着的宫灯削一块木头。夜风那么冷，地面那么凉，他却一点都不为所动，真是个怪胎！

靖公主趴在窗边，披着罩衫偷眼瞧他，少年霍心的侧脸在月光与灯光的照映下显露出坚毅的轮廓。她静静地看了一会儿，终是被他不厌其烦地削木头的动作弄烦，厌恶地瞪了他一眼，暗暗下定决心，一定要将这个讨厌的家伙赶出宫去。

她捉来丑陋无比的虫子，塞进霍心的衣领，霍心却连眼都不眨一下地把虫子拎出来，扔在地上用脚碾碎。她故意在他的必经之路上铺上陷阱与埋伏，然后藏在角落之中等着看他的好戏，然而让她意外的是，霍心竟轻轻松松地躲过了那些陷阱，那好整以暇的模样让她大为震惊。

而再见面之时，他依旧是云淡风轻的模样，根本不把她的恶作剧放在心上。恼羞成怒的靖公主命令侍卫攻击霍心，谁料只是一个十几岁的少年，竟轻而易举地将那几名侍卫打倒在地，疼痛呻吟着起不了身。

难道这个霍心真的铁打的，自己就拿他没有办法吗？

靖公主又惊又疑，霍心却递给了她一柄木剑，笑道："若你想学武功，我倒可以教你。"

教我武功？

靖公主惊讶地看递过来那柄木剑，看到上面一道道雕刻的痕迹尚且鲜明，这才猛然意识到这柄木剑岂不就是他天天坐在殿外所刻的那柄吗！原来竟是给自己的！

"来，攻击我。"霍心朝着靖公主伸开了双臂。

靖公主脸上的神情，他到现在还记得。那粉嫩得有如花蕊的脸庞先惊后喜，然后举着木剑向他刺来，他轻巧地躲过，轻轻一拨便将她推倒在地上。

靖公主摔得惨烈，毫无尊贵公主的风范，气得她哇哇大叫，跳起来对他拳打脚踢。一个小姑娘的攻击对于自幼便学习武功的武将之子而言，根本就像是棉花一样无力。霍心哈哈大笑着躲闪，气得靖公主又怒又急。她几番进攻，却连霍心的边儿都没有摸到，自是一把扔了木剑，蹲在地上哇哇大哭。

霍心一怔，他可没有想到这女儿家竟是这般无理取闹的，如何说哭就哭出来了？他兀自站在那儿，傻傻地挠了挠头，呆呆地说道："公……公主殿下，别哭了。霍心三岁之时起，父亲便已然教我走梅花桩了，你拳脚不敌我也是正常。"

谁料他这般说辞，倒更加让靖公主号啕，让他顿时乱了手脚。

"殿下，殿下莫哭，若要被旁人瞧见，反倒像是我欺负了殿下。"霍心见靖公主连收也收不住，急忙跑上前，蹲下身去安慰她。然而他刚刚蹲下，靖公主便突然将他推倒在地，纵身骑在他的身上，顺手抓起木剑横在他的颈前，脸上竟丝毫不带一滴眼泪，反而是自豪地笑道："怎么样？这叫兵不厌诈！"

"兵不厌诈？"霍心哭笑不得，"你这叫投机取巧、乘人之危好不好？"

靖公主气极，便要去打他，正待这个时候，忽闻得内侍太监的呼唤之声。靖公主举目，见太监急匆匆地跑到她的近前，喜气扬扬地向她行了一礼，道："公主殿下，皇上召您去华芙宫。"

"华芙宫？"靖公主怔了怔，狐疑地问，"那不是华妃的宫殿吗？我去哪里做什么？"

"回禀公主殿下，"太监笑着说道，"皇上已经下旨，封华妃娘娘为正宫皇后，择吉日封后大典。"

父皇……册封了别的女人为后？

靖公主像是被施了法，怔怔地定在那里。

"殿下，靖公主殿下，我们走吧。"太监说着，便上来欲扶她。然而靖公主却一把打开太监的手，愤然起身，怒道："母后才走了不到三年，便封别个女人为后，就是急也不致如此！"

说罢，扭头便跑。

"殿下，殿下！"太监惊恐地唤着，举步便要去追，可他哪里追得上靖公主？霍心缓缓地从地上站起，望着靖公主跑远的方向沉默着。

整整一天，都没有见到靖公主的人影儿。皇上派了诸多侍卫与太监在皇宫里寻找，却哪里都没有看到她的影子，直至夜里，那偌大的皇宫里还响彻着太监们呼唤靖公主的声音。

霍心静静地倚在大殿外的朱红柱子上，望着那已经渐渐沉下来的天色，寻找靖公主的宫人们手中所持的灯盏像是在暗夜里盛开的花，一朵一朵跳跃着迷离。

伤了心的孩子若再见不到光，恐怕就要迷路了。他站起身来，大步走向御花园。

他知道她在哪儿，就在那御花园的东边，有一处种植着杜鹃花的地方。那里盛开着成片的杜鹃花，高低错落，芬芳四溢，像是一片花海令人迷醉。

果然，就在其中的一片杜鹃花丛中，传来一阵阵轻声的抽泣之声。霍心伸出手来，拨开了那片杜鹃花丛，看到了抱紧双肩蜷缩在杜鹃花丛中哭泣的靖公主。

"你怎么……知道我在这儿？"靖公主伸手抹了把眼泪，见是霍心来，便显得有些窘迫。显然，她并不想让自己如此狼狈的一面展现在他的面前，却仍好奇他是如何找到自己的。

"我虽然只入宫不到一月，但是却经常看到你一个人只身前往御花园来，皇后娘娘她……最喜欢杜鹃花吧？"他问。

不过是轻描淡写的一句话，却让靖公主的泪再次流了下来。她将头埋在双膝之间，痛哭出声。霍心就这样静静地看着她，而靖公主直到哭够了，方才哽咽着说道："母后她……生前最爱的就是杜鹃花。父皇知她喜爱杜鹃花，便命人从异域引进了各种珍稀的杜鹃花种，令花匠在御花园中大片种植。每到杜鹃花开的时候，父皇便会带着我与母后一起到御花园里赏花。母后常常都会摘下杜鹃花别在我的发上，那时候我真是开心！可是为什么开心的事情都不能长久？母后的身体一日不如一日，大家都在说，是因为母后没有生出能够继承大统的嫡子，才会郁郁寡欢，以至于滋生心疾。从那时候起我便努力像个男儿，我以为只要我像个男儿，母后便觉欣慰，病也会好起来，谁知道……她竟还是走了！"

说着，她又抱紧了自己，哭个不住。

霍心的浓眉微蹙，却不知应该如何安慰她，只能静静地聆听。

"母后走的时候，父皇也一样难过得流泪。我记得他抱着我说过，他以后都不会再纳新妃，终身不会再封任何一个女人为后！可是……这还不到三年，新妃便早已然一个接一个地进宫，就连华妃，也被封了后……"靖公主难过地咬牙哭道。

霍心无奈地转头，看向这片杜鹃花海，月光皎洁，怜惜地将清辉倾洒。那杜鹃花沐浴在月光之中，轻轻摇曳着，像是一位慈母在爱怜地看着这对璧人。

"殿下，若你再哭，就闻不到这风中的杜鹃花香了。"霍心轻轻地说道。

如此轻描淡写的一句话，竟让靖公主的心中一颤，她抬起头来，泪眼婆娑地望着霍心，看着他那张英俊的脸在夜色中显露出坚毅的轮廓，那双黑亮的眼眸有如年轻的骏马，如此温和，却又如此灼亮。

"可是……"靖公主哽咽着,扬起满是泪痕的脸,难过地对霍心说,"母后走了,就再没有人给我摘杜鹃花了……"

　　霍心的唇微微地扬了扬,他伸出手来,摘下一朵芬芳的杜鹃花,轻轻别在靖公主的发上。

　　暖意从他的指间温柔地传递过来,靖公主的眼再次因泪水而模糊。

　　"如果皇后娘娘在天有灵,最希望看到的还是殿下的笑脸。"霍心微笑着对她说,"殿下放心,霍心会为殿下去摘这世上最美的花,只要殿下经常笑,天上的皇后娘娘也会笑的。"

　　靖公主怔怔地看着霍心,顺从地任由霍心替她擦干了脸上的泪水。

　　从那以后,靖公主便渐渐地恢复了往日的快乐。

　　霍心教她习武,教她骑马,教她狩猎,两个人几乎形影不离,快乐相伴。

　　他果真会替她去摘最美丽的花,只要她喜欢,便是湖底那最为美丽多彩的鹅卵石,他都愿潜下去替她寻来。

　　不知道从什么时候起,靖公主开始不再厌恶那些胭脂水粉,也不再喝令宫人把那些精美的衣裳丢出去了。相反,她经常都会穿上美丽的衣裙,盘上精巧的发辫,脸上的笑容越来越多,连皇上都为之欢喜不已,重重地奖赏了霍心。

　　而靖公主的武功也日益精进,那柄木剑显然已经不能够再成为她的武器了,于是龙颜大悦的皇上便允许靖公主从西域进贡而来的诸多精良武器中寻得她喜爱的。而她,却选了一柄短刀,送与了霍心。

　　"霍心,我允许你用这柄短刀保护我,希望你遵守你的誓言,保护我一生一世!"她用明亮的眼睛望着他,少女的娇羞情窦初开,脸颊红得有如映着朝霞的初雪。这份不必言传的默契自然传递到了霍心的心中,他的心怦怦直跳,自是郑重其事地接了过来,朝着她重重地点头。

她和他之间，慢慢地更增加了一种微妙的关联，一种更为亲密的依赖。他把她送给自己的短刀时时带在身上，即便是夜晚入睡那短暂的不能相伴的时间里，也会感觉她就在自己的身边。

他的誓言就留在那柄短刀之上，那是一生一世的许诺，谁也不能背弃，不能背弃！

"霍心，你说，爱一个人，为何会这般三心二意呢？"一天，靖公主突然问霍心。

霍心想了想，又摇了摇头，道："在霍心看来，恋人就像是手中的兵器，一生只有一个，岂能常常更换？不过霍心终究是草莽之士，不懂风月，想必自己所想所愿也未见得就是常理。"

"反正，若我爱的人，若不能只深爱我一个人，我宁愿亲手杀了他！"靖公主的眼似燃着火焰，明亮而耀眼。

是了，她正是一团火，耀眼、明亮、骄傲而炽热。而自卑如他，纵是如此贪恋着她的温暖光芒，却也只能这样卑微的仰望，何曾敢去拥有！

而靖公主想要的爱情，也正如那火焰般，炙热地足以让两个人都熊熊燃烧。在她的世界里，从来就没有云淡风轻，即便是想要云淡风轻，也要燃烬成灰才能成烟消散。

正如那日她狠狠地痛打自己，愤怒的话语至今还清晰地响在霍心的耳畔："我叫你不识真假！我叫你人妖不分！"

痛楚还隐隐传来，却不是来自身体，而是藏在身体深处的那颗心。

"我看你喜欢的是小唯姑娘，我走了，就把她赏赐给你吧……"怪不得，怪不得她可以走得这样义无反顾而毫不留情，却原来……她早已然留在自己的身边，只是换了另外的一种形式！为了自己，她付出了所有的一切，甚至连她的血肉之躯都可以舍弃！

霍心只觉头顶有阵阵惊雷在轰轰作响，让他摇晃着，连站都不稳。

"殿下还说……请将军把我当做是她！"

怪不得！怪不得！

怪不得"小唯"在看着自己时，眸光如此深情，怪不得自己在拥着"小唯"的时候，感受到的尽是靖儿那淡淡的清香和温情。

原来果真是她！

见霍心如此失神，庞郎便更加急了，他跺脚道："靖公主的心在狐妖身上，一过日食之刻，妖即转生成人，那颗心就要不回来了！公主一旦吃下人心，她就永远变成妖了！"

永远变成妖！

霍心的身体猛地一震，目光如炬，烁烁看向庞郎。

是了，他已经让她吃那么多的苦，怎么能让她坠入那无尽的苦海！

他想也不想地转身便要离开。

"等等！"庞郎一把揪住霍心，把怀中的寻妖瓶塞到他的手中，"带着这个，瓶子发光的时候，就是她的所在！"

霍心低头看了一眼这只古朴的瓶子，也不道谢，而是有如一股劲风般奔出房间。霍心跨上靖公主的白马，手中紧紧地握着寻妖瓶，朝着校尉府庭外奔去。

"但愿……还来得及。"庞郎望着霍心的背影，无奈地叹息。

就在靖公主藏身的那个破旧的砖窑之中，燃着微弱的篝火。那篝火已然快要熄灭，却还在不甘地燃烧着几簇跳跃的火苗，似乎在渴望着风的救赎。那微弱的篝火隐隐照得砖窑的角落里所藏的一具乞丐尸体，他裹着破烂的席子，破旧的衣衫几乎不能遮体，然而鲜血却从他的身上流下来，染红了地面。

就在这具尸体的旁边，蹲着一个浑身瑟瑟发抖的女人。她的头发已然全部变白，披散下来几乎遮住了脸。她的脸像是斑驳的树皮般裂开一道道深深的缝隙，她的目光涣散，紧紧地盯着自己的双手，就在那双手中，捧着一颗鲜血淋淋的人心。

"每逢下雪的时候，我都在刀柄上镶一枚宝石，工匠说，要是再多一颗，就镶不下了！"她的语速很快，无比癫狂地说着，反反复复，不知道在说给什么人听。突然，她全身一震，表情极为认真地，一字一句地说："今晚的风是杜鹃花香！你……闻到了吗？"

没有人回答她，但是她的唇角却神经质地动了动，重新低下头来去看那颗人心。就在刚才，它还在鲜活地跳动着，捧在手上有种说不出的怪异之感。可是这一眨眼的工夫，它就死气沉沉地躺在自己的手中了，就像刚才的那个人一样，明明是那么剧烈的挣扎，到底还是静静地躺在那儿不动了。

人心，人心！

她必须吃了它，必须吃。

她小心翼翼地凑近，却被那股刺鼻的血腥味呛得恶心不已，然而那颗心却又像是有魔力般，吸引着她，声声催促着她快点吃下去。

日食越来越近，靖公主身上的感知已然慢慢地消失，妖的本性常常冒出头来，声声诱惑着她。于是她纵然迟疑，却也只能强忍着这股恶心的冲动，把那颗心慢慢送到嘴边。

就在她要咬下去的时候，突然有人一把将那颗心打落在地上。

"殿下不能吃！"熟悉的声音突然响在耳畔，有如一记春雷，让她浑身一震。

真的是他吗？

他会……到这里来吗？会不会又是自己的错觉？

她缓缓地抬起头来，看到了那张俊美的脸。那张脸上带着震惊与痛苦的表情，一双炽热的黑眸难以置信地盯着自己。

霍心……真的是他！

她的第一个反应便是伸手遮住了自己的脸，喃喃地说："你走开，走开！我不是你的殿下，你认错人了！"

她惊慌失措地捉住自己的袖子，挡住自己那张破败的容颜，一把抓起被打落的人心，躲到更深的暗处。她的眼中闪着近乎狂热的眸光，疯癫地念着："我不是殿下，我不是。我不是你的殿下，不是的。你走吧，你走开吧。"

霍心的一颗心已然痛到无以复加，那自责与愧疚的情感有如洪水般汹涌撞击着他的胸膛，让他几乎快要爆裂开来。

霍心紧紧地咬住牙关，才强忍住那欲汹涌流下的泪水。他轻轻地俯下身来，单膝跪地，悲伤而又热切地望着她。

"靖儿，我知道你就是靖儿。那天在湖边拒绝了你之后，我每时每刻都在恨自己。如果那时候我们一起走，你就不会遭受现在的痛苦！"

他有些说不下去了，只得停下来深深地吸气，以平息那心头难以控制的情绪。直到他再次平静下来，方才继续对她说道："靖儿，我十四岁被选入羽林，成为你的近身侍卫。第一次在猎场上见到你一身戎装的样子——我就梦想着能一生一世陪在你的身旁。"

她从来就不知道的，自己其实早就先她一步爱上了她。

父亲战死沙场，霍心自幼便背负着成为一个优秀男儿的责任，年纪轻轻便成为了羽林侍卫。当他第一年参加皇城围猎，于那猎场看到了唯一一名身着戎装出场的靖公主之时，即留下了遮抹不掉的印象。

她不像其他的公主那样，藏身在马车里，只敢悄悄地挑起车帘好奇地往外张望。而是端坐在马上，自信而骄傲地俯瞰一切。她是那样的洒脱快乐，就连笑声也有如银铃般清脆悦耳。她的眼睛如此明亮，有如天上最明亮的星辰，她的脸庞就像是向阳花，散发着有如阳光般明朗的光芒，如此鲜活、如此炽热地照着他，让他再也移不开自己的视线。

他从来都不知道，女孩子也可以笑得如此爽朗，说话也可以不必拘泥着礼教的束缚的。靖公主，像是一股清新的风迎面吹来，让他颇感好奇。而她却是那样的快乐，她有着那样显赫的地位，又有着如此疼爱她的父亲与母亲，这是年幼便失去了双亲的霍心最为羡慕的。他一直悄悄地看她，看着她的坚强和自信，看着她的快乐和洒脱。直到噩耗传来，皇后娘娘去世，那个原本活泼率真的她便像突然间变了个人般，整日沉浸在悲伤之中，就此性情大变，从一个人见人爱的可爱公主，变成令皇宫上上下下为之头痛的顽劣之女。

那一刻，他才突然明白，原来这世上从来就不存在最为坚强之人。只不过那个能够保护她的人在，她才会这般恣意妄为，笑得无忧无虑。而今那个能够时时为她提供保护和依靠的人离开了，她的缺陷，她的痛苦，她的迷茫自然无处可依，如何能不变成这样？

他从来都没有告诉过她，是他跪倒在皇上的面前，求皇上赐给他保护她的这个机会。他想要成为她最坚实的依靠，才会让她再次恢复到从前无忧无虑的快乐模样。只要她能够常常笑着，他便已然满足，哪怕是让他付出生命的代价，都在所不惜。

他以性命作保，并且发誓永远都不会让靖公主知道自己爱着她，方才求来了在她身边陪伴的机会。他比她更加清楚，身为皇族的公主，最后要嫁的人，绝对不会是一个小小的侍卫。但是他无悔，只要她幸福，他又有何介怀的呢？却不曾想几年之后，竟违背了自己的誓言，让她几乎丧失性命。正如十几年之后，他不曾想到，原来要做到她嫁给别人也不介怀，是件多么不容易的事情。

霍心啊霍心，你……可真是块木头！

然而这块木头终于醒悟，不愿再让她受到伤害了，可还来得及吗？

靖公主悲伤地摇头："我已经不是那个靖儿了，现在我是个丑陋的妖怪。"她是多么难过，多么伤心，可是无论她如何悲伤，眼中却始终没有泪流出。她只能听得到自己的皮肤一声声龟裂的声响，时时提醒着她早已然无法再回到过去了。

"当初我就应该对你说，你是最美的。"霍心望着她，如此深情。这是她追逐了整整八年的回答，更是他深深地埋藏在心底八年的回答。

然而他终于毫无保留地说了出来，她……却早已然不再如从前那般执著而欣喜了。

传说每逢日食之刻，昼夜不分，阴阳颠倒，一片混沌，是为起死回生、人妖互变的唯一时刻。妖若想转生成人，必须有人自愿把心献给妖，待过了日食之后，妖即为人，人即为妖，再也变不回来。

而今距天亮已然没有几个时辰了，靖公主的意识早就出现了间歇性的恍惚。她望着手中的那颗人心，喃喃地说道："等我吃了这颗心，就会有美丽的容貌……我不再是公主，从今以后，我们可以天天在一起。"

她其实知道的，这么多年以来，他迟迟不敢面对她的情感，其实还有一个原因就是她那贵为公主的身份。君臣有别，他只是一个侍卫，一个边关的校尉，父皇是不会将自己这个维护他皇权稳定的工具随意嫁给身份地位如此卑微的霍心的。残酷的现实是她和他相守的阻力，残缺不全的容貌更是她一直耿耿于怀的痛苦。但是而今横在她和他中间的问题都可以迎刃而解了，只要她成了妖，她便拥有了一个美得足以令人窒息的脸，也不再拥有那显赫的地位。

他和她，就可以永远地相守，不离不弃了！

"不！你不能吃！"霍心急切地说，"我们一起去要回你的心！"

"我的心？"靖公主惨笑，"可你爱的是这张皮！"

这句话说得霍心的心中大痛，他自知自己先前的所为定是对她造成了难以磨灭的伤害。然而这傻丫头却不知道，在很多时候，她痛，他要比她多百倍千倍的痛！

　　"我中了狐妖的法术，我的心里都是你，眼睛却被这张皮所媚惑。"霍心说着，懊悔地垂下头去。

　　"美貌人人都爱，你没有错。"可叹这个外刚内柔的女子，即便在这一刻，仍为他开解心结。她那已然破碎的脸庞上露出一抹温和的笑意，淡淡地说道，"等我吃了这颗心，我们一起去看杜鹃花。"

　　说着，便又要去吃那颗心。

　　靖公主的话字字句句都有如锋利的刀子，狠狠剜在霍心那最柔软的心头，疼得他快要窒息。他断然喝住靖公主："靖儿！是我的眼睛害了你！"说着，他从怀中抽出那柄黄金短刀，拔刀出鞘，抵在自己的脸颊之上。

　　"我再见到这张皮一千次，可能还会一千次地被它媚惑！"话音刚落，霍心便举起黄金短刀，划向自己的双眼。他的动作迅速而坚定，让黑暗中的靖公主"啊"地惊叫出声，身体却僵硬得连动也动弹不得。

　　她亲眼看到，一抹弧形的妖影从霍心的身上升腾而起，化成一缕黑烟在霍心的眼前飘散。

　　一直以来萦绕在心头那抹令他迷惑的感觉陡然消失，霍心竟感觉到从来没有过的轻松。他笑了，笑得如此明朗："现在，美貌对我已经没有任何意义了。靖儿，你不需要吃人心了！"

　　鲜血从他的脸颊之上滴滴滑落，有如无声的血泪倾泻而下，而他却笑得如此开心！真是个……傻瓜！

　　靖公主手里的人心滚落在地，此时的她尽管早已没有半分力气，却仍艰难地奔向霍心，将他紧紧地拥在怀中。

"靖儿，我看见了你的笑脸！"霍心感受着这熟悉的气息和这紧紧的拥抱，脸上洋溢出无比幸福的笑容，"我看见你一身戎装的样子！你是天下最美的女人，永远都是！"

别说了，别说了！

靖公主紧紧地抱着霍心，失声痛哭。纵然她已然没有了眼泪，纵然她已然没有了那颗心，但是她却仍然感受到了这份悲喜交加的情感，感受到了那满满溢出心头的温暖和甜蜜。

"我们应该高兴，从今天起，你还是原来的你，我还是原来的我，一生一世我都会陪伴你身边！"霍心深情地说着，反手拥住了靖公主的手臂。

一生一世的誓言，从来就不是儿戏。他从看到她的第一眼起就决定了的，无论此生如何风雨飘摇，无论今世几多坎坷，他都会陪着她一路走下去！

"靖儿，你可知道，我为何来到白城戍边？"霍心微笑着问她。靖公主迷茫地摇头，霍心便笑着说道："我来这儿，一方面想要将这最为凶险的天狼国边境守护好，另一方面，是因为白城之边，有大片的杜鹃花海。你可知道，白城之人将杜鹃花称为格桑花儿，那可是勇士之花，幸福之花。靖儿，等我们寻回了你的心，我带你去看格桑花儿，可好？"

靖公主重重地点头，她将霍心抱得更紧了。

"从今天起，我们再也不会分开了！"她喃喃地说，他郑重地点头。

熹微的曙光透过厚厚的云层，照在墙上，黑暗即将过去，天……快要亮了……

四周一片静谧，静得足以令人怀疑时间是否也在静止之中。

不远处传来一阵阵狼嚎，声音凄厉而哀伤。

这是一个四周陡峭的山涧中心，锋利的岩石形成一个天然的幽禁之狱。四周有人头骨为底座、束着雄鹿之首的火把之台，只是那台上并未燃起火焰，使得整个山谷寂静而阴森。粗重的铁链从陡峭的岩石上垂下，将一个全部由人骨构成的祭台紧紧围绕。

小唯正被紧紧地缚在那用人骨搭建而成的祭台上，她还穿着那件火红的嫁衣，长长的裙摆无力地垂下，似是对眼前的一切哀伤的叹息。那黄金面具尚且挂在脸上，冰冷无比。举目，看到几缕曙光透过浓重的云层洒下，照得周围的景致朦胧却令人惊悚。

可叹她好不容易挣脱了为妖的宿命，却到底还是要被命运所累，还未来得及绽放便要枯萎。静静地回想自己这可悲的经历，竟没有一个是足以让她欢欣的回忆。

千年前，她初识修炼之法，眼见着同族的狐妖们一个个变成美丽的女子或俊美的男人，辗转于人间，向她谈起那人间的旖旎风月和繁华鼎盛的热闹，心里顿生无限向往。那时的她一心想要修成妖，化为人形，去人间历游一番，也去尝试一下那潇洒快乐的日子。谁想她带着期待与好奇来到人间，却误入一桩他人的因果之中。她以为那种想要得到却得不到的痛苦是一种相思，她以为她只要以她的美貌便可令那个人倾心地放弃所有追随于她。可是她错了，即便是她笑颜如花，将那张皮绘得如此精美绝伦，终还是敌不过他与妻子相濡以沫的平凡眷恋。

于是，她便以色相诱，让他步步沉沦，逼他的妻子放弃对他的眷恋，让所有人都误会他的妻子是妖，险些让那女人丧命。以为或许这样，他就会忘了妻子而留在她的身边。然而她又错了，她纵然美丽妖媚，他纵然怦然心动，却仍然不会忘记他的妻子。他放下一切寻那女人而去，甚至在最后的一刻愿意代那女人去死。

到底什么是爱？她真的不明白，只知道每一次的选择都是错的，而只有他们，不论怨恨猜疑还是彼此憎恶，到头来还是会将这一切都化为烟，消逝在彼此凝神的目光之中。

后来，她便以为爱是成全，便倾其所有只为他与她能够永远相伴。然而到头来当她在寒冰地狱忍受那痛苦煎熬之时，那种寂寞和孤独却告诉她，所做的一切皆是那般的可笑。

长长的寂寞漫无边际，寒冰的冻结之苦让她几乎想要立刻消失在这世间。如果不是那只彩雀的到来，或许她远没有煎熬下去的勇气，更不可能熬过这备受折磨的五百个年头。其实她最想要的只是一个人，能够一直陪在她的身边，不论她是一只妖，还是一个人，不论她有着美丽的容貌，还是丑陋得令天下人都厌恶。只要有一个人陪着她，听落花吹雨，看细水长流，就已然足够，足够了……

可事到如今，她失去的已然太多，又到底得到了什么？

除了而今在她体内鲜活跳动的那颗心之外，她真的什么也没有了……

胸腔里传来一阵阵铿锵有力的心跳，是那么真实的存在，小唯轻轻地闭上眼睛，入迷地听着，听着。那涂着朱红胭脂的唇微微地扬了起来。

天狼国的王庭大帐此时正被一片烟雾缭绕，那是神圣仪式即将开始的筹备。大巫师那冷漠而阴森的脸上一反常态地显露出笑容，他恭敬地向天狼女王递上一只华丽的人头骨碗。这只人头骨碗通体都被黄金浇铸，上面密密麻麻地嵌满了名贵的宝石，其奢华程度远远超过天狼女王的酒杯。天狼女王谦恭而虔诚地接过来，伸出手腕，一刀割开。鲜红的血液立刻流淌下来，一滴滴落进那头骨碗中。她欣喜地看着那慢慢涨满的鲜血，脸上丝毫没有痛苦，反而洋溢着幸福的笑容。

天就要亮了……天狼女王在心中默默地念着，我儿阿竺兰就要醒来了！

一轮火红的太阳就在众人的期待之下喷薄而出，晨曦驱走黑暗，将万道霞光洒向人间。温暖的光辉从"先灵谷"口射进深处，照耀着一切。

祭祀们已经开始焚香，袅袅升起的烟雾笼罩在天狼国的上空，让这诡异之地更加的阴森。

太阳已经升起来了，日食即将开始，若过了这日食之刻，小唯即将成为真正的靖公主，成为一个真正的人了！

被紧紧地束缚在祭台中央的小唯抬起头来望着那火红的骄阳，身体尚且残存的"妖灵"与"人心"正在相互吸引，像是水与火般不断地碰撞、排斥，却又紧紧纠缠，让她的全身都在瑟瑟地发抖，表情时喜时怒，时而快乐，时而狰狞，痛苦之至。

她又听见自己体内那活力四射的心脏正在跳动了，那心跳声强而有力，提醒着她还拥有生命，即便它即将消失。

是她的错觉吗？她似乎……听到了远处的马蹄声响，那马蹄声如此急促，像是要阻止一场生死和离别。错觉，一定是她的错觉。小唯苦涩地笑了，这个世界上，原本便没有在意她的生或者死的人，她由始至终，都是一个人啊……

只是那隆隆的马蹄声，却为何越来越响，越来越近呢？

就在距天狼国不远的白城，霍心已然与靖公主一起骑上白马，冲出白城城门。霍心的眼睛上系着一条黑布，遮住了他那早已看不见的双眼。靖公主紧紧地拥着他结实的背，纵然她脸上的面庞逐渐支离破碎，纵然身上的寒冷正在慢慢地将她的力气夺走，可是从这结实而挺拔的身体上传来的炽热却让她如此心安。她和他终于在一起了！不用徘徊不用相互猜度，更不用独自哀伤。他的心，她终于懂了。

庞郎和赵敢紧紧跟随在霍心左右，化为彩雀的雀儿飞在最前面引路。

庞郎抬起头看向天空，那轮骄阳已经升得越来越高，火红的温暖光芒逐渐被炽热的金芒所代替，刺得人睁不开眼睛。

日食快要开始了！

大巫师此时已经换上了他的祭祀长袍。他的项上戴满了狼头骨链，那是一串串狼骨连接而成的项链，象征着至高无上的权力与地位，是历代巫师与天狼神之间达成契约的信物，只在祭祀之时才能佩戴。

在天狼国，第一代的巫师乃是部落首领最为亲信的长者。

那时候整个北方大地都被战乱所困扰，诸多小国为了吞并对方而不惜以整国人为祭，发动战争，一时之间大地满目疮痍，尸横遍野，血流成河。

这片土地上所有的动物和植物都被逃亡的人们当成了食物，啃噬得一干二净。恐慌笼罩在人们的心头，足以让人泯灭了心中的良知与信仰，变成邪恶的妖魔！

没有经历过战乱的人，恐怕不能体会到那种茫然与惊恐。死亡时时都会降临，身边最亲的人眨眼间就会变成一具冰冷的尸体。永远不知道接下来会遇上什么人，那迎面走过来的，不知是敌人还是盟友，那突然从阴暗角落里蹦出来的扑向自己的是热切的拥抱还是锋利的匕首。所有人都对未来感觉到了绝望，死亡成为了唯一的信仰，他们开始自相残杀，开始像野兽般吞噬敌人的血肉，只为了能够活下来。

直到一个部落的长者走出来，他是部落里唯一的医者，更是唯一一位可以通灵的智者。他用他的鲜血召唤来了天上的魔神，与那位魔神签订了契约。魔神将自己强大的力量通过这位长者在世间彰显，并且愿意赐予这些残存的人以它的庇佑，让他们得以生存下去。而代价是这位魔神将成为这些人的信仰，每年三次用鲜血和生灵来祭祀于它。而这位长者历代的子孙，都要把灵魂献给这位魔神，以成为族人们与魔神之间沟通的媒介。

长者别无选择，他的眼睛里看到的是一地的断臂残肢，和几乎变成死亡地狱的大地。那片大地早就被鲜血染红，妇女们紧紧拥抱着尚且残留了一丝气息的孩童，目光惊恐而充满哀求。那些精壮的汉子们早已然瘦得皮包骨头，他们没有一个人不是伤痕累累，连脸上的斗志都渐渐丧失。整片大地早已然看不到睿智的长者，他们带着他们的智慧横尸荒野，连本该享有的崇敬都彻底泯灭。文明已经遗失，信任与忠诚再难觅影踪。生命便更加的渺小，有如一根草屑，随时会被飓风卷走。

天空乌云密布，闪电在乌云中隐隐闪耀——很快，一场巨大的暴风雨就要袭击这里，为那些活着的人再降一次死亡的劫难！

长者沉默着，同意了魔神的要求，他跪倒在地，恭敬地献上了他的灵魂。而魔神则如约授予了他强大的力量，让乌云化为阳光万缕，给予了那些活着的可怜人以生活下去的勇气。

这位魔神，就是天狼神。它把项上所佩戴的一串狼骨项链戴在了长者的颈上，拿走了他的灵魂。这位长者历代的子孙，便都成为了天狼国身份显赫的大巫师。他们有着出众的智慧，有着强大的力量，有着最为忠诚之心，也有着对天狼神与生俱来的虔诚。只是……他们每一个人的脸上都没有表情，除了对首领和整个天狼国的忠诚，他们再没有其他的情感。他们只会因天狼国的欢喜而欢喜，因天狼国的愤怒而愤怒，所有的人欲该有的一切，他都失去了。

大巫师用人头骨里的鲜血在自己的脸上画下神秘的符咒，那苍白的脸与鲜红的血相衬，如此恐怖，令人害怕。梵文咒语从他冷漠的唇里念出，一声声一句句都带着神秘的力量，让整个"先灵谷"的气氛变得越来越紧张，越来越压抑。

大巫师的弟子们恭敬地举着黄金钵盂替天狼王子清洗身体，并且擦拭水分。他们的脸上亦绘着种种怪异的符咒，黑色的皮革长袍让他们的表情更加阴森。

天狼国王庭大帐外面一片狼藉。

三天三夜的狂饮，让已然沉浸在失去王子悲痛里的天狼国人突然间放松下来。珍藏的好酒全部被搬出了帐篷，甚至连天狼女王都拿出了好酒赏赐大家。他们围着篝火欢呼着、舞蹈着、沸腾着，把酒言欢，庆祝了三天三夜。三天过去，所有人都醉倒在地。那些天狼国的首领和士兵们早就把兵器丢在了一边，横七竖八地醉卧一地，嘴里还喃喃有声。满地都是已然喝空了的酒坛和被兴奋之余摔碎的酒碗。空气中还弥漫着浓烈的酒香，迟迟未散。

天狼女王缓步走出了王庭大帐，她的面色因失血过多而苍白无比，手臂上的伤口虽然被包扎起来，却依旧渗出血丝，可即便是这样，她的脸上也仍然充满了幸福的期待。她抬起头来仰望着天空，仿佛可以窥见天狼神正在云端向她露出微笑。

伟大的天狼神啊，请你，把我的儿子带回来吧！

天狼女王虔诚地跪倒在地，双手放在胸前，无声地祈祷。

"咚！咚！咚！"一个天狼鼓手敲响了巨大的木鼓，空旷的祭坛中发出了阵阵轰鸣。那浓重的雾徐徐上升至半空，形成无形的囚笼，将一切都笼罩在其中。

大巫师用兽毛毛笔蘸着镶金头骨中的鲜血，在天狼王子尸体的脸上、身上写着符咒。那符咒有如有生命般，伸展着诡异的线条，似奔跑又似舒张，紧紧地贴合着天狼王子的皮肤。大巫师写了一遍又一遍，那符咒密密麻麻，越写越多，鼓点也越来越快、越来越急。天狼王子的脸上、身上，渐渐地被鲜血所覆盖，有如一个散发着血腥气息的剥皮血人。

他在等待，等待着他宿命里注定要纠缠不清的女子，将她的心奉献给他。

他早就说过的，这天下就没有他驯服不了的东西。烈马也是，女人也是。

母亲说过，他是带着天狼神的利爪出生的，注定要让所有的生灵都跪倒在他的脚下。他从小就没有征服不了的野兽，没有攀不上去的高峰，没有得不到的东西。那所有伤到了他皮肉的野兽和敌人都要付出生命的代价，这世上就没有谁能与他争锋！

就连这个小小的女子也是，她拿了他的心，自然也是要还回来的。

随着那声声梵文咒语的念诵，这满是鲜血的脸庞上似乎露出了一抹阴冷的笑容。

那些鹿角火台燃起了熊熊的火焰，像是野狼那噙满了血的火红的眼，贪婪地盯着祭台上鲜活的生命。

大巫师的弟子们围绕在那祭坛之边，在这熊熊的火焰下跳起了疯狂的舞蹈。他们的长发疯狂地摆动，肢体摇摆成怪异的姿势，仿佛在进行一场通灵的对话。那空洞的树干制成的木鼓被天狼鼓手敲得响亮，那阵阵的轰鸣之声震耳欲聋，节奏快得足以令人为之心悸目眩。

他们在祈祷着，他们在乞求着，让那轮骄阳快些被天狼神的神力遮挡，以便他们的王子重返人间。

这是献给亡者的舞蹈，这是献给生者的咏叹，更是献给天狼神的祭祀。阵阵鼓点，越来越急促，生命之舞亦越来越疾。

阳光，似乎被遮挡住了，不再似先前那般耀眼。小唯看向天空，见到那炽热的骄阳已经开始出现了阴影。

既是开始，也是结束。

她突然笑了，笑得如此凄凉，如此淡泊。她早已然看透了生死和轮回，既然她已经穿过了那长长的寒冷寂寞，还有什么是她放不下的？

朱唇轻启，那哀伤的歌便婉转唱起："昔我往矣，杨柳依依，今我来思，雨雪霏霏……"

"知我者，谓我心忧，不知我者，谓我何求……"

这寂寞的歌声萦绕在天狼国，如此凄绝，让已然到达了"先灵谷"的霍心和靖公主一听便知小唯定然在此处！

"先灵谷"口用削成尖头的木桩围成墙面，锋利地向外以抵御随时可能被发起的攻击。然而霍心率先策马奔进，那木栅被顷刻间撞飞。

守护在谷口的天狼国守卫万万没有想到会有人在这个当口闯进来，立刻举起武器朝着霍心等人围攻过来。他们的脸上带着狰狞的表情，身上的盔甲闪着铁青的光芒，手中武器呼啸而至。

靖公主一把扯断颈上的珠链，一颗颗向那些天狼守卫掷去。

那一颗颗珠子跳跃着，击在天狼守卫的盔甲上，发出"当当"的声响，霍心虽然眼睛已然看不见，但他侧耳倾听，很快便分辨出方向。他抽出羽箭，拉满弓弦将箭射出。那一支支羽箭呼啸着射向天狼守卫，箭箭没有虚发。

他的出手如此诡异而有准备，每个动作都仿佛获得了一种神奇的力量，速度亦快得惊人。白马嘶鸣着，向前急速地飞奔，他就这样一路杀过去，前前后后，左左右右的天狼守卫都被他出神入化的箭羽射倒在地，猝不及防，惨叫之声不绝于耳。

有越来越多的天狼守军蜂拥而至，然而霍心却根本无心纠缠，他已然突破了谷口的防线，正策马朝着那"先灵谷"深处飞奔。

赵敢只身挡在了那些天狼国守军之前，一横手中的大刀，哈哈大笑："天狼孙子们，看爷爷陪你们过招！"

说着，便大喝一声，杀入重围。

霍心只载着靖公主一齐朝着山谷深处奔去，可叹的是庞郎既没有坐骑，又不能像雀儿那般飞翔。刚才赵敢为了抵挡天狼国的追兵，早就一把将他推下马去。这会儿看着霍心和靖公主骑在马上向前飞奔，自是急得团团直转，可两条腿的终敌不过四条腿的，他怎么跑也终究追赶不上霍心的宝马良驹。

雀儿见状，便无奈地叹了一声，飞到庞郎的面前，化成半人半鸟之状，用脚爪抓住庞郎，振翅带他飞起来。

这可是庞郎头一回感受这种飞翔的感觉，他惊骇地瞪大了双眼，看着脚下的一切，几乎要叫出声来。而雀儿则无心理会于他，急切地飞向峡谷。

霍心和靖公主策马紧随其后，一并冲进了峡谷。

这里的地势十分险峻，仿佛是大地裂开了一道深深的沟壑，两旁的峭壁笔直成峰，风声呼啸着盘旋，像是一只野兽发出阵阵咆哮与低吼，警告着这些入侵者的来临。

"天地悠悠，我心纠纠，此生绵绵，再无他求……"

他们又听到了小唯的歌声，如此悲伤如此无助。雀儿的心紧紧地纠在了一起，她比谁都更加焦急。

在这个世界上，她早就没有了任何的亲人。五百年前，她痛失父母，待她最好的那个人也早就化为了白骨，便是想要找也遍寻不着。唯一对她好的，唯一会对她笑的，唯一对她说说话的，就只有小唯姐姐了。

在没有小唯姐姐陪伴的那段日子里，雀儿是那么孤独，那么寂寞，曾一度嗟叹着如果自己不做妖就好了。哪怕是身为鸟雀只有短短的几年可活，总有伙伴可以依靠，不像现在，她似鸟非鸟，似人非人，连个能懂她的人都没有。

可是即便如此，她还是庆幸自己是妖，修成人形，能与自己想见之人说上几句话儿。纵然她不过是个不入流的小妖，连《妖典》上都未能记载，但每当她以人形与庞郎一起欢笑一起打闹之时，便会由衷地感激小唯姐姐带她修炼成妖。

可是，她的小唯姐姐竟如此可怜！她从来都没有露出过幸福的笑容，也从来没有看到她快乐的样子。从五百年前遇到她的那时起，她的脸上就一直挂着哀伤与忧愁。雀儿也是从那时开始，方才懂得什么叫做悲伤的，在此之前从来没有人把这缕情愫放在她的心里。她一直以为能吃到香脆香脆的虫子，能在暖阳阳的太阳下面睡觉，这世上便再无可烦恼之事。然而她竟错了，原来成为妖之后，是要面对那么多悲欢离合的。

或许小唯姐姐已经承受得太多，才会变得这样不快乐，雀儿不懂她心里装着的那些忧伤。她只希望小唯姐姐过得快乐，只要她快乐就好。眼下小唯姐姐虽然得到了她想要的那颗心，却陷入了一场阴谋，处境如此凶险。

雀儿绝不会允许任何人伤害她的小唯姐姐！她已经承受得够多了，谁要是敢再欺负小唯姐姐，雀儿一定要把他碎尸万段不可！

"求之不得，弃之不舍，来世他生，无尽无休……"

小唯的歌声夹在那阵阵的鼓点之中，竟是那么的清晰。峡谷中，白马依旧拼尽全力飞奔。天狼国士兵发疯般地涌上来，企图阻止这些入侵的中原人。他们像是攀缘而上的野狼，从崖顶跳下来，大吼着扑向霍心。

在山谷盘旋的风将他们从空中落下的声响放大，传递到霍心的耳中，霍心举起手中的弓箭，准确地将他们射杀。那些天狼国的士兵们一个个扑下，又一个个"扑通"倒地，竟是连挣扎的力气都没有。

霍心的身上溅满了鲜血，他像是一尊沐浴着血雨的杀戮之神，看不见，也不必看，只以手中的弓箭便可将那些天狼国士兵的性命结束。一时之间，地上倒下数具天狼国士兵的尸体，惹得其他的天狼国士兵无不怒目而视，朝着霍心发出愤怒的吼叫。

靖公主紧紧地拥着霍心，她的力气已经在慢慢地消失，即便是这样的拥抱也在消耗她的力量。刚才，她还能协助霍心去抵御天狼国守卫的攻击，可是现在，她只能这样依靠在霍心的背上，任他催马疾驰，再无力协助于他。

"我困了。"靖公主的声音微弱，连呼出的气都带着淡淡的白霜。

"你不能睡！"霍心急切地说，"睡着了就再也醒不过来了！"他的心因靖公主的话而高高地悬起，他和她好不容易走到了今天，好不容易盼到了可以相依相偎的日子，他怎么能就让她如此离开自己的身边！

"我不行了……"每说一句话，靖公主的力气都要消失一分，日食已经开始了，她却没有食用人心。既不能成妖，又失去了自己的血肉之躯，她的生命眼看就要走到了极限，靖公主比谁都清楚自己的处境。"你去救小唯……把她当做我。"

她说着，轻轻地倒在了霍心的身上。她已然无怨无悔了，真的。她已经得到了他的人，他的心，那执著了八年的问题也终于有了答案。原来他的心一直在自己的身上，从来都没有离开过，更没有改变过。那些莽撞而幼稚的伤害让她想起，也仍觉想要笑出声来。其实，只要能在生命里的最后一刻有他相伴，对于靖公主而言便已经是最大的满足了。她的唇边挂着淡淡的笑意，在霍心那温暖熟悉的气息里渐渐地感觉到放松。

"你不能睡！"霍心急切地呼唤着靖公主，他想要伸出手来抱住靖公主的手臂，却怎奈那些天狼国的追兵们紧追不舍，且呼啸来袭，只能不停地射出羽箭。

"我闻见了杜鹃花香……"靖公主淡淡地笑着，轻声说道。

"靖儿……"霍心的喉中一阵哽咽。

要我如何是好呢？我的爱人！我放下这弓箭便不能保护你，我拿起这弓箭便不能拥抱你……为什么我们总是不能在最合适的时候相拥？如果可以选择，我真的愿不惜代价来换取你我永远不再错过。

靖儿……

"知我者，谓我心忧，不知我者，谓我何求……"

在小唯的歌声中，大巫师缓缓抬起头来，他满是鲜血符咒的脸上，充满了虔诚，眼睛里却带着异乎寻常的狂热。那即将到来的换心仪式多么令人心潮澎湃！伟大的天狼神就要降临，用它伟岸的身体将阳光遮挡，用它巨大的血口将太阳一口吞下。这是多么震慑人心的力量！这普天之下，只有伟大的天狼神才会拥有这么强大的力量，岂有魔神能敌！

他的口中念诵着咒语，阳光随着这越来越急促的咒语而越来越暗淡，乌云漫布天空，太阳一点点地被黑暗侵蚀。大巫师的脸上露出点欣然笑意，他深深地知道，那是天狼神在向他传达它的意志——时间到了！

大巫师站起身来，他的手上拿着一柄锋利的人骨弯刀，一步步走向被束缚在人骨祭台上的小唯。

鬼手。

小唯的心念微动，情不自禁地望了大巫师手上的弯刀一眼。虽然她而今已然拥有了这人的血肉之躯，但是却依旧可以感受得到从那柄弯刀上传来的阵阵暴戾嗜血的邪恶之气。这柄刀的刀把，乃是一个人手骨的形状，虽铸有生铁，却未有半分锈意，反而是显露出骨骼的纹路来。而且那只手纤细妩媚，乃是女子之手的形态，被大巫师这般握着，有如女子亲昵地握住情人的手，那骨骼虽似妩媚，实则却早已然深深嵌进皮肉，贪婪地吸取着鲜血的气息。这弯刀的刀柄也很诡异，那弧度并不似寻常之刀，反而更像是人的腿骨。刀刃固然锋利，却似与刀身并不是一体，而是重新镶嵌而成。

传说，这是一个被债主逼得走投无路走火入魔的铁匠，他剃下了妻子的右手，制成刀把，又剃下儿子的肋骨制成刀刃，并且砍下了自己的左小腿制成刀身。经千锤百炼之后方炼得这柄锋利无比，而又诡异恐怖的弯刀，为它取名"鬼手"。他把弯刀送给债主抵债，却不料那债主一夜之间疯掉，将一家十五口人斩尽杀绝。

后来，"鬼手"也曾辗转在多人手中，却都无一例外地被诱使着将自己的全家残害至死。从此，这柄"鬼手"便于人间消失，再没有人看到它出现在这世上。

却不曾想，这柄鬼手却流落到天狼国这等阴暗之地来。想必，也是寻着这血的气息，一路辗转而来吧……而今，这等邪物却要来结束自己的生命了……

小唯淡淡地笑了笑。想她修行千年，每日靠食用人心过活，早就看淡了那所谓的正与邪。佛说，世间万物无我相人相众生相寿者相，可仍有那么多的人口口声声声讨妖食人挖心的残忍，转头却可将那些生灵万物烹食成餐？昔日我取人心以食，今日你取我心以助他人，倒也算得上是同道中人。

小唯静静地闭上了眼睛，微笑如花，歌声悠扬。

可叹的是这凄美的歌声却无法打动这个早已然将灵魂献给天狼神的大巫师，他面无表情地将弯刀对准小唯的心脏狠狠地扎进去。

很快，便要结束了……小唯在心里这样告诉自己。

可就在这时候，一道雀影突然间从天而降。那正是雀儿有如离弦的箭一般飞过来，狠狠地啄向大巫师的手。

纵然是没有了喜怒哀乐和人间的七情六欲，但大巫师疼痛的反应却还没有失去，他惊叫一声，下意识地松开了手，却见那柄"鬼手"已然掉落在地。他急忙要去捡，雀儿却在眨眼之间变为人形，将那两邪恶的弯刀紧紧踩在脚下，怒目圆睁着怒视着巫师。

雀儿？

小唯惊讶地睁开了眼睛，看到雀儿正脚踩着那柄"鬼手"弯刀，与大巫师对峙。

这个傻丫头……她怎么会到这儿来？难道她不知道这里的凶险吗？小唯刚要张口，便听得雀儿那清脆宛若鸟鸣的声音响了起来。

"你这个不要脸的秃头！就算你涂了张鬼脸也吓唬不了姑奶奶我！"雀儿啐了大巫师一口，气呼呼地说道，"告诉你，想要欺负我小唯姐姐，就得先过我这关！"

小唯微微地怔了一怔，旋即眼中溢出了点点的热泪。

这个……傻丫头啊！总是这样冲动，什么时候才能学会稳妥的行事？

而大巫师在看到突然化为人形的雀儿之时，却哈哈大笑，他用干枯而苍白的手指着雀儿："不过是一只小妖而已，难道要挑战天狼神的魔力？"

"我管你是什么天狼神天狗神，谁想欺负小唯姐姐，我就要了他的命！"雀儿说着，纵身举拳袭向大巫师。

大巫师急忙后退，他黑色的袍子就像是在暗夜里飞翔的蝙蝠，那黑色的兽皮之条飞扬，苍白的手带着呼呼的凌厉之风席卷雀儿周围的空气，激起一道道旋风将雀儿笼罩其中。

雀儿好歹也有五百年的修为，怎会让他占了上风？自是闪过那道道劲风，击向大巫师，她救人心切，出手既快又狠，招招逼向大巫师的要害之处。然而大巫师虽然只是血肉之躯，在身手上却完全不逊于为妖的雀儿。他的黑袍翻飞，轻而易举地将雀儿击得连连后退。

"你就这么点本事吗？"大巫师冷冷地笑，"我眨眼之间便可将你捏碎，你可相信？"

"放屁！"雀儿一气之下，也顾不得那粗鲁的谈吐，招式越发的凌厉。

小唯在一旁将这一切看得真切，自然知道雀儿远不是大巫师的对手，如果长此以往下去，雀儿定然是要吃亏的。这可如何是好！

正在这个时候，突然闻得一声骏马长鸣，一匹白骑有如闪电般呼啸而至。那飞跃的情形有如她在山谷第一次遇上靖公主的时候，她穿着男子的战甲，身上的铁甲散发着金属特有的光泽。那时候自己就在马腹之下仰望着她，她一身戎装，脸庞清秀而坚毅，她的眼睛有如天上的寒星闪耀，她的气质有如清高的雪莲骄傲地开放。可谁曾想在这般冷若冰霜的外表之下竟藏着那样一个火热而赤诚的心脏，有着那样一颗忠贞不渝而又善良体贴的温柔之心！

若不是她，自己又如何能够感受得到这成为人的幸福与快乐？

小唯怔怔地看着那匹白马，当马儿落地，她方才看到骑在马上的，乃是一身铠甲的霍心和早已然奄奄一息的靖公主。

是他们？

他们来了？

小唯惊讶地望着这骑在白马上的两个人，他们紧紧地依偎着。霍心的眼前蒙着黑布，脸颊上尚有血迹未干。而他紧紧地握着手中的弓箭，羽箭搭弦上，紧张地聆听着周围的声响。

他的眼睛怎么了？难道，他看不见了吗？

就在小唯惊讶之时，正在祭坛边鼓打木鼓的天狼国鼓手停下了敲击木鼓，他怒喝着，挥舞手中那硕大的鼓槌，以迅雷不及掩耳之势重重地砸向霍心的白马。

白马想要逃，却没有逃开，它被狠狠地砸重，痛苦地嘶鸣着，轰然倒地。霍心与靖公主被摔落在地上，激起一阵尘土。

"靖儿，你没事吧？"霍心伸手摸索着，想要找到心爱的女人。可是他却没有得到一丝回应，靖公主无声地倒在地上，白色的长发铺散在地上，那美丽的衣裙也有如一朵哀伤的花，绽放在身体周围。

可叹的是霍心看不到这些，他正在地上摸索着寻找靖公主之时，忽闻得耳畔传来一阵厉风，一股寒意攻向自己。

"小心！"明明是小唯，却发出了靖公主的声音，让霍心的心中猛地一疼。他迅速地就地一滚，躲过了天狼鼓手的重击，然后抽出腰中的黄金短刀，照着那股劲风的方向狠狠刺去。那柄黄金短刀深深地刺进了鼓手的胸膛，他惨叫着倒地，肥硕的身体让整个地面都为之震了一震。

鲜血洒在霍心的脸上，温热而黏腥，直让他几欲作呕。霍心抹了把脸上的鲜血，再次伸出手去摸索，寻找着靖公主。

小唯就这样静静地看着他，仿佛一下子陷入到对过去的回忆之中。

五百年前，那个与他有着极为相像脸庞的男人，也是这样寻找着他的妻子的。

他用他低沉的声音温柔地呼唤着那女子的名，声声都是眷恋与爱慕。那个相貌才情都远不及自己的女子，却能蒙得他那样优秀俊美的男子垂青，小唯真的不明白这到底是为了什么。难道这人世间的爱情真的不能为妖所知吗？

五百年了，她还是读不懂，读不懂！

霍心的手，终于摸到了靖公主，他将她抱在身上，摸索着，一步步走向祭坛。尽管双眼被黑布遮挡，但脸上的杀气汹涌，仿佛让周围的空气都冻结成充满了压迫之感的冰冷，就像是死亡的魔神，一步步接近。那些大巫师的女弟子们，被霍心身上那沸腾的杀气所震慑，吓得步步后退，直至四下逃散。

阴风顿起，吹得人几乎睁不开眼睛。天色越来越暗了，太阳被黑暗侵蚀已然过半，且不论是那换心的仪式，还是人妖互换的身心，都已然不能再作耽搁。

大巫师已然对雀儿彻底不耐烦，他低吼着，向雀儿发起了猛烈的攻击。雀儿被逼得步步后退，自是忘记了脚下所踩的"鬼手"弯刀，大巫师迅速弯身将弯刀拾起，猛地朝着雀儿刺去。那柄邪恶之刀有如鬼魅，张牙舞爪地扑向雀儿，恨不能一口咬住雀儿，狠狠啃噬。雀儿与大巫师缠斗半天，早已然有了疲惫之意，又遇这种邪气横生的"鬼手"弯刀袭击，眼看就要有不敌之势。就在这时，庞郎忽然大叫着冲上来，拦腰紧紧抱住大巫师。

"雀儿，雀儿快救小唯姑娘！"庞郎向雀儿大喊。他自知没有学过什么武功，也并非是大巫师的对手，但至少可以以他的血肉之躯做个肉盾，替雀儿争取一些时间。

雀儿见状，便急忙奔向祭坛。

换心仪式眼看就要成功，尊贵的王子即将重回人间，就连天狼神也如约将太阳吞噬，岂能让这些平凡之徒阻拦？大巫师愤怒地挣扎，却怎奈庞郎抱得他太紧，根本无法挣脱。大巫师一怒之下，举起"鬼手"弯刀，朝着庞郎狠狠刺去。那弯刀如此锋利，有如电光火石般刺伤了庞郎的前胸，庞郎惊叫一声，急忙松开了大巫师。他的胸前流出了汩汩的鲜血，这可是货真价实的自己的血！他紧紧地捂着伤口，步步后退。

那锋利的刀刃见了鲜血，竟发出阵阵得意的鬼啸，那似女人厉声的哀叫与孩童的哭泣之声震得人两耳嗡嗡作响。庞郎只觉脑中似有千万个人在呼喊挣扎，仿佛要从他的头脑里挣脱般，让他痛苦不已地闭上眼睛，捂住脑袋呻吟。

"别被鬼刀迷了心智，快些睁开眼睛！"雀儿惊叫着，便急忙飞奔而来。大巫师冷冷地笑着，他那阴冷的面容与低低的冷笑之声恍若与"鬼手"弯刀里发出的鬼啸之声浑然一体，令人惊恐。他举起弯刀，朝着庞郎再次刺下去。

"庞郎小心！"雀儿纵身扑在庞郎的身前，那柄沾了庞郎鲜血的"鬼手"弯刀毫不留情地刺进了雀儿的体内。

好痛!

雀儿的身体猛地一震,感觉到自己的身体正被一股炽热的火焰熊熊地焚烧。为什么会有这么痛的感觉?

"雀儿!"当自己的身体被一个柔软馨香的怀抱抱住,庞郎这才意识到发生了什么。他眼见着雀儿的脸上流露出痛苦的神色,便恍然大悟,忙抱住雀儿,急切地说道:"雀儿,他的刀上沾了我的血,是会伤到你的!"

然而庞郎的手接触到雀儿,却让她更加发出更加凄切的哀鸣。她一把推开庞郎,被庞郎摸到的手臂上冒出阵阵烟雾,若被毒药侵蚀一般深深地融入她的体内,让她痛苦不堪。

"啊……怎么会这样?"庞郎愣住了,直到他低头看向自己的手,才赫然发现,原来是他的手上也沾满了自己的血。正是他的血,正是他的血伤了雀儿!

"不!雀儿,我不是故意……"庞郎惊皇失措地说着,又欲奔向雀儿,却怎奈自己的血对雀儿来说乃是最大的伤害,让他不敢靠前。

庞郎急得不知如何是好,却在这时,那大巫师举起"鬼手"弯刀,朝着雀儿重重地劈了下来。

"不要!不要伤害她!"庞郎大叫一声,早已忘记了自己身上所受的伤,更忘记了自己的血乃是对雀儿最大的伤。他飞扑向雀儿,雀儿却被大巫师的弯刀刺中,她的妖灵从她身上道道伤口中喷涌而出,宛若一片片破碎的水晶碎片,在这似明非明,似暗非暗的诡异天色中缓缓上升,盛开一只彩雀的灵体,在山谷上空盘旋几圈,终是哀伤地飞走。

"雀儿,雀儿!"庞郎痛苦地跪倒在地,向天空大声地呼唤。他的声音是那么的悲伤,那么的绝望,可是回应他的,却只有阵阵的阴风,和慢慢变暗的天空。

为什么，为什么会是这样？

为什么我明明想要保护于你，却只能带给你伤害？

为什么上天是那样的不公平！他既创造了妖，又为何偏偏要造出除妖师来取他们的性命？他既让除妖师与妖誓不两立，永远像猫与老鼠那般追杀到底，却又为何让除妖师爱上美丽的妖？

庞郎的泪，一滴滴流下，与胸前的鲜血混合在一起。

他真的很想问一问伏羲，当初在以他的血肉捏合除妖师的时候，为什么不把除妖师的心也一起拿走！没有了心，便不会有爱，没有了爱，岂不是更加可以若武器一般将天下的妖都斩尽杀绝！

除妖师，除妖师，他们替人间铲除妖孽，到头来，又有谁会问一问他们的心！问一问他们的心里可曾有过痛苦不舍，问一问他们的心里可曾有过泪水！

"雀儿，雀儿！"庞郎向天空大声地呐喊，那淤积在胸口的痛，他承受不了，承受不了！

冷风吹得更加肆虐，太阳已经只剩下若月牙般的小半个，一切都被黑暗笼罩，唯有那燃烧的火焰无力地跳跃着，似一双双无助的眼，绝望地看向天空。

霍心抱着藏身在小唯那张破败不堪皮囊之下的靖公主，一步步艰难地走上祭坛。

突然，他的耳朵微微地动了动。他听到一声凄厉的鬼啸，似是带着对于鲜血的渴望，呼啸着扑向一个方向。紧接着，便响起了庞郎的惊呼。

是庞郎！

霍心急忙将靖公主轻轻放在地上，寻着那声音而去，一把将庞郎推开。

大巫师的弯刀眼看就要砍中霍心，霍心迅速抽出了腰中的长剑，奋力迎上。但见火花四溅，金属碰撞的尖锐声响令人耳膜震动，头疼欲裂。

想霍心纵横沙场数年，浑身上下尽是戾气与杀气，他乃武将出身，力气武功自然远在大巫师之上。况且那长剑乃是跟随他征战沙场的贴身之物，曾取了无数敌人的首级，斩杀了无数暴戾之人的性命。那柄长剑虽然寒光凛凛，实际上却饮血无数，那剑气杀机腾腾，有如凶神睥睨众生，让那"鬼手"弯刀顷刻间发出阵阵哀鸣，竟发出了阵阵的颤抖。

大巫师被霍心这一剑震得双臂发麻，自然知道不可力取，便收刀纵身后退。他那干枯而苍白的手突然间高高举起，在那手中突然凭空升腾起熊熊的火焰，照亮了他那阴冷而满是鲜血符咒的脸。他的手猛地一挥，火焰立刻攀上了霍心手中的长剑，剑身霎时被那火焰烧灼得通红，眨眼断成两截。大巫师趁此机会，飞起一脚，将霍心踢翻在地。

霍心早已然看不见了，他只觉自己的长剑上陡然炽热无比，又突然间断截落地，便知必是大巫师做了什么手脚。然而还来不及作些反应，便被大巫师踢倒在地。只觉胸口一阵翻涌，血气上涌，幸而他紧紧咬住牙关，才没有吐出鲜血。

庞郎眼睁睁地看到霍心吃了亏，急得四下环顾。他的目光立刻被身边那由人骨支撑而起的火盆吸引，索性扑过去，一把抄起那人骨之架，朝着大巫师挥过去。火盆之中的木炭正燃烧得炽热，火星四溅，火焰喷涌，直扑向大巫师的背后。然而那火焰却在碰到大巫师的身体之时骤然熄灭，木炭纷纷掉落，残存的火星也逐渐地熄灭了。

你这只卑微的小虫子，竟然也想要挑战天狼神的魔力吗？

大巫师的眉高高地挑起，他冷冷地看着庞郎，一步步朝着他走过来。庞郎没想到大巫师竟然有这么强大的力量，竟然连火焰也像被他吃进身体里似的，全部熄灭了。他慌张地后退着，抓起身边各种能够被他抓到的东西全部朝着大巫师扔过去。谁想大巫师只抬手便将那些东西全部打落在地。

可怜可悲的中原人，正是你们这些丝毫不懂得尊敬伟大的天狼神的愚昧，才让你们像软弱的羔羊，只能丧身在巨狼锋利的牙齿之下！

只愿天狼神怜悯于你，让你死得痛快！

大巫师举起了手中的"鬼手"弯刀，眼睛里杀机顿现。

庞郎急速后退，赫然看到身边的靖公主正被一股寒冰之气笼罩。她周围的地面已经蒙上了一层白霜，将那遍地的鲜血与天狼人的尸体都冻得僵硬无比。这寒冰肆无忌惮地攀上靖公主的身体，将她一点点地冻结成冰。那层层的冰雪包围着她，让那张破碎的容颜更加的苍白。

"是寒冰地狱！"被束缚在人骨祭坛上的小唯惊叫，虽然她此时已然拥有了血肉之躯，不用惧怕寒冰地狱将她冻结。但是已然深受了五百年寒冰折磨之苦的她，只要一见这股可怕的力量便情不自禁地瑟瑟发抖。

庞郎的心中一动。

他自是听雀儿讲过寒冰地狱的事情，知道寒冰地狱乃是用来锁住触犯妖界规矩的九重地狱之一。若是妖被幽禁在那里，便是你有千年修为也终是逃脱不了。所幸的是，小唯借助了雀儿的力量从寒冰地狱里逃脱，但那缕寒冰诅咒会一直追随于妖的灵体，一旦捕捉到妖的气息便会追踪而至，将妖体冻结。

既是这样……

庞郎低下头看了眼腰中所系的那串寻妖瓶，就在这串寻妖瓶里，有一只藏着"九霄美狐"的断尾之瓶正在散发着灼亮的光芒。

"九霄美狐"，乃是狐狸中最具灵性最具美感的一种，所谓"九霄"实则有九条尾巴、九条性命、九个心窍之意。这种狐狸需要苦苦修炼千年方能成妖，它们虽然最具灵性，但却没有属于自己的形体，若想要化为人形，只能画得一张人皮，披在身上。"九霄美狐"天生媚态，举手投足自有一股风流诱惑，倾倒众生，甚至有着强大的妖法足以迷惑人的心智。它们对音律有着格外特殊的天分，几乎每一只"九霄美狐"都精通音律，擅长歌曲，可谓上天的恩赐。只是世间万物生生不息，相生相克，"九霄美狐"虽然有着这么多天资，却只为那张人皮而累。它们需要每日食用人心来保证这张皮不会破碎苍老，一旦停止食用人心，它们那张美丽的皮囊便会裂成千片万片，再难修复。而且，每一只"九霄美狐"毕生只能拥有一张皮，若他们失去了这张皮，便将永远沦为没有形体的妖灵，整日游荡在混沌的天地之间，上天不得，入地不能，永远永远被排除在轮回之外，成为寂寞孤独的野妖。

庞郎手中的这只寻妖瓶，便是其祖先亲手斩断了一只残害人性命的"九霄美狐"之尾，放入寻妖瓶中的，每每遇到它的同类，那寻妖瓶便会闪闪发光，看似提醒除妖师同类的存在，其实是在哀伤地呼唤，呼唤着它的同类将它救出这幽禁了它千百年的牢笼。

而小唯的真身，便是这"九霄美狐"。所以她即便如此想要挣扎出这宿命的轮回，也终是无奈；即便她如何厌恶食用人心，也只得强忍着吞噬。除此之外，她又能如何？

这世上的每一个种类生灵都带着残杀另一种族的使命降临人间。若没有鸟雀，那么虫豸即将横行；若没有虎豹，那么羊和鹿即将把绿草全部啃噬而尽……妖为了活下去，只得不停地屠杀人的性命，而除妖师为了证明其存在，也不会放过任何一只哪怕从来不肯伤及善人性命的妖。

你追我逐，你死我活，这便是这个世界的定律。

正如这只寻妖瓶中"九霄美狐"的断尾，在感应到自己同类之时便一直散发出荧荧的绿光，似声声的呼唤，又似悲伤的呼号，怎奈撞不破这被除妖师结了结界的寻妖瓶，不能与同伴相逢。

既是这样，让你为你的同类尽一份心意也好！庞郎一把扯下藏有"九霄美狐"的断尾之瓶，然后猛地掷向大巫师。

大巫师已经对庞郎这个只会抱头鼠窜的家伙彻底感觉到鄙夷了，刚才庞郎的血将雀儿的妖体伤得体无完肤，他自然暗暗一惊，以为庞郎有着某种特殊的体质，藏着不为人知的力量。可是现在看起来，他也不过如此。除了他的血可以伤到那些不值一提的小妖，没有半分值得称道的地方。

眼见着庞郎所掷的寻妖瓶就在砸到大巫师，他突然抬手，将那寻妖瓶一把接住，用力地一捏，寻妖瓶顿时破碎成片，纷纷掉落在地。而那截断尾则被大巫师紧紧地握在手中，还在散发着淡淡的银色光芒。

这是什么？

大巫师看向自己的手，他的手心传来的毛茸之感，十分的别扭。然而一看之下则让他更加的不屑——他还以为庞郎会在这紧要关头掷过来能够救他性命的东西，没想到却是装了半截尾巴的破瓶子！真是太过小儿伎俩，令人鄙夷！

然而说时迟那时快，在这"九霄美狐"的断尾之中突然间窜出一股寒气。这股寒气似有生命般呼啸而出，将大巫师的手紧紧缠住。大巫师心下一惊，急忙欲将那截断尾甩掉。可叹那寒冰地狱之气岂是那般容易挣脱的？寒气顷刻间锁住了大巫师的手臂，将大巫师的手与断尾一起冻结成冰。

似是一只冰冻之兽好不容易吸取到了妖气，迫不及待地张开血盆大口啃噬，发出"咔嚓咔嚓"的结冰声响。霍心的耳朵微动，很敏锐地察觉到了大巫师的不安与焦躁。大巫师正狂怒地甩动着自己的手臂，企图摆脱寒冰地狱的纠缠，然而他甩动的愈剧烈，寒冰冻结的速度也就越快。霍心的手摸向腰间，一把抽出黄金短刀，寻着那阵阵的结冰之声大力砍去。

大巫师的全部注意力均在自己的手臂上，他不明白这到底是什么妖法，竟然可以与自己那天狼神赐予的魔力相匹敌。他自从父亲去世之后便担任天狼国大巫师之职，在死神的帮助下斩杀了一个又一个的敌人，甚至连千军万马都可覆没在自己的巫术之下。但这半截尾巴又是什么？难道是这个中原人的妖术吗？

就在他又怒又惊之际，只觉一道劲风直袭向自己，正欲躲闪，霍心的刀便已然到了。寒光一现之间，那被冻结成冰的手臂被齐齐斩断，砰然落在地上，摔得粉碎。

大巫师痛苦地哀叫，他的血早已经化为寒冰，半滴都没有留下，可是那锥心的痛苦却让他发疯发狂。这不仅仅是他这至高无上的天狼国大巫师的耻辱，更是天狼神的耻辱，是整个天狼国的耻辱！他怎么能够忍受，怎么能够忍受！

天狼神似乎是感应到了它忠心仆人的痛苦，咆哮着卷起阵阵飓风，加大了吞噬太阳的速度，让天空几乎遍布黑暗，让邪恶笼罩世间。

大巫师疯狂地举起弯刀，狂乱地砍向霍心。他从来就没有败过，从来就没有！天狼神不允许他失败，天狼国不允许他失败，整个天狼国的臣民们不允许他失败！谁挫伤了他的骄傲，谁就要付出生命的代价！那颗充满了罪恶的头颅，他要亲手割下来。沿着眉骨开始一刀切下，削去他的皮肉与头发，剜出他的眼睛，掏空他的脑髓，让熔化的黄金与他的鲜血混合在一起，溶成最为昂贵的黄金之器。他要寻来无数的宝石，就镶嵌在他那空洞的眼窝之处——他要他永远无法进入到生命的轮回，生生世世做他的奴隶、做他的酒具！

只有这样，才能平息天狼神的怒火，才能让整个天狼国的臣民们向他发出由衷的赞美。可恶的中原人，我要让你为你的卑劣行径付出代价！

就在大巫师痛苦疯狂地追杀霍心之际，天边突然间出现无数的鸟雀。它们有如流动的黑云，遮天蔽日地冲过来，黑压压一片，速度快得令人惊骇。

大巫师又惊又疑，而那些鸟雀却均发出愤怒的鸣叫，直朝着他俯冲下来。

是妖！

大巫师急忙挥动手中的"鬼手"弯刀，朝着那些鸟雀疯狂地砍去。飞在最前面的几只被刀锋所伤，哀鸣着掉落在地，然而一批鸟雀倒地，又有另一批鸟雀怒叫着冲过来，它们有的被大巫师的弯刀所伤，有的旋身躲开，狠狠地啄向大巫师的身体，一时之间鲜血四溅，黑羽翻飞，宛若一场残忍的死亡之舞。

越来越多的鸟雀飞来，将大巫师团团包围在其中，有如一场黑色的龙卷风盘旋着、鸣叫着，其间夹杂着大巫师的怒吼和惨叫，声音却越来越微弱了。

那远在王庭大帐之外，跪地祈祷的天狼国女王突然浑身一颤，一股不祥之感将她紧紧地笼罩其中，让她的身体都微微地颤抖起来。

所有天狼国的巫术，都是要依靠着鲜血与灵魂来维系的——只因天狼国的第一位大巫师，那位睿智而仁慈的长者，是用他的鲜血召唤出了天狼魔神，而用他的灵魂来与天狼魔神达成契约之故。所以每一次巫术的施行，都要以生人的鲜血为祭，方可进行。

而这鲜血却又是极为重要的纽带，联系着施巫术的每一个人的生死之机。有如同一棵树上的叶子，一荣皆荣，一损皆损。

天狼女王与其子天狼王子，原本便是有着极为浓郁的血缘关系，一脉相承，血浓于水。她痛失爱子，那白发人送黑发人的痛苦早已然将她折磨得不成样子。她不能没有儿子，正如整个天狼国不能没有继承王座的优秀王者。她好不容易倾尽全力培养出了如此优秀而杰出的儿子，原以为他会带着天狼国的臣民们走向更加辉煌的未来，得到更加富饶的生活，却万万没有想到他却因年轻气盛而非要前往中原寻找对手，途中被妖魔剜去心脏。

一个鲜活的生命就这样消失，一个优秀的勇士就这样倒下，一个完全可能成为最为卓越的王者继承之人就这样闭上了他的眼睛……这让深深爱着他的母亲怎么能够释然！

她不甘，她不甘！

她乞求大巫师与天狼神相救，赐他儿子阿竺兰重回人间。但这必须要有活人的心，和母亲的血才能够将这场古老的仪式顺利完成。只要天狼神愿意眷顾于她，将她的儿子重新归还于她，她便早已然感激不尽。不要说是她的血，就连她的命都可以舍弃。

她毫不犹豫地为天狼神贡献了她的鲜血，她知道，她的血将作为换心仪式的关键之匙，成为让她的儿子重新回到她面前的纽带。于是她自仪式开始之初便跪在地上祈祷，天狼神像是有所感知般，慈祥地抚摸着她的额头，让她感觉到欣喜而心安。可是从刚才开始，她的心便似是被忐忑和不安紧紧地揪住般，越来越担心，越来越害怕。到底是什么让周围的空气出现了混乱，让她的心里这样担忧？难道是阿竺兰那边发生了什么吗？

她缓缓睁开眼睛哀伤而无助地望向天空，太阳已经快要全部被黑暗所吞噬，伟大的天狼神啊，请你听一听身为一位母亲的心声吧！不管是什么正在干扰我的爱子回到我身边，都请结束他们的性命，让他们用鲜血和生命祭祀于您吧！

她的祈祷如此热切如此虔诚，却全然没有让心头的不安消失，反而是越来越痛苦。她全身的血液都在加快速度在身体里游弋，仿佛在急切地寻找着什么，他们时而顺畅时而艰难，时而似群蛇逆行般撞在一起，让她的心脏都因这种逆流而剧烈地疼痛起来。

阿竺兰……我的儿子……天狼女王紧紧地捉住狼氅衣襟，痛苦地喃喃唤道。

然而她不知道，就在那宛若大地的裂缝中深深藏匿的"先灵谷"里，一场剧变正在上演。包围着大巫师的鸟雀渐渐散去，像被一阵清风吹散了乌云。在大巫师所站的位置上，只剩下一副白色的骨架，连彼此支撑的力度都消失不见，"哗啦"一声散落在地，竟是有如破碎的瓷器般寻不到一处完整。

天狼国最为骄傲的大巫师已然化为一堆白骨，整个天空似有一股激流旋转着，让大地为之猛烈地震荡。那在人骨鹿角架燃烧的火盆"呼"地一下蹿出高高的火焰，那人头骨的祭坛上，所有的人头骨都发出阵阵欢欣的鸣叫，仿佛它们终于挣脱了千年的束缚与鞭笞，得以重新归于轮回，去寻那萦绕在宿命里难舍的缠绵。

终于……他终于死了！

雀儿……你看见了吗？你的那些同伴们替你报了仇，它们终于把邪恶的巫师啄成白骨！这充满了血腥与罪孽的仪式，从今E之起便再不能举行！

庞郎悲愤地抓起地上滚落的"鬼手"弯刀，用力砍向亓狼王子尸体的脖颈。

一股漆黑的血液四下喷溅，那满是鲜血的头颅辘辘着滚下。庞郎听到那只"鬼手"弯刀发出"咔嚓"的断裂声响，一声女子的低泣之声传来，紧接着便有孩童的欢笑与男子的轻叹，只一眨眼便碎成了千片万片的粉末，在庞郎的手里如砂般倾泻一地，却又随风散了。

是错觉吗？

庞郎惊恐地瞪大了眼睛，望着那一缕徐徐升起的轻烟，就这样消失在眼前。

以鲜血蒂结的纽带就这样被打破，天狼女王只觉身体里的血液似受惊般尽悉朝着心脏奔涌而去，她的心再也受不了这喧闹的拥挤，砰然爆裂开来，让她"噗"地一口鲜血喷出，踉跄着倒地。她脸上的神情如此痛苦，眼睛里却充满了悲伤与绝望。

阿竺兰……我的儿子，身为母亲没能给你最后的保护，你……会恨我吗？

天空中最后的一抹光亮已然消失，黑暗将光明与声响一并吞噬于腹中，大地沉浸在无尽的黑暗与静谧之中。

庞郎忍着胸前传来的剧痛，艰难地攀上祭坛，将束缚住小唯的绳索解开。此时的小唯已然进入了半昏迷状态，日食已然快要结束，她的妖灵还在这新的身体里挣扎辗转。从她的脸上，一会儿呈现出靖公主的端庄与高贵，一会儿又变幻成小唯的妖媚与妖娆。她就这样急速地变化着，那美妙的心跳声就响在她的耳畔，一声声，一下下，强烈而温暖。

似乎有两个声音同时响在她的耳畔，两个声音都是她最为熟悉的——一个是靖公主，另一个则是她自己。她们都在急切地向她诉说着什么，她们说的是那样的着急，那样的快，似乎都想将她们脑海中的一切灌入到她的脑中。一幕幕影像在她的脑海中穿过，快如闪电，却又鲜明无比，那影像呼啸而来，像巨大的石块砸向她，让她惊厥着挣扎。

她看到了，年仅六岁的靖公主一个人藏在杜鹃花丛中，难过地哭泣。她紧紧地抱着自己的双膝，是那样的孤独和无助，口中一声声念着的，都是"母后"这两个字。

小唯正想要上前安慰靖公主，却忽闻得身后一阵脚步之声。转头，看到一个面色憔悴而苍白的女人正在两个宫女的搀扶下走了过来。那个女人穿着华美的长袍，有着美丽而温婉的五官，如果不是那一身病态，或许该称得上是个美人。

她就站在那儿，仿佛并没有看到小唯，轻声地呼唤道："靖儿……"

靖儿……哦，是了，那是靖公主的名字吧。小唯看向靖公主，见这年仅六岁的靖公主浑身一震，便负气地将头埋在膝盖之中，连理都不理那女人的呼唤。

"靖儿……"女人却笑了，她温柔地说道，"你再不出来，母后可要走了？那碗红豆羹我也赐给别人好了。"

正这般说着，靖公主却一骨碌爬起来，从杜鹃花里冲了出来，急切地道："那是靖儿亲手给母后熬的，怎么能赐给别人！"

女人笑了，她的笑是那么的美丽，那么的温暖，让小唯都为之震撼。想小唯从修炼成妖，拥有了人的皮囊之后，便自诩为天下间最美的女子。有无数的男人因她的美貌而蜂拥而至地追求于她，可饶是这样，她也仍然觉得，眼前的女人才是最美的。然而她却想不通这到底是为什么，为何她的眉宇眼之间会有着这样如阳光般温暖的神色呢？未施粉黛，未涂胭脂，何以就有如此动人的美？

她不解地看着这个女人，看到她将靖公主抱在怀里，柔声地说着："我们回去吧。"

"可是母后！"靖公主颇为纠结地低下头，苦恼地说，"他们都说因为我不是男孩儿，所以母后的身子才一年不如一年，母亲，到底是不是这样？"

女人微微地一怔，紧接着便笑了出来，她弯下身来，笑道："当然不是这样。是因为母后的身体不好，所以才会这样。既然靖儿因此而觉得烦恼，母后就快些好起来，我们一起摘杜鹃花，好不好？"

靖公主立刻高兴起来，她笑着，重重地点头。

女人的脸上也洋溢出笑意，她伸出手来，摘了朵杜鹃花别在了靖公主的发上，两个人脸上的笑意均更浓了。

突然，这场面像是被黑暗吞噬了一般，让小唯险些惊声叫出来。然而那黑暗却眨眼之间转为明亮，一片悲凄的景致映入她的眼帘。

她看见年仅八岁的靖公主跪在那女人的床前，失声痛哭。靖公主是那样不甘心地捉着女人的手，一声声唤着："母后，母后，我以后听话。我再不要当这女儿身了！我像兆哥哥那样穿男装，像启哥哥那样骑马，像父皇那样用宝剑斩杀敌人的首级！母后，你不要走，你不要走啊！"

可无论她怎样哭，怎样摇，女人的手却始终无力地垂下，再也没有动。

小唯看到靖公主悲痛地大哭，那哭声是如此伤心，令她都与她一齐悲伤起来。

可惜的是，"九霄美狐"没有眼泪，因为她的皮，是自己绘出来的，怎么可能会有眼泪呢？

于是小唯只能蹲下身来，在靖公主的面前静静地看着她。她多想问一问靖公主，你到底为什么那么悲伤？是因为以后再看不到母亲了吗？真是个傻瓜啊，像我，修行了千年，早就忘记了我的母亲长得什么样子了。千年的岁月，斗转星移，或许它早就被猎人捉住，活活地剥下皮来，卖给其他的什么人了。其实人也好，妖也罢，生下来都是孤独的。不管你在这一生中遇到什么人，有着怎样难舍难分的情愫，到头来还是会分开的。你放不下他的好，就只会让那别离变得更加痛苦无依，这却是何必？

然而眼前一切又化为了泡影，她又看到了那片杜鹃花海。就在那片杜鹃花丛里，藏着正在悲伤哭泣的靖公主。还真是个执著的人呢，哭泣的时候便一定要来这里。小唯又好气又好笑地，坐在那杜鹃花旁，等着看靖公主又在唱什么戏。

然而这一回，她却看到一个眉眼充满了英气的俊美少年面色沉静地走了过来。

是他！是他！

小唯顿时感觉到一阵天旋地转。虽然比印象中的更加年轻，可是这个人的五官和面貌都早已然深深地刻进了她的灵魂深处，是永远永远都不会忘记的啊！

可是他的名字……他的名字……是什么呢？我怎么记不起了？

小唯被自己的这个想法吓了一跳，她惊慌失措地跳了起来，双手扶住了自己的额头。为什么，为什么会忘记了？为什么把这么重要的事情都忘记了呢？明明是在心里重复了五百年的啊！明明是在口中一遍遍念了五百年的啊！

为什么会忘？却又是……在何时忘记的？

"殿下。"她听到那个声音响起了，唤的，却是另一个女子之名。小唯突然间安静下来，她缓缓地蹲下身去，静静地看着这少年的侧脸，像是站在轮回之外看着那正在上演的一场因果。

"殿下，如果你再哭，可就闻不到这杜鹃花香了。"小唯听到他温和地笑着说，他的声音是那么低沉，那么好听，让她也情不自禁地微笑起来。

"霍心……"小唯听到靖公主唤他的名。

霍心……是这个名字吗？小唯微侧着脑袋，细细地回想，似乎有些对，又有些不对。可是到底哪里不对，她真的记不起来了。

或许现在的她只能站在靖公主的记忆里，只能去体会她的悲伤与快乐，而自己的记忆则像是被消除了一般，连最后的残影也剩不下了吧？

她看到，霍心摘下一朵美丽的杜鹃花，轻轻地别在靖公主的发上。而靖公主则用一双含着泪的眼，惊诧而感动地望着霍心。然而她终究还是太年轻，比不得小唯这见惯了人间岁月的妖，一眼就看出了霍心眼中的深情与爱慕。

小唯甚至可以听到霍心在心里轻轻地许下决心，要用一辈子为承诺，保护靖公主的一切——她的快乐,她的幸福,她的笑容,她的平安。

这又是一场他人的宿命!为何她总是过客?

小唯的唇边泛起淡淡的苦涩笑意,泪水悄然从眼角滑落,她缓缓地睁开眼睛。映入眼帘的,竟然是那张熟悉的脸庞!

是你!

小唯想要挣扎着站起,却早已然没有了力气。

那张坚毅的脸近在眼前,他的脸因久经白城炽热的阳光所晒成为黝深的古铜之色。他还穿着小唯初见他时的铠甲,每一片铠甲都有他那不怒而威的勇者之气,让他的脸庞更加的俊美非凡。可是他的眼……他的眼为何会缠着黑布?

小唯颤颤地伸出手,想要去替霍心摘下系在眼前的黑布,然而霍心却突然间说道:"我不恨你。"

不恨我?

不……恨我?

小唯突然恍惚起来,她看了看四周,这阴暗可怕的"先灵谷"一片狼藉,地上尸体横陈,血流成河。就在自己的不远处,静静地躺着一个已然冻结成冰的婀娜身姿。那身影小唯又怎会不认识?正是自己用了千百年的皮囊啊!

有如一道闪电在头脑上方闪过,照得脑中清晰一片。小唯如梦方醒,这才意识到到底发生了什么事情。是了,她为了得到那颗心,已经与真正的靖公主换了心、换了皮。而眼前的这个男人……他爱的却既不是那张皮,也不是这颗心。他爱的……是他心中的那个靖儿,那位天之骄女的靖公主!不是她,从来就不是她!

小唯的心里涌上一阵苦涩,她微张了张口,却连半句话也说不出。

"你想做人,我可以把我的心给你。"霍心用他那已然微微沙哑了的嗓音低声说道，"请你把靖儿的心还给她，让她活下去。"

说着，霍心伸手解开了自己的铠甲，露出结实的胸膛，将那柄黄金短刀递给了小唯。他平静地看着她，等待着她来取自己的心。

小唯看着他，一瞬不瞬地看着，恋恋不舍地看着。

"你想做人，我可以把我的心给你……"

"……你把心还给她，让她活下去……"

"让她活下去……"

这句话有如魔音一声声一遍遍响在小唯的耳畔，声声催得她转回头去，望向了那不堪回首的过往。

其实没有忘记的，那个人的名字。

也没有忘记的，那个人的声音和模样。

那个人，是世上最英勇的勇士，他也穿着这般威风的战甲，骑着高头大马，手持锋利的宝剑，穿越诸多凶狠残忍的强盗，来到自己的面前，将自己拦腰抱起，横在马前。

那是小唯第一次听到他的心跳，那么坚强，那么有力。她生平第一次没有升起贪婪的杀戮之心，而是静静地依偎在他的怀里，聆听他的心跳之声。

她喜欢这样，仰起头，看着他坚毅的下巴，看着他那轮廓分明的脸，看着他那璨若星子的眼。她听说过人间有句谚语，叫做"英雄难过美人关"。他是英雄，而自己是美人，他理应是爱自己的吧？

小唯把自己的身体放得柔软，轻柔地贴在他的身上，却迟迟舍不得催动情蛊让他爱上自己。她相信的，他会为自己而心动，是真真切切的心动，而不是用妖法的蛊惑。

然而当他把她带进他的府邸，她却赫然发现，原来他的身边早就有了另一个她！

他说，那是他的妻子。

妻子，这个字，小唯理解不了。她成为狐的时候，隐约知道狐也是有自己的伴侣的，只是她现在已然成了妖，早就忘记了狐的伴侣到底是不是应该一生一世。但是她毕竟是只妖，既是有了想要得到之物，便没有得不到的道理。

然而世间却总是有着不能为众生所控制的定律，他的眼里根本没有小唯，只有他的妻子。

为什么就不肯多看我一眼呢？她能给你的，我一样可以给啊！况且，我又是这么美，难道你真的不动心吗？

小唯不解，她用尽一切手段也未能换来他对自己的青睐，甚至在他的妻子即将死亡之时，他也是用这样的目光看着自己的。他说："小唯，你救救她吧，我把我的命给你。"

你们都把自己的命看得轻如草芥吗？

难道你们真的不知道，或许在你的眼里，这世界与你无关，可在他人眼中，你就是整个世界！

我怎忍心让你去尝那失去性命之苦的滋味？我怎忍心让你永远坠入黑暗无边的地狱，去过那般孤独无助的日子？

五百年前，她以她千年的修为成全了他与她的相拥，五百年后，她再次面对这有如五百年前的那张面容之时，还有其他可选择的余地吗？

泪水，潸然而下，一滴滴微凉无比。小唯没有去接霍心手上的那柄铁黄金短刀，而是转过头去看向了已然被寒冰包围住的靖公主。

靖公主就躺在那里，脸上龟裂的皮肤被寒冰冻住，显得恐怖异常。她的眼睛紧紧地闭着，一头雪白的长发铺散在地，像是一片雪云，将她包围在其中。而她身上那件轻薄的长裙之上，却沾着点点的鲜血，像是一朵朵绽放的妖娆之花，让她有种异样的美感。

小唯想要起身，却怎奈她根本站不起来，便只能这样一步步地爬向靖公主。她火红的嫁衣在身后优雅地铺散，随着她的动作而徐徐向前。她的手指被地面锋利的石子刺伤，鲜血流下来。

疼，好疼。

明明是这般疼的，小唯的唇边却绽出了淡淡的笑意。是了，她再一次感受到了身为人的疼痛。有道是"十指连心"，最是疼痛，可是越是这样刻骨的疼，却让小唯觉得满足和欣慰。

那被冻结在寒冰之中的靖公主身体有如婴儿般蜷缩着，小唯展开双臂，紧紧地把靖公主拥在怀中。

寒冷让小唯浑身禁不住颤抖起来，那是寒冰地狱的逼人冷气，像是刀子般扎进小唯的皮肉，让她又疼又冷。

在黑暗之中，在寒冰地狱的诅咒之中，两个女子就这样紧紧地相拥。

犹记那一夜，在白城的校尉府，小唯被寒冰地狱所捉，全身都被寒气所冻。那时候她曾以为自己的命已然走到了尽头。如果再一次被寒冰地狱捉回去，过了日食而没有找到那颗心，她或许就会在那漫无边际的寒冷里慢慢地耗尽全部的妖灵，变成碎片，渐渐地融入到寒冰地狱的冰寒之中。到那时，小唯也会成为寒冰地狱的一部分，用她满身的怨气诅咒和纠缠每一个触犯妖界禁忌的妖，发疯地吞噬着对方的灵力与修为，直到对方也慢慢地化为碎片，与寒冰地狱融为一体。

原本是那么绝望的，却没有想到还是有一个人出现在自己的面前，并且用她温暖的身体来驱散这彻骨的寒冷。

那时候，她也像自己这样冷吗？

即便是这样冷，她也是这样坚定地抱着自己的……靖公主，为何你能有这般宽广的心呢？为什么……

小唯的泪渐渐地滑落，那来自炽烈身体里的眼泪，一滴滴落在包围着靖公主身上的寒冰之上，将那寒冰消融。我是多么的不舍，这颗温暖的心，这实实在在的身体。让我可以看到一切绚丽的色彩，嗅到一切气味，就连疼痛都是那样的令我感觉到充实。千年修为，百年执著，直到现在我才真正体会到为什么人会有那么多的悲欢离合，有那么多的放不下。

是因为你一旦看到了、摸到了、听到了、嗅到了，你的心里便升起了眷恋，这眷恋会演变成贪婪和占有，又怎么能放下呢？

这普天之下，唯有人有眼耳鼻舌身意，而兽却没有。兽类穷尽一生也不过短短十几年，不仅弱肉强食，而且还需任人鱼肉。唯有化成妖，才有千年万年不死之身，千变万化的强大之法。可即便拥有了再强大的妖法又能如何呢？我可以迷惑得了世间的任何男子，却仍旧无法拥有他们的真心，更不可能拥有那份真情。

我穷尽一生而得爱不能，却到底被你们这些女子所温暖。

雀儿也罢，你也罢，都让我这悠悠五百年的岁月修成了圆满，如此，便也足矣，不是吗？

那流着泪的脸上，缓缓绽放出了一抹笑容，小唯温和地在靖公主的耳畔轻声说道："你温暖的心，让我体会到做人的滋味！虽然很短暂，但我看到了人间最美的东西！"

她虽无缘拥有爱情，然而却已然理解了五百年前，她最爱的那人对其妻的深情。那个人也罢，霍心也罢，原来他们爱上一个人，是愿意为其倾其所有，甚至献上他们的生命的。

她只是一直在错误的时间出现在错误的爱情之中，才没有寻到属于她的因果。可是多亏靖公主这火热的赤诚之心，让她得到了梦寐以求的东西，放下了那困扰了她五百年的痛苦。

小唯紧紧地抱着靖公主，缓缓闭上了眼睛。

传说，如若有人真心愿将自己的心献给妖，那么妖就可以挣脱自己的宿命，转生成人。而今她体会到了，那种心甘情愿的感觉，竟是那么平和，那么快乐。

小唯胸口的心脏所在之处已然散发出了淡淡的金色光芒，有如阳光般耀眼炙热。那团光越来越亮，越来越大，像是一片光之云彩，将两个女子缓缓托起，上升到天空。

她们的长发和美丽的衣裙像是一朵朵盛开的花，黑发如瀑，白发胜雪，红衣炫目，素衣凄婉，她们在空中翻飞着纠缠，像是知己般相互倾诉着离愁与别情。就在这耀眼的光芒之中，就在这绚丽的色彩之中，她们越升越高，直至被黑暗吞噬。

一切又恢复到了暗夜般的寂静之中，寂静得让人几乎看不到半分希望。

庞郎充满了担忧地看向漫无边际的黑暗天空，霍心则紧紧地握住那柄短刀。他看不见了，也不知道到底发生了什么，他最为牵挂的那个人，他用一生一世作为承诺、用生命去爱着的那个人……她会回来吗？

紧紧地咬住牙关，霍心已经下定了决心。如若那个人不能回到这世间，不能回到他的身边，那么这世上于他也没有了半分的眷恋。他将用这柄短刀结束自己的生命，奈何桥上，他要与她一并前行，替她斩去路上的荆棘，替她挡去地狱的阴霾。若这世上果真有轮回，他要从出生之时起便陪在她的身边。一辈子太短，等待太长，他不想来不及看着她每一个回眸和欢颜就老去，此生若不能相伴，来世定要相守！

霍心这才真正发现，原来等待的滋味竟是这般难熬。亏得他因逃避而前往白城戍边，她一个人能够在京城里等了八年！

跟自己的懦弱比起来，她是多么坚强！

要我如何面对你呢，我的爱人。我这个口口声声说要保护你一生一世的人，到头来却总是让你用无限的宽和与包容这般温柔地对待，这份情谊，要我如何来还！

霍心那握着短刀的手因太过用力而轻轻地颤抖，泪水从那系着黑布的眼中缓缓流下。

突然，在那黑暗之中逐渐亮起了一团光辉。那团光辉里仿佛包容着一股巨大的能量，越来越大，直至再无法包容得下，砰然爆裂开来。一片片碎裂的冰块在空中悬浮着，水钻般晶莹剔透，反射着耀眼的光芒，让天空更加的绚烂，刺得人连眼睛都睁不开。

庞郎用手遮住眼睛，透过指缝看着天空出现的异象。

在那光芒的中心，他看到小唯和靖公主飘扬的裙摆宛如花朵，让她们有如在花瓣中出生的仙子，静静相对。

她们到底哪一个是真正的靖公主，哪一个是真正的小唯？抑或是她们依旧还暗藏在彼此的皮囊之中，你中有我，我中有你？庞郎迷惑了。

然而就在这时，光芒突然间猛地一颤，紧接着迅速地向中心剧烈地汇集，仿佛要赶赴一场相约，唯恐迟了。那绚丽漫天的光芒渐渐收拢，小唯与靖公主也越来越近，渐渐地重合。

庞郎看到两个美丽的胴体正在旋转着舞蹈，她们的身姿是那样的婀娜，长发飞舞，腰肢柔软，虽然只是一团光芒构成的人形，却足以让他脸红心跳。唬得他急忙闭上眼睛，一声声念着"非礼勿视，非礼勿视"。待到再睁开眼睛之时，却赫然看到空中的两个人已然融为了一体。

看不清那女子的脸庞，不知道她到底是小唯还是靖公主，只是那些飘浮在空中的碎裂的冰晶宛若骤然间失去了重力，纷纷飘落下来。它们折射着灿烂的光芒，就仿佛一片片美丽的雪花，跳着优美的舞蹈轻轻地落下。

它们落在地上，将地上的鲜血轻轻地覆上一层雪白。它们旋转着落在霍心的脸上、身上，被他炽热的体温融化，化为微凉的水滴融入他的心中。

他看到了!

是的,他看到了!

那个下着雪的冬季,年少的靖公主调皮地用白绸蒙住了他的眼睛,她的脸儿被寒冷的空气冻得红彤彤的,却始终洋溢着欢乐的笑容。她双手捧起地上的积雪,团成一个雪球,朝着他抛过来。

即便是被蒙住了双眼,但是他也仍可听得那雪球与风摩擦出的声响,准确地分辨出雪球所在的位置。他举起弓箭,一箭射中雪球。雪球在空中飞散,碎成千片万片的雪花,纷纷下落,落在霍心的脸上、身上。

"下雪喽!"他看到了!她在欢乐地笑着,那美丽的容颜上带着欢欣,雀跃而可爱。

是的,他还欠她一个答案,欠她一个天长和地久。若上天怜悯,给他可以与她相伴的机会,他要还她那个答案,还她一个天长地久。

霍心扬起脸来,隔着那层黑布,即便是不用看,他也仍可以感受得到她的气息,她就在眼前!

冰晶像有生命般怜惜地飘舞在靖公主的身畔,伴着她缓缓下落。她还穿着那件火红的嫁衣,在落雪中飘扬,有如一团火,燃烧她心中的热烈。

霍心伸出双臂,稳稳地接住那从天而降的靖公主,他紧紧地抱着她,跪倒在地。她回来了,她回来了!

霍心的心里顿时被欣喜溢满,他的生命已然圆满,重新得到了那珍贵的宝。他抱的是那样紧,生恐还会有谁会把她带走。然而他的心里却比谁都清楚,从这一刻起,他再不会让任何人把她从他的怀中夺走,绝不!

一缕阳光悄然从黑暗之中探出头来,轻轻地洒向人间,照亮了祭坛。慢慢地,那缕阳光越来越亮,将温暖传递,怜惜地亲吻着靖公主的额头。黑发丝丝缕缕地纠缠在脸际,遮住了她清秀的容颜,她感受着霍心温暖的怀抱，如此安全，让她像婴儿般地蜷缩着依偎，贪婪地汲取他的体温。

慢慢地，她的呼吸声传了过来，心跳声阵阵，是那样美妙的旋律。缓缓睁开双眼，靖公主看到了身着铠甲的霍心。他的眼前还系着黑布，脸颊上还挂着清泪，只是唇角的微笑依然。

"霍心……"她轻声地唤着，伸出手来，抚摸霍心的脸庞，轻轻地替他拭去脸上的泪。

"是我。"她微笑着说。百转千回，她又回到了他的身边。这种失而复得的欣喜，却又是谁人能够体会？

"我听到了，靖儿，是你！"霍心的声音都在颤抖着，他深情地拥着靖公主，动情地说道，"不会错，永远不会错。"

不论我闭上眼睛，还是睁开眼睛，我都不会认错你的。即便是整个世界都陷入黑暗之中，你迷失了方向，我也仍然会将你找到。不用担心的，也不用怀疑，因为我的心一直和你在一起。上天既赐予了你生，便也赐予了如你影子一般的我，如影随形，我怎么会将你遗失？

正如你可以策马肆意狂奔，不必回头，因为我就跟随在你的身后，永远与你相伴。

霍心伏在靖公主的心口，侧耳倾听。他听到了，她那颗美丽而善良的心正在跳动，它跳得越来越有力，越来越美妙，有如生生不息的旋律，美好得让他入迷。

"靖儿……"霍心轻声地唤。

"嗯。"靖公主幸福地拥着霍心，轻轻地应着。

"记得我告诉过你，我之所以来白城戍边的原因吧？"霍心问她。靖公主摇头，霍心便俯在她的耳边，轻声道："因为白城有大片的杜鹃花海，我带你去看，可好？"

微笑，在靖公主的脸上浮现，她拔开缠在脸际的青丝，全然没有发觉那先前在左脸上斑驳可怕的伤疤竟没有了半分的痕迹。

可如今，这美貌还有什么值得介怀的呢？比起能够相拥相守，他和她，都已然不再在意那副皮囊了吧……

庞郎静静地看着紧紧相拥的两个人，无声地转过身去。他抬起头，望向了天空，太阳已经挣脱了黑暗的束缚，在天空中散发出夺目的光芒，令人睁不开眼睛。

就在这阳光之中，有一只美丽的彩雀飞走了。她为何那般调皮，连最后藏身到何处也不肯告诉他一声？心里涌上千般的酸楚，庞郎却只是吸了吸鼻子，缓缓举步离开。

这曾是一处充满了邪恶与血腥的祭祀之地，却也是一处有情人终成眷属的美妙之地。然而对于庞郎来说，却是他遗失了那珍贵的宝物之地，从此以后，他只剩下了满心的回忆，和一份虚无缥缈的牵挂。

一个人，踉跄着，踏着满地的鲜血，孤独前行。

"爷爷，为什么我不见我的爹娘？"

他仿佛又回到了十几年前的破屋之中，寒冷的风呼呼地从破旧的窗子里灌进来，冻得他瑟瑟发抖。

爷爷丢给他一件羊皮破袄，然后拿起一块破布盖在窗户的缝隙之中。昏黄的油灯在风中忽明忽暗，照得爷爷的背更加佝偻。

"爷爷？"年少的庞郎用破布围住自己，好奇地看着爷爷。

"我们除妖师乃是天地之初，伏羲造人之时用血造出的第一个人……"爷爷得意地说着，却被庞郎不耐烦地打断："爷爷！"他生气地道，"我在问你话呢，别总用那老掉牙的故事敷衍我！"

爷爷哈哈一笑，转头坐在了一面椅子上。

“我爹和我娘呢？”庞郎问他。少年脸上的神色在宣告他绝不是那般容易被搪塞过去的，爷爷只得收敛了脸上的笑容，拿起了桌上的酒坛，满满地喝了一口，然后冷眼看着庞郎，说："除妖师不能够和自己最亲的人在一起，从出生之时，便要远行。"

　　“为什么？”庞郎不解。

　　“那是因为……”爷爷那满是褶皱的脸上布满了苍老的痕迹，眼睛里流露出复杂的光芒，他沉吟着，终是沉声说道，"因为除妖师注定了要忍受孤独的滋味，他们不能与最亲近之人整日相伴，因为除妖师的天敌就在这世间横行，随时都会有力量强大的妖夺去至爱之人的性命。与其死别，不如生离……"

　　与其死别，不如生离……

　　不如生离……

　　可是生离竟是如此之痛，怎么可能会有人做到？那伏羲权当除妖师是傻子吗？给他若剧毒般的血液，却不能给他可以圆满的人生……

　　一声重重的叹息从爷爷的口中发出，亦落入庞郎的心中。

　　每个人都有他注定的宿命，你所要做的，只有沉默着接受，并且一步步地走下去。

　　白城又恢复了往日的平和，天空中没有丝毫的云彩飘浮，骄阳毫不吝啬地洒下金芒，照得白城那城墙胜雪，白得耀眼。

　　庞郎依旧穿着那件破破烂烂的长衫，坐在城头，郑重其事地摊开了那羊皮制成的《妖典》。他身后立着那面祖先留下来的幡旗，"降妖除魔，治病救人"的大字洒脱苍劲，在微风中轻轻飞扬。庞郎手握毛笔，蘸满了金粉朱砂，在《妖典》的最后一页写下，"每逢日食之刻，昼夜混淆，阴阳颠倒，一片混沌，是为起死回生、人妖互变的唯一时刻，妖灵融入此心，与人身合为一体，共享此生。"

他一面写着，一面喃喃地自语。那残缺不全的《妖典》已然全部补好，庞郎停了笔，将《妖典》细细地打量一番，耳畔似又响起一个清脆而活泼的声音，"妖真的可以变成人？"

　　心再次像被狠狠地揪住，疼得他连呼吸都艰难。庞郎轻轻地叹息一声，将《妖典》合上，起身准备离开。

　　然而正在这时，天空中突然传来一阵悦耳的鸟鸣，伴随着一阵翅膀扇动的声音，一只有着五彩羽毛的彩雀落在了庞郎那面幡旗之上。

　　是她！

　　是她吗？

　　庞郎猛地抬起头来，欣喜地望着那只美丽的彩雀。然而那彩雀歪着头，用它黑亮的眼睛看了看庞郎，发出一声鸣叫，振翅而飞。

　　"雀儿？"庞郎痴痴地看着那鸟儿飞去的方向，喃喃地问，"是你吗，雀儿？"

　　可叹他这般深情地询问却没有得到一丝回应，天空缓缓飘落一片羽毛，阳光下色彩斑斓。

　　庞郎伸出手，让那片羽毛轻盈地落入自己的掌心，然后举到眼前细细地看着。虽只是一片小小的羽毛，却似那张可人的脸庞近在眼前，一双灵气四溢的黑亮眼睛调皮地眨着，看向自己。

　　"你不是除妖师吗？没见过妖啊？"

　　小丫头。

　　庞郎笑了出来，将那片羽毛小心翼翼地夹在刚刚写好的羊皮书页里。

　　即便是我们挣不脱那宿命的轮回，解不开那命运的惑，但至少你已经在我的生命里留下了难以磨灭的痕迹，便是几世轮回，也不会忘记你那美丽的眼眸。

　　转头，他看到在那片郁郁葱葱的草地之上，有一匹白马正在飞奔。马上端坐的正是霍心与靖公主，他们深情地相依，风吹起他们的黑发，那片秀美的风景将两个人的身影描绘成美丽的剪影。

从此，他们再也不会分开了……

与其死别，不如生离……
不如生离……